살며 사랑하며 글을 쓴다는 것

살며
사랑하며
글을
쓴다는 것

나는 타고난 작가다

어린 시절, 그리피스 할아버지가 손수 만들어 준 자그마한 책상에서 보내는 시간이 가장 행복했다. 작은 보관함이 달린 비밀스러우면서 아늑한 책상이었다. 다른 아이들이 어울려 놀 때 나는 홀로 책상에 앉아 글을 끄적거렸다. 아버지가 할인매장에서 5달러짜리 구식 올리버 타자기를 사온 날 얼마나 신이 나던지. 타자기를 어설프게 두들겨 처음으로 시와 소설을 썼다. 고등학교에 어서 들어가고 싶어서 좀이 쑤셨다. 그날이 오면 글자판을 보지 않고도 능수능란하게 타자를 치는 마법을 익히게 될 게 아닌가.

고등학생이 되자 빠르게 타자 치기 대회에서 각종 상을 휩쓸었다. 상품으로 나온 휴대용 타자기를 간발의 차이로 놓친 적도 있었다. 스미스 코로나^{Smith Corona}(유명했던 타자기 제조사—옮긴이)가 1분에 60타를 15분 동안 오타 없이 치는 사람에게 주는 상이었다. 종료를 알리는 호루라기 소리가 나자 눈물이 뚝뚝 떨어졌다. 나는 1분에 82타를 쳤지만 오타가 두 개 있었다. 스미스 코로나에서 나온 사람은 내 결과를 안타까워했다. 선생님도 마찬가지였다. 결국 어른들은 나에게 다른 상을 주기로 결정했다.

돌이켜보니 빠르게 내달렸던 시절이 모두 상징적으로 여겨진다. 젊은 시절에는 일자리를 구하느라고, 고학으로 대학을 마치느라고, 작가가 되는 과정을 밟느라고 늘 종종걸음을 치며 살았다.

대학에서 만난 스승 두 분은 내가 작가라는 목표를 향해 꾸준히 걷도록 이끌어 주었다. 첫 번째 스승은 듀이 딜^{Dewey Deal}이라는 여선생님이었다. 그녀는 중학교 때 영어 선생님이었다. 내 고향 아이오와주 스톰 레이크에 있는 작지만 훌륭한 대학, 부에나 비스타^{Buena Vista}에 진학했을 때 정말 운 좋게도 교양 영어 강사로 그분을 다시 만났다. 듀이 선생님이 처음 내 준 과제는 날마다 공책에 글쓰기였다. 자기 삶에서 나온 이야기이면 묘사나 대화, 철학 등 무엇이든 좋았다. 그저 '마음에서 우러나온' 글이면 됐다.

과제를 제출하면 듀이 선생님이 거기다 글을 써 주었는데, 그 가운데 다음 글은 평생 내 삶에 깊은 영향을 줬다.

"마저리, 네 재능을 최대한 발휘하렴. 네가 쓴 문장들에서 즐거움과 슬픔이 고스란히 느껴져. 문장들이 그려 내는 형상에 감동받았단다. 네가 간절히 원하면, 아름다운 글을 보고 싶어 하는 사람들을 위한 아름다운 글을 쓸 수 있을 거야. 이건 네 의무야!"

두 번째 스승은 부에나 비스타보다 큰 학교인 아이오와 주 코넬 대학Cornell College에서 만난 토피 툴Toppy Tull이었다. 애초에 내가 부에나 비스타에서 2년간 공부하고 코넬 대학으로 편입한 주된 이유는 토피 교수가 젊은 작가들을 잘 양성한다는 명성이 자자했기 때문이다. 토피 교수의 아내인 조엘 보스웰 툴Jewell Bothwell Tull은 인기 있는 유명 작가였다. 두 사람 다 강의를 했고, 캠퍼스 잡지인 〈더 허스크The Husk〉를 함께 발행했다. 이 잡지는 학생들에게 글을 발표할 기회를 줬을 뿐만 아니라 툴 부부의 친구인 칼 샌드버그Carl Sandburg와 같은 거장의 글도 자주 실었다.

토피 교수의 과제는 직접적이고 현실적이었다. 그는 "멍청이가 아닌 이상 공짜로 글을 쓰는 사람은 없다."라는 새뮤얼 존슨Samuel Johnson의 말을 인용하면서, 소규모 잡지사라도 좋으니 원고료를 주는 곳에 글을 보내라고 학생들을 격려했다.

뜻밖에 내 글이 반응을 얻기 시작했다. 주로 작은 잡지들이었고 원고료는 아주 적었다. 그러나 경제 공황기였던지라 가뭄의 단비 같은 돈이었다. 무엇보다 첫 원고료를 받았을 때 토피 교수가 한 말이 놀라웠다. "이제 자네는 프로라네. 자, 이제 가서 글을 쓰게."

뭐니 뭐니 해도 토피 교수가 해준 가장 소중한 충고는 우리 글이 실린 잡지들을 자세히 검토하라는 것이었다. "그 잡지들은 자네들이 알아야 할 모든 것을 가르쳐 줄 걸세."

토피 교수와 새뮤얼 존슨과 그 잡지들 덕분에 나는 진짜 프로가 됐다. 나는 글쓰기가 천직임을 알았다. 내 목표는 글을 파는 것이었다. 돈이 필요했다. 그러나 듀이 선생님이 재능과 의무에 대해 한 말은 내 글에 보다 큰 영향을 미쳤다. 듀이 선생님은 글을 통해 자기표현을 하는 즐거움은 물론이고 책임감까지 일깨워 주었다. 내 고통과 기쁨과 경이로운 이야기를 다른 사람들에게 들려줘야 했다. 다시 말해서 *마음에서 우러나온 글을 써야 했다.*

나는 졸업 후에 결혼을 하고 라디오 업계에서 일했다. 그러다가 어느 날 내가 정말로 하고 싶은 일은 이게 아니라는 사실을 깨달았다. 사직하겠다고 알리고 짐을 싸서 나에게 맞지 않는 직장을 영원히 떠났다. 이제 다시 나만의 책상을 마련하기로 했다. 어린 시절의 책상처럼 비밀스러운 보관함이 달려 있지 않아도 상관없었다. 타자기도 마련하기로 했다. 여차하면 정든 구식 올리버 타자기로도 충분할 터였다. 이제부터 집에서 일하는 전업 작가가 될 작정이었다. (전업 작가가 되더라도 가정을 꾸리는 일을 등한시하면 안 된다.)

원고를 수차례 거절당했지만 성과가 있었다. 순전히 내가 창의적인 글을 찾아낸 덕이었다. 자립과 살아가는 기술과 인간미가 넘치는 이야기를 다룬 글을 주로 썼다. 이런 글은 머리와 마음에서 나오므로 따로 조사할 필요가 거의 혹은 전혀 없다. 많은 단편소설이 연달아 팔렸고 오랫동안 공들여 쓴 장편소설도 마침내 팔렸지만, 소설은 시간이 오래 걸렸고 발표하기도 힘들었다. 반면에 창의적인 글은 실패로 돌아가는 법이 없었다. 잠시 앉아서 내 아이디어와 경험을 바탕으로 밝고 짧은 글을 쓰면 끝이었다. 원고료가 적을 때도 많을 때도 있었지만 꼬박꼬박 들어왔다. 물론 원고를 거절당해 다시 여러 곳에 보내야 하는 경우도 있었다. 어쨌든 창의적인 글은 돈을 받으면서 내 글을 발표하는 가장 빠른 길이었다. 게다가 내가 하고 싶은 말을 글을 통해 전달할 수도 있었다. 사람들과 공유하고 싶은 속 이야기를 마음껏 풀어놓는 것보다 만족스러운 일은 없다.

이렇게 해서 나는 작가가 됐다. 작가가 되고 싶은 사람들에게 작가가 되는 여러 방법과 출판 시장에 대해 알려 주는 책을 내기도 했다. 《살며 사랑하며 글을 쓴다는 것》에는 그런 정보가 일부 들어 있다. 성공한 작가가 되기 위해 필요한 재능과 열정과 절제력을 지닌 사람들에게 딱 맞는 책이다.

예전에 글을 잘 썼고 작가가 되고 싶었지만 꿈이 실현되지 못한 사람들에게도 필요한 책이다. 작가가 되고 싶은 꿈이 현실적인 일로 대체되거나, 먹고 사느라 정신이 없어서 잊히거나, 시간이 날 때까지라는 핑계 아래 미뤄지는 경우가 숱하다. 혹은 작가가 되는 길을 걷다가 중도에 포기한 사람도 많다. 뛰어난 재능을 가지고 있지만 원고 거절을 견딜 의지와 자신감과 인내심이 없는 사람들이 많다. 이들은 쉽게 낙심하고 너무 빨리 그만둔다. 그런가 하면 재능이 잠복되어 있다가 말년에 가서야 드러나는 사람도 있다. (별로 흔한 일은 아니지만, 뒤늦게 만개한 사람이 혜성처럼 나타나 베스트셀러 작가가 되기도 한다.)

당신이 어느 부류에 속하든, 이 책은 당신이 글을 쓰도록 북돋고 도와줄 것이다. 심지어 그간 허비한 시간을 벌충하고 다시 시작할 수 있도록 이끌어 줄 것이다.

모든 사람이 작가는 아니다

이 책은 작가가 되려는 사람만이 아니라 폭넓은 독자를 대상으로 한다. 흔히들 "모든 인생 이야기에는 소설이 들어 있다."라고 한다. 사실이다. 하지만 안타깝게도 모든 사람이 소설을 쓸 수는 없다. 그러나 누구나 글로 표현되기를 기다리는 아이디어와 신념과 개인사를 가지고 있다. 나는 모든 사람이 단순히 자기표현의 즐거움을 만끽하기 위해서라도 그런 이야기를 글로 써야 한다고 믿는다. 추억, 모험, 연애와 결혼, 양육, 질병, 건강을 비롯해서 수많은 주제가 있다. 게다가 대부분의 사람은 자기 이야기를 공개적으로 표현하고 싶고, 깨달음을 다른 사람과 공유하고 싶은 바람을 가지고 있다.

이미 그런 활동을 하고 있는가? 신문사와 잡지사에, 친척과 친구에게, 나와 같은 작가에게 편지를 보내는가? 그렇다면 마음에서 우러나온 창의적인 글이 또 다른 발산 수단이 돼 줄 것이다. 이 책은 프로 작가가 글을 쓰는 방법을 보여 준다. 게다가 글을 더 잘 쓸 수 있도록 이끌어 줄 수도 있다.

혹시 지금 회고록을 쓰고 있는가? 그렇다면 아주 훌륭하다! 힘차게 매진하기 바란다. 나는 모든 사람에게 살아온 이야기를 글로 쓰라고 격려한다. 실제로 회고록은 중요한 역사이다. 나에게 질문하는 많은 사람에게 이렇게 조언하기도 한다. "경험을 다시 체험하는 즐거움을 위해 글을 쓰세요. 종이에 쓰세요. 그러면 그 경험이 영원히 남을 거예요. 가족에게 소중한 유산이 될 거예요."

《살며 사랑하며 글을 쓴다는 것》은 어떤 이유로든 글을 쓰고 싶어 하는 모든 사람에게 도움이 될 것이다. 다시 말하지만 성공한 작가들의 글을 쓰는 방법을 알고 싶으면 이 책을 읽기 바란다. 각종 규칙과 비밀이 여기에 담겨 있다. 좋은 아이디어를 얻는 방법에서부터 내용을 효율적으로 배열하는 방법, 사람들이 재미있게 읽도록 문체를 개발하는 방법에 이르기까지 다양한 내용이 나온다. 무엇보다도 당신과 동일한 상처와 골칫거리를 가지고 있으며, 당신의 이야기로 도움을 받고 영감을 얻을 사람들의 심금을 울리는 방법이 담겨 있다.

　내 첫 스승이 아주 오래전에 말했듯이, 세상은 답을 갈망한다. 마음을 즐겁게 해 줄 아름다운 순간, 목소리, 문장, 노래에 굶주려 있다. 당신도 그렇다면 명심하기 바란다.

　당신은 글을 쓸 의무가 있다!

목차

Contents

마음에서
우러나온
글의 종류

마음에서 우러나온 글쓰기
#01

마음에서 우러나온 글은 허구(픽션) 또는 실화(논픽션)가 아니다. 물론 두 요소가 모두 포함돼 있지만 딱히 한쪽으로 구분되지는 않는다. 마음에서 우러나온 글은 창의적이어야 한다. 인간관계를 다뤄야 하고, 사실보다 아이디어가 중요하다. 그리고 다른 사람에게 도움, 교훈, 즐거움, 감동, 영감을 주는 목적을 가진 글이다. 이런 역할을 동시에 할수록 좋다. 또한 무엇보다 진실해야 한다. 다시 말해 진심을 담아 써야 한다.

너무 어렵게 느껴지는가? 마음에서 우러나온 글을 쓸 때 필요한 사항을 알고 나면 그렇지 않다는 것을 알게 될 것이다. 게다가 이런 글쓰기는 장점이 아주 많다. 앞에서 말했듯이, 이런 글은 발품을 팔아야 하는 취재 활동이 거의 필요 없으므로 집에서 나갈 일이 별로 없다. 창의적인 글은 소설보다 쓰기가 간단하다. 또한 요즘은 단편소설을 싣는 잡지가 극히 드물어서 오히려 창의적인 글을 팔기가 훨씬 쉽다. 에이전트도 필요 없다. 일부 편집자들은 전문가가 쓰지 않은 해설 글에 편견을 가지고 있지만, 글이 아주 좋으면 대부분의 신문사와 잡지사에서 환영받으며 종종 표지 기사로 실린다. 반응이 좋으면 곧바로 다른 매체에 다시 실리기도 한다.

이쯤 되면 한 가지 질문이 떠오른다. "왜 창의적이어야 할까?" 주제가 슈퍼하이웨이든 슈퍼마켓이든 슈퍼맨이든, 사실 모든 좋은 글에는 창의성이 필요하다. 그리고 좋은 실화 기사 역시 여러 사실을 솜씨 좋게 모아서 짜 맞추는 창의성이 더해져 있기에 빛난다. 그러나 소설과 마찬가지로 진정한 창의적인 글은 순전히 작가의 통찰력과 삶의 경험에서 나온다. 하고 싶은 이야기를 뒷받침하려고 다른 사람의 증언을 제시하는 경우에도, 결국 작가의 생각과 신념이 가장 두드러진다. 마음에서 우러나온 글을 쓰고 있다는 뜻이다.

이런 글에 도전해 보고 싶은가?

그렇다면 당신은 최소한 잠깐이라도 소설을 써 보려고 한 적이 있을 것이다. 대화를 다루는 감각이 있고 등장인물의 감정을 자극하는 요소에 흥미가 있을 것이다. 각색을 할 수 있거나, 당장은 각색을 못하더라도 배울 능력이 있을 것이다. 좋은 글은 소설처럼 읽히고, 내용 중에 일화나 장면이 많이 들어 있다. 글을 일화로 시작하는 기법이 인기가 많다. 이 기법을 쓰면 독자가 금방 흥미를 느끼고 주제에 빠져든다. 독자가 몇 단락을 읽고 나서도 기사인지 소설인지 헷갈릴 정도로 이 기법을 과도하게 구사하는 작가도 있는데, 나는 이런 과도한 사용은 추천하지 않는다. 창의적인 글을 쓰는 작가는 상상력이 있어야 하며 사건을 생생한 그림처럼 압축해서 전달하는 능력이 있어야 한다.

다음으로, 당신은 조언하기를 좋아할 것이다. 사람들이 당신에게 고민을 털어놓으면 당신이 내놓는 해결책이 항상 효과가 있지는 않지만 상대방에게 그럴듯하게 들릴 것이다. 처음에는 상대방의 고민은 물론이고 당신의 고민에 대해서도 감정적으로 대응하다가 나중에는 논리적으로 대응하게 될 것이다.

당신은 기본적으로 낙천적이어야 하고, 삶에 애정이 있어야 하며, 다루는 주제가 무엇이든 모든 면에서 개선하려 해야 한다. 이웃이나 남편이나 당신 자신과 사이좋게 지내려면 어떻게 해야 할까? 평범한 일상에서 아름다움을 찾거나, 두려운 일을 처리하거나, 지옥 같은 현실에서 벗어나려면 어떻게 해야 할까? 평온하게 살 수는 없더라도 최소한 나락으로는 떨어지지 않으려면 어떻게 해야 할까? 마음에서 우러나온 글은 낙관적이어야 하며 희망적이고 긍정적이어야 한다.

기본적으로 당신은 자기중심적이어야 한다. 자신의 아이디어와 경험이 아주 중요해서, 소설 혹은 소설의 사촌격인 수필과 칼럼에서라도 열정과 이상과 강렬한 믿음을 표현해야 한다고 생각할 정도로 자아가 강해야 한다는 뜻이다.

마지막으로, 당신은 글을 구성하는 요령과 매끄럽고 친근하되 교훈적이지 않은 문체를 개발해야 한다. 더불어 재치와 유머를 가미할 수 있다면 더할 나위 없이 좋다. 글이 호평을 받으려면 가치 있고 신선한 독창적인 아이디어뿐만 아니라 글의 작성 방식도 중요하다.

범주

창의적인 글의 범주는 다음과 같다.

1. 조언

2. 개인적인 경험

3. 항의와 논란

4. 수필과 스케치

5. 향수

6. 유머

7. 영감

각 범주는 서로 겹치는 부분이 있다. 이를테면 개인적인 경험과 추억과 때로는 논란을 거론하지 않고는 조언을 하지 못한다. 그리고 조언을 할 때는 영감을 주려는 기대가 있다. 다른 범주에서도 이와 같이 중복되는 부분이 있다. 그러나 각 범주 사이에 확실한 차이점도 있다.

1. 조언을 하는 글은 말 그대로 조언 글이다. 거론된 문제를 해결할 방법을 다룬다. 조언 글이 유행하는 경향에 물꼬를 튼 전형적인 예는 데일 카네기Dale Carnegie의 유명한 책인 《카네기 인간관계론How to Win Friends and Influence People》이다. 이 장르의 글은 실제로 혹은 암시적으로 제목에 '방법how to'이라는 말을 자주 사용한다. 내가 쓴 글의 제목을 예로 들자면 '가정생활을 행복하게 만드는 방법', '남편을 늘 품안에 두자'가 있다. 또는 '그 총을 없애자'나 '두려워하지 말고 다가서세요'와 같이 따라야 할 행동 수칙을 제목으로 뽑기도 한다.

이미 지겨워진 아이디어가 아니고 재미있고 타당한 조언이라면, 많은 독자를 확보할 수 있다.

2. 개인적인 경험을 담은 글은 조언하려 하지 않으며 자신이나 가족의 삶에서 일어난 극적이거나 중요한 이야기를 들려준다. 이는 진

정한 모험담 혹은 경험담이다. 아주 흥미로워서 다른 사람들도 꼭 듣고 싶어 할 이야기, 또는 오래도록 기억할 만한 진실이 들어 있는 이야기를 하면 된다. 거의 모든 가정에 이런 이야기가 넘쳐나기 마련이다. '할아버지가 늑대 떼에게 쫓겼던 때'나 '아버지가 직장에서 쫓겨났는데 하필 집에 불까지 난 날'이나 '우리가 코끼리를 산 이유'와 같은 이야기를 다들 가지고 있다. 그리고 모든 사람이 꼭 들려주고 싶은 자신만의 모험담이나 기억할 만한 경험을 가지고 있다.

〈리더스 다이제스트〉는 이런 이야기를 '실생활의 드라마'라고 부른다. 그리고 상당히 두둑한 원고료를 지급한다. 〈가이드포스트 Guideposts〉도 이런 이야기를 싣는다. 이런 잡지들을 잘 살펴보고 특유의 형식과 느낌을 파악해 둬야 한다. 이런 잡지에는 마음에서 우러나온 글의 완벽한 예가 많이 실려 있다.

사람의 경험은 폭이 아주 넓다. 출생과 사망, 질병과 건강, 기쁨과 고통을 모두 아우른다. 경험에는 나이의 장벽이 없으며, 남녀를 불문하고 각 경험 속에 들어 있는 모험과 문젯거리를 공감한다. 흥미롭고 유익하게 쓸 수만 있다면, 자신에게 일어난 모든 일이 글의 소재가 된다.

3. 항의와 논란을 다룬 글은 신경에 거슬리는 사안을 분노와 열정

과 강한 논리를 담아 비판한다. 한마디로 말해서 못마땅한 점을 공격한다. 이를테면 내 글 중에 '스팸 메일 반대'나 '나는 섹스가 지겹다'나 '어떻게 여성을 전쟁에 보낼 수 있나?'가 여기에 해당된다. 반면에 다른 사람들이 못마땅해하는 점을 변호하는 글을 쓸 수도 있다. 이를테면 '검열에 찬성하는 한 어머니'나 '남성이 여성보다 영리하다─다행이다!'나 '크리스마스 가족 소식지 찬양'과 같은 글이 있다. 글을 읽은 사람이 화를 내도록 쓸 수 있다면 더욱 좋다. 애초에 반대할 목적으로 이런 글을 읽는 사람이 있다. 하지만 반대자만 있지는 않다. 뜻밖에 많은 독자가 이런 글에 응원을 보낸다.

4. 수필과 스케치는 정의하기가 쉽지 않다. 이런 글의 목적은 조언이나 항의가 아니다. 우리가 보통 당연하게 여기고 지나치는 감동적이거나 중요하거나 정겨운 일을 관찰해서 표현한다. 기사보다 짧고 칼럼보다 약간 길면 스케치에 해당된다. 예술성이 가미되면 산문시가 된다. 의외로 신문과 다양한 종류의 잡지에 이런 글이 많이 실린다.

나는 어느 날 치과에서 치료를 기다리다가 〈베터 홈스 앤 가든스 Better Homes and Gardens〉에서 이런 글을 처음 발견했다. 당장 집으로 뛰어가서 글을 썼다. 뒷마당에 있는 그네에서 느낀 마법과 경이로움을

담은 '그녀'라는 제목의 글이었다. 〈베터 홈스 앤 가든스〉는 이 글을
아주 마음에 들어 했으며 다른 글도 써달라고 의뢰해 왔다. 이를 계
기로 마음에서 우러나온 보다 길고 심오한 글을 쓰게 됐다. 이렇게
시작된 그 잡지사 담당자들과의 관계는 내가 프로 작가로 살면서 맺
은 가장 행복한 인간관계로 손꼽힌다.

5. 향수를 담은 글을 쓰려면 생생한 기억과 다채로운 문체가 필요
하다. 그리운 옛 시절을 지나치게 포장해서 생각할 필요는 없다. 그
렇지만 그 시절에 대해 애정과 풍부한 유머 감각을 가지고 써야 한
다.

나는 잡지에 향수 글을 기고하면서 기나긴 추억 여행을 시작했다.
〈투데이스 헬스Today's Health〉에 '할아버지의 정원에서 보낸 그리운 시
절', '동틀 녘 빨래하는 날, 빨랫줄에 걸린 빨래', '마술 같은 영화의
전성시대', '숨바꼭질 놀이는 어디로 사라졌을까', '소형 자동차, 내
사랑, 그리고 당신'과 같은 제목으로 시리즈를 게재했던 것이다. 〈투
데이스 헬스〉와 〈리더스 다이제스트〉에 실린 모든 글이 큰 인기를
끌었다. 나는 후에 이 글들을 모아서 《당신과 나, 그리고 지난 날You
and I and Yesterday》이라는 책을 냈다. 이 책은 윌리엄 모로William Morrow
출판사의 베스트셀러로 꼽혔으며, 놀랍게도 젊은 층에게 엄청난 인

기를 얻었다.

출간되고 안 되고를 떠나서 이런 추억을 그러모으는 과정 자체가 대단히 즐겁다. 추억을 되살려 잘 쓰면 잡지에 실릴 것이고 모든 연령대의 독자가 재미있게 읽을 것이다.

6. 유머를 담은 글은 시대를 불문하고 인기가 많다. 편집자들은 이런 글을 아주 좋아한다. 안타깝게도 글을 재미있게 쓰는 재능을 타고난 사람은 드물다.

유명한 유머 작가들은 베스트셀러 책뿐만 아니라 통신사에서 배급하는 특약 칼럼도 쓴다. 지역 신문에서도 나름대로 재미있는 유머 작가들의 글을 볼 수 있다. 그들의 글을 찾아서 읽고 웃으면서 배우기 바란다.

당신이 유머 글을 전문적으로 쓸 생각이 없을지라도 유머 감각을 유지하는 것은 중요하다. 어떤 글이든 유머 감각이 발휘되면 글이 밝고 흥미로워진다.

7. 영감을 주는 글은 수필, 조언 글, 개인적인 경험 글과 유사성이 있다. 영감을 주는 글은 한 가지 주제를 고수하며, 그 주제는 항상 긍정적이고 건설적이다. 주제를 강화하거나 강조하기 위해 상징이 자

주 사용된다.

이를테면 나는 〈가이드포스트〉에 실린 '저녁노을'에서 내 어머니가 희망을 의미한다고 믿은 석양의 다채로운 빛무리를 상징으로 사용했다. *걱정하지 말자, 인내심을 갖자, 우리는 할 수 있다. 곧 다 잘 풀릴 것이다.*

영감을 주는 글은 태생적으로 마음에서 우러나올 수밖에 없다. 이런 글에서 작가는 다른 사람들을 이끌려는 목적을 가지고, 자신이 살아오면서 발견한 삶의 기술을 설명하고 묘사한다. 부드럽게 몇 가지 제안을 할 수도 있다. 그러나 설교하거나 강요하지 않는다. 그저 영감을 줄 뿐이다.

나는 낙관적이고 따뜻한 창의적인 글이 잡지에 많이 실리고 있어서 아주 다행이라고 생각한다. 범죄와 폭력, 섹스, 질병, 골칫거리를 다룬 글은 독자들을 피곤하게 만든다. 사람들은 여전히 희망, 다정함, 격려, 유머, 마음의 평화에 이르는 길을 갈망한다.

당신이 글에 이런 요소를 담을 수 있다면 많은 사람을 도울 수 있다. 동시에 당신의 글이 신문이나 잡지에 실리는 보상도 받게 된다. 앞에서 말했듯이, 창의적인 글을 쓸 때는 시간이 많이 걸리지 않는다. 조사나 취재를 할 필요가 전혀 혹은 거의 없다. 그저 자리에 앉아

쓰기만 하면 된다. 일부 편집자들은 이런 글을 '당장 머리에 떠오른 대로' 썼다고 한다. 그렇지만 나는 마음 깊은 곳에서 나온 글이라고 여긴다.

아이디어를 얻는 마법
#02

"당신은 아이디어를 어디에서 얻나요?"

누구보다 작가들이 많이 듣는 질문이다.

아이디어는 태생적으로 마법 같은 점이 있다. 신비한 어딘가에서 툭 튀어나오는 듯하다. 모든 예술과 마찬가지로 창의적인 글에는 마법이 존재한다. 작가나 예술가는 지니가 나오는 요술 램프를 가지고 있어야 한다. 말하자면 지니는 아이디어고 요술 램프는 재능이다. 지니가 자발적으로 나올 때도 있다. 하지만 대개는 램프의 주인(작가나 예술가)이 지니를 부르는 방법을 터득해야 지니가 풍성한 보물을 가지고 등장한다.

따라서 노련한 작가는 앞서 나온 질문에 다음과 같이 대답할 것이다. "당신은 아이디어 찾는 일을 언제 멈추나요?" 아이디어를 얻는 훈련이 이미 돼 있는 노련한 작가에게는 아이디어의 부족이 아니라 많은 아이디어 중에 하나를 선택하는 것이 문제다. 이런 작가는 재미가 있든 없든 거의 모든 사람, 상황, 감정이나 경험, 말에서 창의적인 글에 필요한 아이디어를 발견한다.

이런 행복한 경지에 달한 작가는 소재를 찾는 단순한 과정이 초보자에게는 힘든 일임을 자칫 망각하기 쉽다. 그러나 솔직히 생각해 보면 자신 역시 요술 램프를 이용하고 싶은 마음이 간절했지만 아이디어를 줄 지니를 불러낼 힘이 없어서 바둥거리던 때가 있었음이 기억날 것이다. 그렇다면 이런 작가는 어떻게 지니를 램프에서 불러낸 것일까? 간단하다. *자리에 앉아서 글을 썼다.*

기다리지 말고 당장 쓰자

뛰어난 기량을 가진 사람에게만 일어나는 듯한 '마법'에 다가서는 첫 단계는 그저 자리에 앉아서 글을 쓰는 것이다. 당신에게 떠오르는 아이디어가 좋을 수도 그저 그럴 수도 있다. 어쨌든 첫 아이디어를 글로 써야만 좀더 나은 아이디어들이 새로 생겨난다.

많은 사람이 이 과정을 대단히 어렵게 여긴다. 소중한 아이디어를 써 버리면 그것을 대신할 다른 아이디어가 나오지 않으리라는 두려움 때문에 글쓰기를 질질 미룬다. 나는 어디를 가든 에세이나 소설의 '아이디어'를 가진 사람들을 만난다. 대체로 이들은 아이디어를 몇 년씩이나 품고 있다. 이들은 아이디어를 어떻게 다뤄야 할지 묻는다. 이들은 편집자가 아이디어를 훔칠지 모르니 저작권을 획득해 놔야 하나 고민하기까지 한다. 많은 경우에 이들은 (돈을 절반씩 나누는 대가로) 그 아이디어로 글을 대신 써 달라고 프로 작가에게 간청한다. 그렇게 되면 혼자 글을 쓰는 고생을 하지 않아도 되고 그 아이디어를 쓴 후에 새로운 아이디어가 생기지 않는 고통을 경험하지 않아도 되기 때문이다.

이처럼 하나의 아이디어만 가진 사람들은 절대로 작가가 될 수 없다. 이런 사람들은 비유적으로 말해서, 힘들고 기나긴 글쓰기 교육 과정 중 초보 단계인 유치원에 들어갈 자격조차 없다. 기본적으로 초보 단계에서는 규칙적으로 글을 쓰는 습관이 필요하다. 이들이 자격이 없는 이유는 이들의 동기가 글을 쓰고 싶다는 열망이 아니라 그저 출간하고 싶다는 집요한 바람이기 때문이다.

진정으로 창의적인 사람(혹은 소설이나 창의적인 글을 쓸 자격이 있는 사람)은 반드시 실제로 글을 써야 한다. 글을 쓸 소재가 없어도 상관없다. 억지로라도 발길을 책상으로 돌려야 한다. 처음에는 아이디어가 떠오르지 않는 괴로움을 토로하고, 글쓰기를 미룰 핑계를 대고 싶을지 모른다. 그러나 결국에는 날마다 글을 쓰는 습관이 든다.

이렇게 되면 놀라운 일이 일어난다. 아이디어가 생긴다. 원래 아이디어는 저장해 놓는 것이 아니다. 젖소의 젖을 짜 줘야 새 젖이 나오고, 꽃을 꺾어야 새 꽃이 피듯, 아이디어를 써야 새로운 아이디어가 나온다. 그리고 생각을 양껏 쏟아 낼수록 상상력이 풍부해지고 창작 기술이 늘어난다. 힘들더라도 일단 에세이나 소설을 써 보자. 그러다 보면 새로운 아이디어들이 계속 떠올라 글을 빨리 끝내고 새로운 글을 시작하고 싶어 좀이 쑤실 것이다.

좋은 아이디어는 내손에 쥐고 있다

많은 작가 지망생이 자신의 인생 이야기에 들어 있는 훌륭한 보물을 알아채지 못한 채 아이디어를 찾아 헤맨다.

워싱턴 D.C.에 있는 조지타운 대학교에서 첫 강의를 끝낸 후, 한 여학생이 자포자기의 심정으로 내게 쪽지를 보내 왔다. 글을 쓰고 싶은 열망이 강했고 글솜씨도 좋은 학생이었다. 그렇지만 그녀는 "뭘 써야 할지 모르겠어요. 아이디어가 완전히 바닥났어요."라고 하소연했다.

어느 날 수업이 끝나고 그 학생과 커피를 마셨다. 알고 보니 그녀는 영국인이었고 밝은 성격이었으며 전 세계를 여행하면서 겪은 일화가 넘쳐났다. 그녀의 남편은 외교 사절단의 일원이었다. 그녀는 끊임없이 접대에 참여해야 하고 아이들과 여기저기 떠돌아다녀야 하는 신세를 한탄했다. 나는 그녀가 이야기를 하는 내내 "그거 좋은 아이디어인데요."라고 말했다. 사람들이 칵테일파티에서 쓰는 위선적인 가면, 내키지 않은 행사에 억지로 참석해서 즐거운 척하기에 익숙해지는 과정, 영국 학교와 미국 학교의 생생하고 흥미로운 비교, 가만히 앉아서 차를 마시면서 좋은 책을 읽고 싶은 마음이 간절하지만 여행이 직업인 남편과 살면서 생기는 갈등에 대처하는 방법 등이 모두 좋은 소재였다.

그녀에겐 이야깃거리들이 넘쳐흘렀고 내 마음은 그런 이야깃거리들에 반응했다. 그녀가 쓸 거리가 하나도 없다고? 천만의 말씀이다. 사실은 차고 넘쳤다. 그저 따뜻하고 긍정적이며 전문적인 시각으로 내면을 들여다본 적이 없었을 뿐이다. 자신의 경험에 들어 있는 풍부한 소재를 알아차리지 못하는 바람에 하나도 이용하지 못하다 보니 상상력이 적극적으로 발휘되지 않았다. 또한 그녀는 창의적인 글의 아이디어에서 가장 중요한 부분인 해석의 각도를 아직 찾지 못했다. 해석의 각도는 12장에서 다룬다.

반면에 전 세계를 두루 돌아다녔고 풍부한 경험을 했으며 그 과정에서 얻은 수많은 멋진 소재 때문에 글을 쓰고 싶어 하는 사람도 있다. 물론 이런 사람들은 당연히 글을 써야 한다. 우리는 이런 이야기를 필요로 하고 원한다. 그러나 아무리 가슴 깊이 느낀 경험이나 관찰이라도 그저 언급하는 것만으로는 부족하다. 신선한 교훈이나 목적을 구체적으로 설명해야 한다. 요컨대 설득력 있는 해석의 각도를 발견해야 한다.

좋은 아이디어를 알아채려면 마음속과 머릿속에 있는 모든 가능성에 주의를 기울여야 한다. *아이디어의 가장 좋은 원천은 바로 자신*임을 명심하기 바란다. 쓸 만한 아이디어가 나오기를 기대하면서, 일기를 꾸준히 써 보자. '기대'는 마법 같은 힘을 발휘한다. 좋은 아이디어가 떠오를 때 얼마나 흥분되는지 이루 말할 수 없다. 진정한 작가는 모두 이런 기분을 느낀다. 그리고 읽고, 또 읽고, 계속 읽어야 한다. 창의적인 글을 읽을수록 좋다. 당신의 요술 램프를 문질러 지니라는 풍부한 아이디어를 불러내는 데에 다른 사람의 아이디어가 도움이 될 것이다.

두뇌 활동 훈련법 배우기

경이로운 두뇌 활동은 실용적이고 유용한 모든 목적을 위해서 두 가지 단계로 나뉜다. 그것은 의식과 무의식이다. 작가는 이 둘을 이용해서 아이디어를 얻는 방법을 배운다.

먼저 무의식에 대해서 생각해 보자. 무의식은 당신의 다른 모든 부분이 자고 싶어 할 때 갑자기 깨어나 생각으로 가득 찬다. 걱정거리가 있으면 무의식은 해결책을 찾아서 끊임없이 버둥댄다. 자극적인 경험을 하면 무의식은 그 경험을 계속 재생한다. 다시 말해 무의식 활동은 항상 생각이나 사건, 경험, 사람으로 인해 유발된다. 따라서 글을 시작할 좋은 아이디어 혹은 쓰고 있는 글을 강화해 줄 아이디어를 얻고 싶다면 이 방법을 시도해 보기 바란다. 본격적으로 글을 쓰기 전에 그 글과 유사한 좋은 글을 몇 편 읽는 것이다. 혹은 제목만 몇 개 읽어도 좋다. 그러고 나서 눈을 감고 긴장을 풀고 편안하게 있으면 그 사이에 아이디어들이 서서히 떠오른다.

이는 내가 대학에 다닐 때 배운 아주 오래된 비법이다. 그때 한 미술 강사가 잠자리에 들기 전에 디자인 책이나 화첩을 보라고 조언했다. "무의식에서 튀어나오는 새롭고 훌륭한 그림들이 아주 많아서 깜짝 놀라게 될 거예요." 사실이었다. 이 방법은 효과가 있었고 그 후로도 늘 유용했다. 다른 많은 작가가 이 방법의 효과를 증명했다. 심지어 이런 책을 펼쳐놓으려고 서재에 긴 의자를 들여 놓는 작가들도 있다. (나도 한때 그런 적이 있었다. 하지만 내가 늘어놓은 책들은 늘 종이 뭉치에 파묻혀 있어서 도통 찾을 수가 없었다.)

내가 최초로 쓴 창의적인 글은, 더 나은 삶을 위한 지침을 형식에 얽매임 없이 편하고 흥미롭게 쓴 잡지 한 권을 읽은 결과물이었다. 잡지를 다 읽은 후에 불을 끄자 머릿속에 수많은 생각이 떠올랐다.

그중 한 가지는 워낙 끈질기게 떠올라서 당장 침대에서 일어나 글을 쓸 수밖에 없었다. 아침 해가 밝기 전에 1,500자짜리 글을 완성했다. '당신도 운동을 잘할 수 있다'는 제목의 이 글은 즉시 잡지사에 팔렸다. 이 사례는 유명한 규칙을 입증하기도 한다. *당신이 읽은 글과 같은 종류의 글을 써라.* 이 조언은 여러 면에서 유익하다. 당신이 기고하고 싶은 잡지를 읽으면 특정한 시장에 적합하게 글을 쓰는 법을 배우게 된다. 그동안에 무의식이 특정한 분위기와 리듬을 흡수해서 아이디어를 일으키는 신비한 힘을 비축한다.

글을 쓰는 습관이 생기면 창의적인 아이디어들이 요란하게 떠오른다. 타자기 앞에 앉아 있는 때로만 국한되지 않는다. 지붕을 고치거나 지하철을 타거나 마룻바닥을 청소하는 때와 같이 글쓰기와 전혀 관계없는 일을 하는 동안에도 무의식이 각종 아이디어를 내놓는다. 나는 시간을 잡아먹는 집안일을 불만스러워하는 편이지만, 서재에 들어가기 전에 부엌 청소를 하거나 진공청소기를 돌리는 일이 이득이 될 때가 있다. 원래 머리는 뭔가 생각에 사로잡혀 있어야 한다. 대체로 머리는 복잡한 인간관계, 가족이나 이웃과의 상황, 대화의 몇 토막, 인간 본성을 드러내는 사소한 장면, 추억을 깊이 생각한다. 모든 게 창의적인 글의 좋은 소재이다. 그리고 소재에서 갑자기 글귀나 관점이나 제목이나 글의 전제가 떠오른다. 평소에 열중하는 일이 무엇이든 상관없다. 규칙적으로 글을 쓰기만 하면 무의식이 아이디어를 지속적으로 제공해서 생산적인 글을 많이 쓰도록 해 준다. 무의식이 최고의 협력자가 된다.

또한 의식적으로 두뇌 활동을 훈련할 방법들과 아이디어를 얻을 수 있는 확실한 장소들이 있다. 이를테면 지하철을 타거나 지붕을 고치거나 마룻바닥을 청소하는 때라도 다음에 쓸 글에 대해서 생각하도록 의식적으로 두뇌 훈련을 해 본다. 생각을 기본적인 아이디어로 전환하고, 떠오르는 주변 아이디어들을 정리하기 시작한다. 이런 식의 두뇌 훈련은 매우 유용하다. 글을 쓸 시간이 지연돼 생기는 짜증이 사라지고 시간이 절약된다. 책상 앞에 앉을 즈음에는 많은 생각이 이미 정리되어 있을 것이다.

아이디어가 있는 장소

당신 자신

앞에서도 말했듯이, 마음에서 우러나온 글에 필요한 아이디어의 가장 좋은 원천은 바로 당신 자신이다. 이를테면 인간 생활에서 일어나는 이러저러한 일에 대한 당신의 반응과 그런 인간사를 개선할 제안(조언), 불의에 대한 분노(항의), 정신적인 성장(영감), 소박하거나 극적인 모험(개인적인 경험), 추억(향수 혹은 사색적인 수필), 웃음이 터지는 일

(유머)이 모두 당신 자신에게서 나온다.

그렇다고 해서 글에 '나'라는 대명사를 남발하라는 뜻은 아니다. 두말할 필요 없이 이 대명사를 분별력 있게 사용해야 한다. 그러나 당신의 관점이고 당신의 목소리이기 때문에, 아이디어의 가장 핵심적인 공급원은 당신 자신이다.

그런데 부지런히 노력하고 주의력을 기르고 자신을 철석 같이 믿는데도 아이디어라는 보상이 솟아나지 않는다고 해 보자. 이럴 때 아이디어를 찾을 수 있는 곳이 있을까? 분명히 있다.

신문

실화 기사를 쓰는 사람은 취재할 사람과 장소, 프로젝트에 얽힌 이야기를 찾아서 끊임없이 신문을 훑어본다. 이와 달리 마음에서 우러나온 글을 쓰는 작가는 이야기의 바탕에 깔린 감정에 오감을 곤두세우면서 신문을 읽어야 한다. 소설을 읽을 때와 마찬가지로 사람들의 동기와 느낌을 궁금해해야 한다.

신문에는 인간사의 파노라마가 펼쳐져 있다. 비극과 희극, 실패와 성공, 결혼과 이혼, 졸업과 입학, 출생과 죽음이 들어 있다. 살인, 강간, 전쟁과 같은 중대한 사건에서부터 남자아이와 애완견의 사연과 같은 소박한 이야기에 이르기까지 다양한 내용이 나오며, 깊이 들여

다보면 고동치는 삶의 맥박이 느껴진다. 사진 속 얼굴들이 당신에게 말을 한다. 신부들의 얼굴에서는 빛이 나고, 어떤 얼굴들은 겁에 질려 있으며, 쓸쓸하거나 분노하거나 애원하는 눈빛도 있다. 그들은 당신에게 무슨 말을 하려고 할까? 그들을 어떻게 도울 수 있을까? 마음을 터놓고 그들과 솔직하게 대화를 나누면 무엇을 알아내게 될까?

기자는 객관적인 입장을 유지하는 훈련을 받고 취재를 하고 인터뷰를 한다. 인터뷰는 당신의 몫이 아니다. 그렇지만 창의적인 글을 쓰는 작가는 조사를 하고, 무엇보다도 발견을 한다. 사람들의 이야기가 당신의 이야기가 된다. 이는 당신이 깊이 이해하고 삶의 언어를 명확하게 구사하는 능력을 키우는 과정이다. 그 과정을 통해 당신은 천부적인 글쓰기 재능을 활용해 당신의 목적을 실현하게 된다. 즉 가능한 한 많은 사람에게 다가가 그들의 삶을 조금이라도 밝게 바꾸어 준다.

자, 이제 당신은 어떻게 해서 일간지 한두 페이지만으로도 훌륭한 아이디어가 번쩍 솟아나는지 이해가 될 것이다.

보다 확실한 아이디어의 원천은 한때 신문에서 연애상담이라는 제목의 칼럼에 실린 편지들이다. 이제는 칼럼의 제목이 칼럼니스트의 이름을 딴 '앤 랜더스Ann Landers'나 '친애하는 애비Abby' 같은 식으로 바뀌었다. 사람들은 고민을 쏟아 낸 편지를 보내 조언을 구한다. 이들의 이야기에는 인간사의 갈등이 모두 아우러져 있다. 고민이 발산돼 있고 칼럼니스트에게 대한 신뢰감이 드러나 있다. 대부분의 사람들과 마찬가지로 이들은 배신당할 위험이 없는 방법으로 '누군가에게 이야기를 해야만' 한다. 그리고 질문에 대한 대답은 대체로 유익하고 예리하고 위안이 되지만 냉정하게 상식을 지킨다. 조언이 역효과를 낳거나 독자들이 조언에 동의하지 않으면 대대적인 항의가 뒤따르며, 창의적인 글을 쓰는 작가에게는 이런 항의 자체가 교훈을 주는 경험이다.

이런 상담 칼럼은 자신에게 여러 질문을 하기 위해서라도 읽을 만한 가치가 있다. 나는 이 사연을 보고 뭘 느낄까? 나라면 맞고 사는 아내에게 뭐라고 말할까? 임신한 십 대에게 무슨 이야기를 해야 할까? 아내는 승진을 했는데 직장에서 쫓겨난 남편에게는 어떤 조언을 할까?

작가로서 당신도 이런 고민의 관계자이다. 이렇게 자문자답을 하다 보면 해당 상황뿐만 아니라 다른 사람들에게도 유용한 새로운 아이디어가 솟아난다.

대화

위와 같은 이유로, 자신의 대화는 물론이고 다른 사람들의 대화에도 주의를 기울여야 한다. 파티나 직장, 지하철과 버스에서 사람들이 하는 말에 귀를 기울여야 한다. 나는 버스에서 어느 모자의 뒤에 앉았다가 머리가 긴 아들이 어머니를 협박하는 소리를 들었다. "좋아요. 오토바이 안 사 주면 결혼해 버릴 거예요." '자기중심 세대', '겁먹은 부모 증후군', '결혼의 가치(결혼 대 오토바이)는 어디로 갔나?'와 같은 제목의 글을 시작하기에 이보다 재미있고 노골적인 문장이 있을까?

이렇게 유감스러운 대화만 듣게 되는 것은 아니다. 나는 대중교통을 이용할 때 처음 보는 사람들과 몹시 슬픈 대화를 오랫동안 나눈 적이 많다. 한 번은 법정에서 막 이혼 소송을 끝내고 온 여성과 이야기를 하게 됐다. 그녀는 여전히 화가 나 있었다. "남편에게 다른 여자가 있더라고요. 애가 둘이나 있는데 이 비열한 놈이 땡전 한 푼 안 주려고 해요." 나 역시 정말 심한 처사라고 생각했다. 우리는 지하철을 타고 가는 내내 열을 올리며 남자들에게 분통을 터뜨렸다. 어린 딸의 관에 놓을 꽃을 사러 가는 불쌍한 남자를 버스에서 만난 적도 있었다. "채 여덟 살도 안 된 아이예요. 음주 운전자가 모는 차에 치였답니다." 그는 딸의 사진을 보여 줬다. "도대체 왜, 이렇게 예쁜 애에게 왜 이런 일이!" 나도 모르게 소리를 질렀다. "그러게요." 그는 흐르는 눈물을 훔쳤다. "제 엄마를 쏙 빼다 박았죠. 천사였어요. 딸

이 나를 미워했는지 아니면 좋아했는지 끝내 알 길이 없네요." 그는
자신의 사연을 털어놓았다. 가난과 고통과 사랑이 어우러진 이야기
였다. 내가 버스에서 내릴 즈음에는 우리 둘 다 엉엉 울고 있었다. 창
너머로 불쌍한 젊은 남자의 얼굴을 향해 손을 흔들다가 갑자기 슬픔
이 복받쳐 참을 수 없었다. 뭐라도 해야 했고 말해야 했다. 남자에게
돈이라도 조금 쥐어 줘야 했다. 그러나 버스 문이 금방 닫혔다. 버스
를 쿵쿵 두드리며 힘껏 쫓아갔지만 버스는 멈추지 않았다.

너무 늦어 버렸다. 그 남자의 주소조차 받지 못했다. 이제 내가 할
수 있는 일이라고는 그 이야기를 써서 나를 (그리고 다른 사람들을) 위로
하는 것뿐이었다. 연민이 담긴 기사나 칼럼, 이왕이면 도움을 필요로
하는 누군가에게 힘이 될 수 있는 글이면 더욱 좋으리라.

대부분의 사람들이 이야기하기를 좋아한다. 어디서든, 누가 하는
이야기든 귀를 기울이자. 이웃과 택시 운전사, 미용사와 수리 기사,
베이비시터와 가사 도우미의 이야기를 듣자. 작가에게 그런 대화는
절대 시간 낭비가 아니다. 오히려 아이디어를 얻고 이해심을 키울 수
있는 기회다. 직업을 불문하고 누구나 나름대로 특별하다. 모두가 마
음에서 우러나온 진실한 이야기를 가지고 있다. 다른 사람들이 말을
하게 하자. 대체로 그들은 놀라운 경험과 심오한 철학을 가지고 있
다. 내가 지금껏 들은 가장 현명한 말은, 첫아이를 돌보느라 허우적

거리는 동시에 다 쓰러져 가는 집을 고치느라 고전하던 어느 날 우연히 우리 집을 찾아온 늙은 떠돌이 일꾼의 입에서 나왔다. 그는 집을 다 고칠 때까지 우리 집 헛간에서 살았다. 그가 그곳에 머무는 동안에 내 공책은 빈정대면서도 재치가 넘치는 그의 말로 가득 채워졌다.

내가 신문 칼럼에서 '일상생활의 대화'라고 일컫는 그런 대화에서 수없이 많은 글과 책이 탄생했다.

하지만 친구 혹은 당신과 뜻이 통하는 사람과의 대화에서 쏟아져 나오는 아이디어도 무시하면 안 된다. 이런 대화는 그들의 사고방식은 물론이고 당신의 사고방식에 대해서도 대단히 많은 정보를 드러낸다. 흔히 "자기 말을 들어봐야 자기 생각을 알 수 있다."라고 하는데 옳은 소리이다. 두뇌 작용에 불을 붙이는 사람과 대화를 나누다 보면 놀라울 정도로 뛰어난 아이디어가 샘솟는다. 잠들어 있던 발상이 다른 사람과 어울림으로써 깨어난다. 창의적인 작가는 창의적인 친구들이 적어도 몇 명은 필요하다. 그 친구들이 작가일 필요는 없지만 머리가 좋고 표현력이 좋아야 한다. 여기에는 두 가지 가치가 있다. 똑똑한 친구는 뛰어난 아이디어를 가지고 있으며, 당신이 그 아이디어를 이용하는 것을 기뻐한다. 게다가 그 친구의 똑똑함이 당신을 보다 똑똑하게 만든다.

그렇지만 기록해 놓지 않으면 전혀 도움이 되지 않는다. 서둘러 타자기로 가서 최대한 원래대로 대화를 재생해야 한다. 글을 쓸 때 대화를 전부 사용하지 않을 수도 있다. 대화의 핵심을 포착해서 목적에 맞게 다듬어 써야 한다. 어쨌든 기록은 당신에게 필요한 요소, 즉 핵심적인 아이디어를 줄 것이다.

가족

자녀, 결혼, 친척이 모두 아이디어의 원천이다.

아이가 있는 작가는 아이디어가 끊이지 않는다. 부모로 살아가면서 느끼는 문제가 무수히 많고 문제를 해결하는 방법 역시 다양하다. 아이를 기르는 어렵고 복잡한 과정을 익살맞게 다루든 진지하게 다루든, 첫아이를 처음 두 팔에 안은 순간부터 막내를 결혼시키고 신랑 신부 퇴장 때 뿌린 쌀을 머리에서 털어내는 순간에 이르기까지 이야깃거리가 워낙 많고 다양해서 아이디어가 풍성하게 나온다.

결혼은 창의적인 글을 쓰는 작가에게 아주 중요한 주제라서 뒤에서 다시 자세히 다룰 것이다. 더할 나위 없이 이상적인 결혼 생활을 하고 있는 사람이라면 결혼의 좋은 점과 이유를 쓰면 된다. 상당히 신선한 관점이 될 것이다. 반면에 대체로 그렇듯이 자신 혹은 다른 사람들의 결혼 생활에서 몇 가지 결점을 발견했다면 그런 결점이 글의 알맹이가 될 것이며 사용하는 문체에 따라서 진지하게 혹은 익살스럽게 표현될 것이다.

아이디어의 발생지로 친척을 빼놓을 수 없다. 가계도의 가지 수만큼 수많은 아이디어가 나온다. 형제, 자매, 사촌, 숙모, 이모, 삼촌, 부모, 조부모까지 모두 포함된다. 혈연 공동체의 구성원들에게서 재미있거나 감동적인 이야기와 삶의 진실이 나온다. 많은 잡지사가 유명하지 않은 인물을 바탕으로 쓴 글을 환영한다. 이를테면 괴짜인 조부모나 숙모나 사촌, 삶에 큰 영향을 준 교사(혹은 친척), 대의를 위해 싸워 긍정적이고 중대한 변화를 이끌어 냈지만 알려지지 않은 고향 사람을 다룬 글을 좋아한다. 애완견도 여기에 속한다. 애완견과 주인과의 관계는 아주 가깝고 중요하기 때문이다. 특히 혼자 사는 노인 혹은 혼자 작업하는 작가의 경우에는 더욱 그렇다.

당신이 쓴 글

당신이 쓴 모든 글의 본문에는 아이디어의 씨앗이 몇 개 숨어 있다. 씨앗을 잘 살펴보자. 다른 글에 유용하게 쓰일 이런 아이디어가 그 글에서 버려진 이유는 다양하다. 글의 초점에서 벗어나는 논쟁을 제시해서일 수도 있고 글이 너무 길어져서일 수도 있다. 혹은 직전에 쓴 아이디어와 반대 내용이기 때문일 수도 있다.

구체적으로 예를 들어보겠다. 나는 의사소통을 주제로 '배우자에게 이야기하는 방법'이라는 글을 〈베터 홈스 앤 가든스〉에 기고했다. 이 글에 남의 이야기를 들을 때 흔히 저지르는 실수를 몇 가지 넣었다. 편집자는 이 실수 목록의 내용이 너무 부정적이라고 판단해 삭제했다. 나는 이미 쓴 글이 버려지는 게 싫었고 그 주제에 대해 아직 할 말이 많았기 때문에 (또한 "남편은 나한테 도통 말을 안 해요."라는 아내들의 불평을 계속 들었기 때문에) 그 목록을 늘려서 '남자가 아내에게 말을 하지 않는 이유'라는 글을 썼다. 그러고 나서 이 글에 대한 반론을 생각하다가(모든 문제에 대해서 양측의 입장을 살펴봐야 한다), '여자가 남편에게 말을 할 수 없는 이유'라는 글을 썼다. 두 글 모두 〈베터 홈스 앤 가든스〉에 실렸고 후에 〈리더스 다이제스트〉에 다시 실렸다.

또한 나는 가정 재정을 주제로 글을 쓴 후에, 이 글에서 파생된 내용으로 직장을 가진 아내들에 대한 글을 썼다. 분명히 중요하게 대두되고 있는 주제였다. 이때 쓴 글의 제목은 '여자가 번 돈은 누구의 돈인가?'였다. 이 주제를 다룬 다양한 글이 거의 모든 주요 잡지와 많은 전문지에 등장한다. 이를테면 '돈 때문에 싸우는 부부의 뒤에 감춰진 진실은?'(〈매콜즈〉), '기다리지 말자—남자가 더 나은 삶을 선사해주기만 기다리고 스스로 노력하지 않으면 평생 기다려야 한다'(〈뉴우먼(New Woman)〉), '가난한 사랑'(〈레드북(Redbook)〉), '돈 싸움: 돈 때문에 결혼을 망치지 말자'(〈레이디스 홈 저널〉)가 있다.

정말로 창의적인 사람이라면 어떤 주제라도 지면이 넘쳐날 정도로 하고 싶은 말이 많을 것이다. 일단 하고 싶은 말을 모두 다 쓴다. 그리고 나서 한 가지 주제를 제대로 전달하는 강력한 글이 나올 때까지 내용을 압축한다. 대신에 잘라 낸 주변적인 아이디어들을 따로 잘 보관해 놓는다. 그중에 가장 좋은 아이디어는 근간이 된 글보다 훨씬 뛰어난 글로 탄생할 가능성이 많다.

앞에서 이미 설명했듯이, 초보자가 아이디어 찾기에 어려움을 느끼는 주된 이유는 이미 가지고 있는 아이디어를 다룰 줄 몰라서이다. 대체로 이런 방법을 모르는 까닭은 출판업계를 제대로 파악하지 못했기 때문이다. 그래서 문학잡지, 강좌, 전문가들이 진행하는 강의와 컨퍼런스, 글쓰기 기법과 마케팅 방법을 다룬 책이 유용하다. 이런 잡지나 강좌, 책은 자극제가 되고 정보를 제공하는 가치가 있다. 단, 마구잡이로 이용하면 안 된다. 초보자가 규칙적으로 글을 쓰도록 북돋아 주고, 아이디어를 개발해 독자의 반응을 이끄는 글로 전환하는 방법을 보여 주며, 완성된 결과물을 투고하는 방법을 알려 주는 것을 골라야 한다.

당신이 기고하고 싶은 잡지를 반드시 읽어야 하듯이, 출판업계를 다룬 글을 가능하면 모두 읽어야 한다. 그리고 그 느낌과 흐름을 당신의 무의식 속에 심어 둬라. 무엇보다도 실제로 써야 한다. 글을 쓸

수록 당신의 재능이 담긴 특별한 요술 램프가 훨훨 타오르게 된다. 지니가 당신을 열심히 섬기게 돼 매번 아이디어를 흥미롭고 새로운 형태로 제공할 것이다. 그리고 당신이 요술 램프의 마법에 완전히 통달하게 된다면 설사 지니가 잠들어 있더라도 원할 때마다 불러낼 수 있을 것이다.

번뜩이는 아이디어를 메모하는 습관

의식한 아이디어든 무의식 속에 있는 아이디어든 적어 놓지 않으면 쓸모가 없다. 규칙적으로 글을 쓰는 습관에 이어서, 모든 작가가 가져야 하는 두 번째 습관은 노트를 가지고 다니는 것이다.

노트라고 해서 특별히 규정된 것은 아니다. 기록할 수 있는 도구면 무엇이든 상관없다. 아이디어가 생생할 때 어디에라도 적어 놓기만 하면 된다. 주머니 속 작은 수첩에 적어도 좋다. 종이를 뺐다 끼웠다 할 수 있는 다이어리에 써도 좋다. 나중에 노트나 카드 색인이나 서류철에 옮기기만 한다면 일단 아무 종잇조각에 휘갈겨 놓아도 좋다.

나는 뺐다 끼웠다 할 수 있는 다이어리를 수년 동안 사용하다가 서류철로 바꾸었다. 서류철을 사용할 때는 독립된 글로 쓸 가치가 있다 싶은 새로운 아이디어의 제목을 임시로 정해서 알파벳순으로 철해 두면 된다. 그리고 그 글과 연관된 좋은 생각이 떠오를 때마다 간략하게 정리해서 해당 서류철에 끼워 둔다. 인용문이나 관련된 일화, 신문 기사나 참고 자료와 같은 보충 자료도 같이 정리해 둔다.

새내기 작가가 늘 노트를 가지고 다니면 아이디어를 적어 놓는 습관이 생긴다는 장점이 있다. 아이디어가 하나 생기는 것도 이익인데, 나중에 여기에서 새로운 아이디어들이 계속 파생되므로 이익이 막대해진다. 물론 적어 놓은 아이디어들을 다 사용하지는 않겠지만, 아이디어에 대한 의식이 강화된다. 동전이나 우표나 책 초판을 거들떠보지도 않던 사람이 일단 수집을 시작하면 갑자기 사방에서 그런 물건들만 보이는 경우와 마찬가지다.

게다가 아이디어 자체가 가치를 지니기 시작한다. 적어 놓은 아이디어를 모두 사용하지 않거나 작성한 글을 다 투고하지 않는다 해도, 1차 아이디어가 많이 비축되어 있을수록 기회가 많아진다.

그러나 아이디어는 수명이 짧아 언젠가 사라지게 돼 있다. 따라서 아이디어가 떠오를 때 시간을 지체하면 안 된다. 장소와 시간을 불문하고 하던 일을 멈추고 바로 써야 한다. 내일 아침 혹은 단지 1시간 후라도 너무 늦을지 모른다. 아이디어의 내용은 기억나도, 아이디어의 핵심이나 신선함, 설득력이나 깔끔한 표현은 떠오르지 않을 가능성이 있다. 아이디어가 떠오르는 즉시 적어 두자.

개인적인 경험
#03

쓰는 글이 허구든 실화든, 진정으로 창의적인
작가라면 소재와 자신을 분리하기가 거의 불가능해진다. 자신의 추
억, 감정, 신념, 경험, 독특한 개성이 글에 스며든다. 이런 점은 아주
훌륭하다. 특별한 재능이다. 글에서 진정성이 느껴져 글을 읽을 만한
가치가 있게 한다. 독자는 이런 재능이 있는 작가와 함께 느끼고 생
각한다. 특히 그 작가의 삶에서 나온 강력하고 개인적인 이야기를 재
미있게 감상한다.

마음에서 우러나온 모든 글이 개인적이기 마련이다. 그러나 유독
개인적인 종류가 몇 가지 있다. 사색적인 수필, 향수, 섹스, 사랑, 가
정생활에 대한 글이 여기에 해당된다. 무엇보다도 기억에 남거나 극
적이거나 중요한 개인적인 경험을 바탕으로 한 글이 그렇다.

잡지사는 일인칭 이야기를 선호하며 갈수록 이런 이야기를 많이

게재하고 있다. 편집자들은 아주 흥미로운 모험과 근거 있는 진실은 삶에서 나온 이야기임을 오래전부터 알고 있었다. 마음에서 우러나온 이런 글이야말로 초보 작가들이 쓰기에 가장 안전하고 유망하다. 나는 프로 작가가 될 생각이 없는 사람에게도 이런 글을 쓰라고 적극적으로 추천한다. 거의 모든 사람들이 남에게 들려줄 가치가 있는 훌륭한 이야기를 적어도 하나쯤 마음속에 숨겨 두고 있다.

이야기 자체가 아주 독특하고 극적이어서 관심을 불러일으킬 수도 있다. 혹은 이야기는 상당히 일반적인 경험인데 전달하는 방식이 극적일 수도 있다. 어느 쪽이든 보통 사람이 공감할 수 있도록 써야 한다. 성공의 비결은 말하기에 있다.

드라마, 즉 극적 상황은 욕망과 뜨거운 눈물, 가식과 두근거림, 자유를 향한 미친 듯한 질주, 애원하는 소리와 비명, 우는 소리와 간청으로 대변된다. 혹은 통속성을 드러내는 행동이나 감정으로 설명할 수도 있다. 극적 상황은 등장인물을 그럴듯하게 묘사해 주고, 독자가 등장인물의 경험을 강력하고 흥미롭고 유익하게 공유할 수 있게 만든다.

소설 작법

일반적으로 소설 작법은 소설에 자주 사용되는 기법을 뜻한다. 여기에는 긴장감과 위험과 임박한 극적 상황, 회상, 진실이 드러나는 순간과 대단원이 포함된다. (모든 요소가 다 들어갈 필요는 없다.)

허구적인 단편소설과 개인적인 경험을 다룬 글의 주요 차이점은 인물 묘사에 있다. 개인적인 경험 글에서는 작가인 당신(혹은 당신과 아주 가까운 사람)이 주인공이다. 따라서 외형 묘사를 자세히 할 필요가 없다. '내 거울이 내게 내가 아름답다고 말했다'와 같은 접근법을 쓰지 말아야 한다. '나는 키가 크고 쉰 목소리에 곱슬머리를 가진 사람이다.'는 방식도 자제해야 한다. 물론 생생한 표현을 약간 가미해도 될 때가 있다. '182센티미터에 90킬로그램의 체격인 나에게조차 버거운 짐이었다.' 이런 표현이 멋지게 더해지면 독자들이 상상하는 데에 도움이 되며, 때로 행동을 명확하게 보여 주기 위해 필수적이기도 하다.

개인적인 경험 글에서는 동기를 깊숙하게 파고들 필요가 별로 없다. 시간이 거의 나오지 않으며, 등장인물을 묘사하기 위해 여러 가지 신상 정보를 회상할 이유가 없다. 당신은 무대에 서 있을 뿐이다. 등장인물에 대한 정보는 당신이 상황에 반응하고 해결하는 방식에서 드러난다.

더구나 등장인물은 항상 경험에 비해 부차적이다. 당신은 전시물 제1호가 아니다. 당신은 전시물 제1호인 경험을 제시하는 수단일 뿐이다. 이 점은 실화 기사와 대조를 이룬다. 실화 기사에서는 유명하거나 흥미로운 사람을 묘사한다. 작가가 대상을 인터뷰하고 그 사람에 대한 정보를 최대한 모아서 상세하게 묘사한다. 혹은 질의응답 형식으로 인터뷰 대상이 자신에 대해서 이야기한다.

그렇지만 개인적인 경험을 이야기하는 창의적인 글에서는 등장인물이 경험을 통해서 감동을 받거나 변화한다. 일반적으로 변화의 가능성이 시작부터 분명히 보인다. 또한 시작부터 긴장감이 흐른다. 위험하거나 실망스럽거나 비극적인 일이 곧 일어날 것이라는 징후가 글이 진행될수록 커진다.

이를 구체적으로 설명하기 위해서, 우리 집 애완견 달마티안이 보트 사고로 심하게 다친 후 우리 가족에게 닥친 위기를 다룬 '벨'의 시작 부분을 예로 들어 보겠다. 이 글은 〈가이드포스트〉에 실렸으며 '사랑하는 애완견이 위급할 때 선한 목자에게 치유를 요청하는 게 잘못일까?'라는 부제가 붙었다.

벨이 가망 없음을 우리 모두 알았다. 3개월이라는 긴 시간 동안 입원해 세 번이나 수술을 받았지만 차도가 없었다. 다 내 잘못이었다. 아무도 내 탓을 하지 않았지만 나는 지독한 죄책감에 시달렸다.

"벨을 안락사시킬 수밖에 없다면⋯⋯." 나는 끔찍한 결정을 내려야 했던 날 아침에 끝내 고집을 부렸다. "내가 수의사에게 말할게. 어차피 그날 밤에 내가 몬 보트가 벨을 치었잖아."

가족이 하나둘씩 집에서 나갔다. 마침내 나 혼자 남았다. 나는 한참 동안 거실을 서성거리며 용기를 그러모으려고 기를 썼다. 끝내자. 이 방법이 아니면 벨의 다리를 절단해야 한다. 마침내 나는 울먹이며 전화기 옆으로 성큼성큼 다가갔다. "모젤 선생님? 우리는 벨을 보내 주는 것이 가장 자비로운 선택이라고 결정을 내렸어요."

"알겠습니다. 올바른 판단입니다."

이어서 내가 사형 집행자가 된 느낌이었다는 내용이 나온다. 우리 아이 중 한 명의 죽음을 지시한 기분이었다. 커피를 마셔 보려 했지만 도저히 견딜 수 없었다. 겁에 질려 어쩔 줄 모르다가 전화기로 달려갔다.

이번에는 통화중이었다. 계속해서 다이얼을 돌렸다. 드디어 조수가 전화를 받았다. "선생님이 통화 가능하신지 확인해 볼게요." 잠시 후에 의사가 수화기를 건네받았다. "멈추세요. 기다리세요. 하지 마세요!"

이어지는 침묵에 내 심장이 멎는 듯했다. "딱 직전에 저와 통화가 됐네요. 확실합니까?"

"네, 아니요! 네. 오늘밤까지만 기다려 주세요. 부탁드려요. 적어도 우리 가족이 모두 가서 작별 인사를 할 시간이라도 주세요."

나는 조금 기가 죽어 남편에게 전화를 했다. 그날 밤에 우리는 64킬로미터를 차로 달려 여름용 별장이 있는 버지니아의 작은 마을로 가는 내내 벨과 함께한 추억을 떠올렸다.

여기에서 회상은, 수영을 좋아한 검은 얼룩점박이 개와 그 비극적인 밤에 일어난 사고를 묘사하기에 완벽한 도구이다.

항상 벨은 신이 난 아이처럼 자동차에서 가장 먼저 빠져나가 물을 향해 전속력으로 달렸다. 수상스키를 타는 사람들은 물속에서 열심히 나아가는 벨의 머리를 요령 좋게 피해 휙휙 지나갔다. 곧이어 우리는 중고지만 예전 보트보다 크고 강력한 보트에 올라탔다. 십 대 아이들이 서로 조종하겠다고 나섰다……. 나는 내가 몰겠다고 말했다……. 벨은 이미 맹렬히 헤엄쳐 다니고 있었다. 벨이 잠수하자 익숙한 첨벙 소리가 들렸다.

나는 벨을 염두에 두지 않았다. 남편이 보내는 신호와 수상스키에 올라 긴장한 채 기다리고 있는 두 사람이 보내는 신호를 보고 들으면서 조종에 집중하느라고 여념이 없었다. "출발해!"

나는 레버를 당겼고 우리가 탄 보트는 물살을 가르며 빠르게 나아갔다……. 그러다가 몸이 부서지는 충격이 느껴졌다. 끔찍한 쿵 소리가 났다. 캥캥거리며 괴로워하는 거친 비명이 들렸다.

더욱 긴장감이 흐르는 이야기가 이어진다. 우리는 수의사를 찾아서 정신없이 여기저기 전화를 걸었다. 절박한 심정으로 동물 병원을 향해 오랫동안 차를 몰았다. 끝없이 계속되는 가두 행진 때문에 울퉁불퉁한 길로 둘러 가느라고 시간이 지연됐다. 그런데도 행진을 하는 사람들이 계속 우리 앞으로 길을 건넜다. 마침내 도착했지만 의사는 희망적인 소식을 주지 않았다. 그는 그저 벨을 편하게 해 주는 데 주력했다. 벨이 아침까지 버티면 수술할 수 있을지 모른다고 했다. 그러나 수술하더라도……. 의사는 고개를 절레절레 저었다. 벨의 몸은 갈기갈기 찢어져 있었다.

벨은 그해 여름을 견뎠다. 그동안 찢어진 몸이 점차 붙었다. 그러나 다리 한쪽은 끝내 낫지 않았다……. 이제 우리는 마지막 간식 봉지를 들고 수의사의 진료실에 와 있다. 우리가 왔다는 것을 느끼기라도 하는 양 벨이 짖어 대는 소리가 들렸다. 사람들이 벨을 작은 카트에 태워 밀고 왔다. 벨이 꼬리를 흔들었다. 깁스와 붕대를 하고 있으면서도 열광적으로 흥분하며 우리를 맞았다. 벨이 우리 손을 핥을 때 우리는 벨을 보낼 수 없음을 알았다.

의사가 우리 가족이 쓴 작별 편지를 읽었다. 그가 흘린 눈물이 주저앉은 우리 얼굴 위로 떨어졌다.

"흠, 벨을 간호할 생각이 있으시다면 확신이 들 때까지 집에서 돌보시면 어떨까요?"

우리는 기쁨에 차서 벨을 자동차로 옮겼다.

이제 전체 모험의 진정한 깊이가 나타나기 시작한다. 아이들은 좋아서 어쩔 줄 몰랐다. 죽은 개가 살아 돌아왔다. 네 아이 모두 돌아가면서 먹이를 주고 들어 나르고 절뚝거리는 걸음을 도왔다. 하지만 우리는 피할 수 없는 임종의 순간을 미루고 있을 뿐임을 알았다.

그러다가 기도가 퍼뜩 떠올랐다. '신문 칼럼에 벨의 이야기를 쓰고 독자들에게 벨을 위해 기도해 달라고 부탁하자.'

신문이 거리에 배포되자마자 전화벨이 울리기 시작했다. 기도 모임, 교회, 동물 보호소, 일반인들이 걸어온 전화였다. 곧이어 우편물이 쇄도했다. 다른 개들이 쾌유를 바라며 벨에게 보낸 카드까지 있었다. 벨은 자기가 엄청난 사랑을 일으켰다는 사실을 알았을까? 우리는 2주 뒤에 답을 알게 됐다. 의사가 깜짝 놀라 입을 다물지 못했다. 엉덩관절이 낫고 있었다. 셋째 주가 되자 수의사는 고정용 나사못의 수를 줄였다. 넷째 주에는 깁스를 제거했다.

"기적입니다." 수의사가 말했다. "앞으로 관절염이 약간 생기겠지만 내년 여름에는 다시 수영할 수 있을 거예요. 이 개는 건강합니다!"

이 글은 다음 내용으로 결론을 맺었다.

벨은 4년을 더 살았다. 상흔이 남았고 발을 약간 절었지만 여전히 즐겁게 지냈다. 어느 날 벨이 완벽하게 자리 잡은 엉덩이로 우뚝 서서 바다를 지긋이 바라보는 모습을 보며 나는 깨달았다. 예전에 사람들이 벨을 위해 기도할 때와 같은 이타적인 온정으로 모든 사람이 서로를 위해 기도하면 우리에게도 날마다 기적이 일어나리라.

독자들이 진정 원하는 것

나는 초기에 쓴 한 글이 편집자들이 서로 싣겠다고 달려들 정도로 호응이 좋으리라 예상했다. 결과는 반대였다. 이 글은 열세 살배기 아들인 마크가 길이 2.4미터에 무게 45킬로그램인 청새치(남편이 지난 해에 잡아서 박제로 만드느라고 돈을 왕창 쓴 물고기보다 네 배나 컸다)를 잡은 이야기이다.

남편과 아들은 한밤중에 괴물 같은 물고기를 싣고 오더니, 스테이션왜건Station wagon(뒤쪽에 접을 수 있는 좌석이 있고, 뒷문으로 짐을 실을 수 있는 자동차―옮긴이) 안에 얼음을 잔뜩 깔고 올려놨다. 물고기는 다음 날까지 그 상태로 누워 있었다. 사진을 찍고 이웃집 아이들이 구경하며 부러워하기에 충분한 시간이었다. 그러고 나서 남편이 이미 결정한 대로 물고기를 처리할 계획이었다. 죽은 물고기를 박제하자고 또 많은 돈을 쓰는 것은 말이 안 됐다.

물론 마크는 트로피격인 물고기를 계속 간직하려고 온갖 방법을 썼다. 낚시를 같이 간 막내아이도 마찬가지였다. 필사적인 시도가 수없이 이어졌고 결국 극적인 타협으로 끝이 났다. 우리가 직접 해 보자! "너희들은 탁구대를 치워. 엄마는 도서관에 가서 박제 방법이 나온 책이 있는지 알아볼게."

나는 얇은 책 두 권을 들고 집에 돌아왔다. 파충류, 조류와 야생동물, 농어보다 작은 물고기를 박제하는 법이 나와 있었다. 희귀한 화학 약품들의 기나긴 목록을 책에서 베낀 뒤에 큰딸을 약국에 보냈다. 큰딸이 화학 약품들을 사려고 약국을 여섯 군데나 들렀다가 온 뒤에야, 우리는 뒷장에 나온 문구를 발견했다. '전문가 전용. 초보자는 가정용 붕사를 사용해야 함.' 남편은 바닥용 몰드를 만드는 데 필요한 길이를 계산했다. 그러고 나서 모래 일곱 봉지와 석고 45킬로그램을 사러 나갔다…….

이즈음에 물고기에서 풍기는 냄새가 강해졌다. 작업을 서두르지 않으면 청새치를 버려야 할 판이었다.

박제사들이 돈을 많이 받는 게 당연했다. 우리가 힘을 모아 정신없이 진행한 박제 프로젝트는 거의 1년이나 걸렸다. 마침내 남편과 아들들이 의기양양하게 박제를 들고 거실로 들어왔다. 마크의 거대한 청새치가 거실 벽에 걸리는 순간 우리는 감탄스러운 시선을 거두지 못했다.

나는 이 이야기에 모든 요소가 들어 있다고 생각했다. 극적인 상황과 유머가 있었다. 긴장감까지 있었다. 실패할까 봐 두려운 마음에 맞서는 열렬한 희망이 있는 터였다. 나는 '물고기를 박제하는 방법'이라는 제목을 붙여서 늘 그렇듯이 원고료를 가장 많이 주는 잡지사 몇 군데에 글을 보냈다. 결과는 반송되는 원고뿐이었다. "거의 통과될 뻔했으나……." 혹은 "아주 재미있지만……."이라는 두루뭉술한 거절이 항상 따라 붙었다. 울고 싶어지는 말이었다. 결국 진실이 드러났다. "심해 낚시를 하는 사람은 별로 없습니다. 우리 독자들이 공감하지 않을 겁니다."

공감. 그렇다! 편집자들이 옳았다. 소재의 폭이 너무 좁았다. 이 글을 살리려면 흔치 않은 박제 작업의 내용을 줄이고 낚시를 한 인물들의 이야기를 늘리는 쪽으로 수정해야 했다. 마크의 실망, 남편의 걱정을 넣어야 했다. 다시 말해서 글에 마음을 더 담아야 했다. 나는 원고를 몇 번 더 보낸 후에 아예 다시 썼다. 유머를 유지하되 감정에 초점을 맞췄고 남자의 관점을 취했다.

남자 화자는 간략한 일화로 글을 시작한 다음에 이렇게 말한다.

나는 아버지가 아들과 낚시를 가는 게 당연하다는 구식 생각을 가진 사람이다. 두 아들을 데리고 주변의 모든 강과 호수와 개울을 섭렵한 뒤 집에서 96킬로미터 정도 떨어진 바다로 진출했다. 지난해에 내가 처음으로 청새치를 잡았을 때도 두 아들과 함께였다. 청새치치고 작은 편이었지만 다시는 청새치를 잡을 일이 없으리라는 생각에 거금 300달러를 들여 박제사에게 작업을 맡겼다.

그때만 해도 나는 아들이 청새치를 잡으면 어떻게 해야 할지 전혀 생각해 보지 않았다. 깃발을 휘날리며 부두로 들어와 아들이 잡은 물고기의 무게를 재고, 그 물고기가 그 시즌 신기록을 세웠다는 사실을 알게 될 때 느낄 자부심도 전혀 짐작하지 못했다.

"물고기를 보관할 참이요?" 선장이 물었다.

수정한 글은 성공을 거뒀다. 다시 보낸 원고는 바로 환영을 받았다. 〈엘크스 매거진The Elks Magazine〉은 부제를 '아들이 2.4미터짜리 청새치를 잡으면 어떻게 하겠는가? 박제를 하겠는가? 아니면 당신의 통장 잔고는 물론 아들에게도 좋은 대안을 시도하겠는가?'라는 부제를 달아 독자들에게 가깝게 다가섰다. 희망에 차서 물고기 박제 작업을 하고 있는 보통 미국인 가족의 온화하고 다정한 모습을 담은 삽화가 여러 장 들어갔다. 모든 요소들이 이야기의 마지막 단락과 완벽하게 어우러졌다.

"꼭 아들들을 데리고 낚시하러 가는 나처럼 당신도 구식이거나 바보 같은 사람인가? 그렇다면 나처럼 당신도 가장 소중한 트로피는 돈을 주고 사는 게 아님을 깨닫게 될 것이다."

이런 부분이, 개인적인 경험을 다룬 글과 초등학교 '쇼 앤 텔show and tell' 활동과 다른 점이다. "여기 좀 보세요! 우리 영리하죠? 우리 똑똑하죠?" 개인적인 경험 글의 목적은 이런 발표처럼 흥미로운 일을 묘사하거나 자신에게 주의를 집중시키는 것만은 아니다. 물론 이야기가 독자의 관심을 끌어야 하고 잘 서술되어야 한다. 일기나 집에 보내는 편지처럼 사건을 열거하기만 하면 안 된다. 그러나 개인적인 경험 글은 여기에 그치지 않고 독자들이 느낄 수 있는 감정을 전달해야 하고 독자에게 진실이나 교훈을 남겨야 한다. 어느 정도의 깨달음을 얻게 해야 한다. 그 깨달음이 독자가 자기에 대해 알게 되는 것일 수도 있다.

본질적으로 마음에서 우러나온 이야기는 독자의 마음에 감동을 준다.

결혼 생활
#04

앞에서 설명했듯이 종류가 다른 글들이라도 서로 겹치는 면이 있다. 사랑과 결혼에 대한 글보다 더 개인적인 글은 없다. 인류의 역사가 시작한 이래로 남자와 여자의 관계는 가장 오래되고 매혹적인 주제이다. 나는 새내기 작가들에게 항상 이런 말을 한다. "되도록 남자, 여자, 남편, 아내, 사랑, 결혼이라는 말을 제목에 넣으세요. 이런 단어들은 늘 이목을 끈답니다."

그렇지만 보통 사람은 결혼 생활에 대한 글을 쓸 때 의사와 심리학자와 결혼 상담자 같은 전문가에 비해서 자격이 없다는 무력감을 느낄 수 있다. 흔히 그런 전문가들이 잡지의 칼럼니스트로 활동하거나 정기적으로 글을 기고한다. 많은 프리랜서들이 이런 경향을 감안해서 권위자와 팀을 이루어 공동으로 글을 집필한다. 혹은 주제에 맞는 전문가의 말을 길게 인용한다. 여기에 일화와 사례를 몇 개 추가

하면 훌륭한 글이 탄생한다.

그러나 내가 보기에 이는 진정한 의미의 창의적인 글쓰기가 아니다. 창의적인 글이 되려면 마음에서 우러나와야 한다. 결혼 생활에 관해 진심을 담아 쓰려면 그 주제에 대한 자신의 생각을 전달해야 한다. 이런 근본적인 관점 혹은 개념이 있어야 글에 초점이 생기고 분위기와 문체에 설득력이 생긴다.

물론 글을 잘 써야 한다는 전제가 따르지만, 당당하게 제시되는 솔직하고 소박한 의견에는 아주 흥미로운 면이 있다. 내가 가야 할 길을 처음으로 깨달았던 시기에, 이런 글을 우연히 보고 아주 감동을 받은 적이 있다. 그 글을 보관해 놓지 못했고 작가의 이름과 잡지의 이름도 잊어버렸지만 그 글의 순수함에서 느꼈던 특별한 매력은 생생히 기억난다. '나는 그저 주부이다. 석사 학위는커녕 가까스로 전문대학을 마쳤다. 그러나 나는 10년 동안 결혼 생활을 했고 당신이 일생 동안 충실하겠다고 약속한 사람과 사이좋게 살 수 있는 방법을 조금은 아는 것 같다.'

이해하기 쉽도록 내가 대략 다른 말로 바꾸어 써봤다. 그 여성 작가가 쓴 단어는 기운차고 적절했으며 주장은 설득력이 있었다. 여성 독자들은 첫 문장부터 공감하면서 그녀가 하는 말에 귀를 기울였을 게 분명하다. 그 작가가 쓴 다른 글이 잡지나 신문에 실렸는지는 모르겠다. 하지만 그녀의 글에서 느껴지는 순수한 힘과 솔직함은 감동을 줬고 내가 글을 쓰도록 이끌었다. 나는 글을 잘 쓰고 할 말이 있는 사람의 글에는 독자가 귀를 기울이게 돼 있음을 그녀의 글을 통해 분명하게 깨달았다.

결혼 생활에 관한 솔직 담백한 글쓰기

결혼 생활에 관한 글은 작가가 극적이거나 기억할 만한 실화를 이야기하는 개인적인 경험 글과 다르다. 결혼 생활에서 한 가지 측면에 초점을 맞추어 기쁨이나 문제에 대한 자신의 생각을 보여 주고, 다른 사람에게 영향을 끼치거나 영감을 준다. 따라서 조언이라는 범주에 포함될 수도 있다.

결혼 생활에 관한 글에 나오는 실례는 자신의 이야기일 필요가 없다. 속마음을 고스란히 털어놓아 배우자를 난처하게 하는 위험을 감수하지 않아도 된다. 선택한 관점으로 주제에 대한 생각을 쓰기만 하면 된다. 결혼 생활의 기쁨과 문제는 보편적이다. 모든 사람들이 같은 과정을 겪는다. 그래서 주제에 대해 잘 알고 있다는 점이 글을 쓰는 태도에서 넌지시 드러난다.

결혼 생활에 관한 글은 두 가지 방식이 있다. 결혼 생활에서 일어나는 흔한 갈등을 유쾌하게 관찰하고 약간의 조언을 넣거나 (문제와 분위기가 명랑하고 대체로 재미있되 경박하면 안 된다), 심각한 주제를 진지하게 (단, 장황하지 않게) 논하고 실례를 들면서 심도 깊게 다루는 것이다.

나는 신혼 때 이 주제를 쾌활한 태도로 다루면서 내 결혼 생활에서 일어나는 비슷한 문제를 같은 맥락으로 해결했다. 그때 쓴 글의 제목을 몇 개만 봐도 이런 경향이 분명히 드러난다. '이사 다니는 신부를 위한 규칙'(우리는 이사를 아주 많이 했다), '돈 없이 즐겁게 살기'(우리는 선택의 여지가 없었다), '아기 짐승'(남편 보살피고 밥 챙기기), '남자는 똑똑한 아내를 원할까?'(항상 그렇지는 않다), '질투가 진정한 사랑일까?', '첫 번째 말다툼에서 지지 마라', '짜증을 부리자'(당시에 결혼 생활이 갈수록 힘들어졌다), 이 외에도 비슷한 글을 많이 썼다. 이런 활기차고 밝은 1,000자 정도의 글은 〈유어 라이프Your Life〉, 〈더 맨The Man〉, 〈더 우먼 The Woman〉과 같은 자기 계발 잡지와 당시에 출간된 다른 잡지에서 빠르게 자리를 잡았다. 몇몇 글은 〈하우스 뷰티풀House Beautiful〉과 〈아메리칸 홈American Home〉과 같은 가사 잡지에 실리기 시작했다.

제럴딘 로드스Geraldine Rhoads는 〈더 우먼〉의 편집장으로 있을 때 내 글을 대단히 많이 실었는데, 어느 날 내게 잠시 동안 기고를 미뤄 달라고 부탁했다. 제럴딘은 얼마 후 픽션과 논픽션을 모두 게재하는 대형 잡지사 〈투데이스 우먼Today's Woman〉으로 옮겼고 마침내 〈우먼스 데이〉의 편집장이 됐다. 이 상냥한 여성은 잡지사를 옮길 때마다 자신이 좋아하는 작가들의 글을 최대한 많이 받았다. 물론 나도 거기에 포함됐다. 그러니 처음에 작은 잡지사와 일하게 돼도 걱정할 필요 없다. 오히려 작은 잡지사가 당신의 목표에 다가서는 최선의 길이 되기도 한다.

한 주제에서 글 두 편 얻기

결혼 생활을 한 기간이 길어질수록 심도 깊은 문제가 대두됐다. 이에 따라서 내 글의 길이가 길어졌고(2,500자까지) 깊이가 생겼다. 이번에도 제목을 몇 개만 보면 이런 경향이 분명히 보인다. '남편과 아내는 친구가 될 수 있을까?', '봉급이 결혼 생활에 어떤 영향을 미칠까?', '결혼 생활에서 진정한 친밀감', '결혼 생활을 정직하게 한다고 장담할 수 있나?', '맞다, 우리는 시댁과 결혼한다'.

대형 잡지사에 보내는 글은 거의 게재가 보장됐다. 〈베터 홈스 앤 가든스〉는 나에게 제2의 터전이 됐다. 처음에는 가벼운 에세이 몇 편으로 관계를 맺었다. 나중에 그 잡지사는 결혼 생활에 관한 글을 환영했고 한 해에 서너 편을 실었다. 처음에 보낸 두 글은 엄청난 관심을 받았으며 덕분에 예상치 못한 소란이 일어났다.

첫 번째 글의 제목은 '모든 여성이 원하는 것'(애정, 관심, 로맨스)으로 뽑았다. 나는 이 글에서 남성과 여성이 결혼 생활에 대해 갖는 기본적인 태도의 차이를 비교했다. 로맨틱한 관심이 중단될 때 여성이 얼마나 실망하고 환멸을 느끼는지를 일화를 넣지 않은 채 담담히 논했다. 이 글은 아래와 같이 시작된다.

부자이건 가난하건 모든 남자가 아내에게 줄 수 있는 사치가 하나 있다. 돈이 전혀 들지 않지만 아내가 세상 무엇보다 원하는 것이다. 그러나 얄궂게도 보통 남자가 가장 적게 가지고 있는 것이기도 하다.

미국인 남편은 많은 장점을 가지고 있다. 열심히 일한다. 질병과 사고와 노년과 사망을 대비한 보험을 그 어느 나라의 남자보다도 많이 든다. 또한 대체로 아내에게 충실하다. "여보, 저녁 식사 시간에 맞춰서 못 들어가겠어. 야근해야 해."라고 말하면 대부분의 아내가 그 말을 믿는다.

남편을 믿을 수 있는 이유는 기본적으로 점잖기 때문이지만, 너무 로맨틱하지 않아서 바람을 피우며 돌아다닐 걱정이 없기 때문이기도 하다.

그렇지만 로맨틱한 사랑은 모든 보통 여자들에게 물질적 안정과 성실성 못지않게 중요하다. 애초에 남편과 결혼한 이유가 바로 로맨틱한 사랑 때문이다. "내가 정원에 난 잡초를 뽑고, 제때에 생활비를 내고, 생명 보험을 들게."라고 맹세해서 어여쁜 아가씨를 얻은 남자가 있을까? 그렇지 않다. 남자는 다들 "나는 당신을 정말로 좋아해. 당신을 영원히 내 품에 안고 싶어."라면서 구애한다.

여자는 이처럼 빛나는 숭배의 망토에 푹 싸인 채 황홀감에 빠져 결혼으로 휩쓸려 들어간다. 남자라는 종족과 달리 여자는 숭배의 망토를 내려놓고 예전의 열정을 이제 바닥을 북북 문지르며 청소하는 것에 쏟아야 하는 생활에 만족하지 않는다.

일화가 나오지 않는 점에 주목하기 바란다(이 글에는 일화가 필요 없었다). 게다가 나는 내 남편조차 거론하지 않았다. 이 글이 〈베터 홈스 앤 가든스〉의 표지 기사로 나왔을 때 얼마나 놀랐는지 모른다. '내가 결혼한 남자에게 무슨 일이 생긴 걸까?'라는 제목이 붙어 있었던 것이다. 멋진 제목이었지만 남편에게 미안한 생각이 들었다. 아무리 생각해도 부당하다는 느낌이었다. 불쾌할 수도 있었는데 남편은 늘 그렇듯이 쾌활하게 넘어갔다. 뒤이은 주변의 놀림도 호탕하게 받아들였다. 그러나 나는 엄청나게 충격을 받았다. 편지가 쇄도할수록 죄책감이 커졌다. 〈리더스 다이제스트〉에서 이 글을 다시 싣겠다고 하자 나는 익명으로 게재해달라고 고집을 부렸다. 어리석은 짓이었다. 나는 나중에야 깨달았다. 누가 신경이나 쓴단 말인가! 자신이 쓴 글을 창피하게 여기지 않는 정직한 작가라면 당당하게 본명을 사용해야 하는 법이다.

어쨌든 신경이 쓰였다. 나는 결혼 생활의 다른 측면을 보여 주는 반박 글을 써서 용케 죄책감에서 벗어났다. 그 글의 제목을 '당신이 결혼한 여자에게 무슨 일이 생긴 걸까?'로 뽑았고 이전 글과 거의 동일하게 시작했다.

부자이건 가난하건 모든 남자가 아내에게 줄 수 있는 사치가 하나 있다. 마찬가지로 모든 여자가 남편에게 베풀 수 있는 소박하지만 빛나는 축복이 하나 있다. 아내가 관심과 애정을 갈망하는 만큼 남편도 이 축복을 갈망한다.

하지만 솔직하게 인정하자. 양쪽의 입장을 고려해 보면, 남편이 무관심하다고 한탄하는 많은 여자가 사실은 그런 대우를 받아 마땅하다. 공평하게 보자면 무수한 남편들이 이런 광고를 내고도 남을 터이다. '실종—명랑하고 상냥한 신부. 나를 멋진 남자라고 생각하며 주중에는 하루에 한 번씩, 일요일에는 두 번씩 그 말을 해 주는 여자. 주요 특성: 감사하는 마음! 이 여성을 찾아 주는 사람에게 두둑하게 사례함. 사례자—실망한 남자.'

두 글 다 잡지에 실릴 때마다 엄청난 편지가 빗발쳤다. 처음에는

〈베터 홈스 앤 가든스〉에, 이어서 〈리더스 다이제스트〉에 실렸으며 물론 해외판에도 게재됐다. 사실 전 세계에서 편지가 날아들어 결혼이 보편적인 운명임이 실감났다. 일본이나 덴마크나 아프리카의 사람들은 글의 내용이 옆집 부부의 이야기라도 되는 양 불쾌해했다.

이때의 경험은 진심으로 쓴 이런 주제의 글에는 최소한 두 개의 글이 들어 있음을 보여 준다. 문제의 다른 면, 즉 반대편의 시각을 살펴보고 처음 쓴 글의 견해를 반박하거나 균형을 이룬 의견을 제시하면 새로운 글이 탄생한다. 그렇다고 해서 위선적이거나 이중적이라고 생각할 필요는 없다. 그저 양쪽 측면을 보고 공평하게 글을 쓰는 것일 뿐이다.

이런 방식으로 쓰면 보람도 크다. 의도하지는 않았지만 나중에 이런 글을 다시 쓰게 됐다. 그 글은 흔히 듣는 불평에 대한 생생한 담론으로 시작한다. '남자가 아내에게 말을 하지 않는 이유'라는 제목의 글이 아주 많은 독자에게 관심을 받자 편집자가 반대 측면에 대해서도 이야기해 달라고 다시 원고를 의뢰해 왔다. 그렇게 해서 '여자가 남편에게 말을 할 수 없는 이유'라는 글이 나왔다.

문체와 전개를 보여 주기 위해 잠시 예로 들겠다. 첫 번째 글은 이렇게 시작된다.

내가 아는 거의 모든 여성은 남편이 아무런 이야기도 하지 않는다고 불평한다. 나도 맞장구를 치며 불평한다. 내 남편도 마찬가지이기 때문이다. 나는 알고 싶은 소식이 있으면 소문에 의지해야 하고 파티에서 귀를 쫑긋 세워야 한다. 그러다가 남편이 방심한 순간에 붙들고 몰아붙여야 한다. "존슨 씨 가족이 이사 간다는 말을 왜 안 했어요? 블레어 부부는 또 임신했다면서요? 피트는 승진했다던데요? 왜 당신은 나한테 아무 이야기도 안 해요?"

그러면 남편은 이 중요한 일들을 나에게 이미 말한 줄 알았다고 항의한다. 이러니 남자가 아내에게만은 분통 터질 정도로 말수가 적은 이유가 도대체 무엇인지 알아내야겠다는 생각이 들 수밖에 없다.

이어서 남자와 여자의 일반적인 차이점 세 가지를 진지하게 논한다. 그리고 잘못된 듣기 습관으로 결론을 맺는다. 여기에서는 말 끊기, 딴생각하기, 비밀 지키기의 어려움 등을 지적하고 각 항목마다 약간 설명이 들어간다.

두 번째 글도 첫 번째 글과 같은 맥락으로 시작된다. 보통 남자는 '당신 아내가 당신에게 말을 못 하겠대요.'라는 말을 들으면 상대방이 정신 나갔다고 여길 것이다. 분통을 터뜨릴 것이다. '무슨 소리에요? 내 아내가 하는 것이라고는 말뿐입니다.' 이어서 아주 중요한 주제인

의사소통 문제를 진지한 분위기로 다룬다.

　　부부가 서로에게 이야기를 하기란 쉽지 않다. 서로를 너무 잘 알기 때문이다. 연애할 때는 자기를 표현하는 것이 큰 기쁨이다. 이 시기에는 모든 것이 경이롭다. 서로의 달콤한 비밀을 드러내거나 알아내려고 서두른다. '아, 드디어 나를 이해하는구나!'라고 생각한다.

　　그러나 결혼하면 연애할 때 서로를 발견해 가는 가슴 떨리는 항해였던 대화가 지루한 일상이 돼 버린다. 마음의 보물들이 밥벌이와 갓난아이와 청구서 더미에 묻혀 버린다.

　　이쯤 되면 부부는 서로 낯선 사람이 돼 있다. 한 침대를 쓰고 아침식사를 같이 하지만 생판 모르는 사람들이다. 두 사람은 애초에 결혼했던 바로 그 이유, 즉 이해하면서 함께 살기라는 이유 때문에 오히려 멀어진다.

　　두 글은 원만한 타협을 제안한다. 그리고 둘 다 낙관적인 결론으로 끝을 맺는다.

　　지금까지 예로 든 네 글 모두 개인적인 관점으로 수월하게 쓸 수 있으며, 내 자신의 결혼 생활을 논의의 기준으로 활용했다는 점에 주목하기 바란다. 나는 아주 일상적이고 추론적인 방식인 경우를 제외하고는, 남편을 거론하지 않고 수십 편의 글을 썼다. 또한 내 시댁을 거론하지 않고 시댁에 관한 글을 썼다.

이렇게 하는 데에는 두 가지 좋은 이유가 있다. 첫째, 어떤 글이라도 자신이 사랑하는 사람을 비롯해서 누군가에게 상처를 주거나 난처하게 만들면서까지 쓸 가치는 없다. 둘째, 내가 보기에 그런 글은 악취미이다. 자신의 결혼 생활을 훌륭한 예로 드는 태도는 불쾌하다. 좋지 않은 예로 드는 태도는 더 불쾌하다.

이 점은 어떤 경우에라도 사실이다. 부모와 자식에 대해 쓸 때는 더욱 그렇다.

부모와 자식
#05

　　자식이라는 주제는 대단히 개인적이다. 작가는 이 주제에 두 방향으로 접근할 수 있다. 첫 번째는 부모로서 느끼는 생각이고 두 번째는 육아에 대한 조언이다.

　　첫 번째 접근법에 해당하는 내 글의 제목을 보면 이해가 갈 것이다. '아이의 첫해'(놀랍게도 우리에게 아이가 생겼다), '현대적인 어머니들은 후광을 바라지 않는다', '우리 아기의 생일 파티를 촬영했다', '당신은 교사에게 골칫거리 부모인가?', '아이들은 당신에 대해 어떤 추억을 갖게 될까?', '부모가 음란물에 대처하는 자세', '자녀가 가출한다면', '늦둥이'(또다시 놀랍게도 40대에 아이가 생겼다).

　　(위의 예 중 가장 뒤의 두 글처럼) 아주 개인적인 경험을 다루든 (음란물에 대한 글처럼) 논란이 많은 사안에 대한 항의를 다루든, 논하는 주제는 성인이다. 자녀에게 주목하는 게 아니라 우리 스스로를 분석하는 것

이다.

두 번째 접근법의 글에서는 밝고 건강하고 행복한 (그리고 언젠가 아주 성공할) 아이들을 키우면서 발견한 점들을 다룬다. 이런 글을 쓰는 작가는 결혼 생활의 글을 쓸 때와 같은 문제점에 봉착한다. 일부 잡지사는 육아 부서를 따로 두고 있거나 인정받는 권위자들의 글만 받는다. 평범한 부모가 육아에 대해 쓴 글을 게재하는 경우는 극히 드물다. 하지만 자신감을 갖기 바란다. 그런 잡지사라도 글이 잘 작성됐고 내용이 타당하면 작가가 누구이든 신경 쓰지 않는다.

과연 가족에게 공평할까?

당신이 자문해 봐야 할 질문이 있다. 나 자신과 내 가족을 어느 정도 이용해야 적당할까? 이 질문에 대한 답은 당신이 쓰는 글의 종류에 달려 있다. 또한 예로 든 내용 중에 아이들에게 상처를 입힐 내용이 들어 있는지의 여부에 달려 있다.

〈베이비 토크Baby Talk〉에 기고할 글을 쓴다면 개인적인 내용을 원하는 만큼 써도 좋다. 어차피 갓난아이는 신경 쓰지 않을 것이다. 그러나 아무리 유머가 넘치는 글이라도 자녀를 소재로 사용할 때는 조심해야 한다. 특히 아이가 십 대라면 더욱 조심해야 한다.

나는 이 원칙을 아주 철저하게 지킨다. 한 편집자가 '더 개인적'인

느낌으로 글을 수정해 달라고 요구해 왔을 때 1,000달러를 포기하고 수정을 거절한 적도 있다. 그 글은 소년이 자동차 멀미를 할 때마다 온 가족이 겪는 가끔은 재미있고 가끔은 괴로운 경험을 다뤘다. 나는 소년의 이름을 말할 수 없었고 소년의 아버지를 창피 줄 수도 없었다. 그럴 가치가 없었다. (애초에 나는 이인칭인 '당신'을 사용해서 전형적인 가족에 대한 글을 썼다. 잡지사는 일인칭인 '나'로 바꾸고 구체적인 사건을 묘사해 달라고 요구했다. 결국 잡지사 측에서 양보를 하고 글을 실었다.)

내가 지나치게 예민하게 구는지 모르겠지만, 나이가 어린 아이들에게도 이 원칙을 지킨다. 칼럼이나 글에서 아이의 실명이나 실제 나이를 절대 거론하지 않는다. 대신에 '막내, 둘째 아들, 우리 십 대 아이'와 같은 식으로 쓴다. 또한 나는 학교에서 역효과가 생길까 봐 쉽게 알아볼 수 있는 최근의 일을 예로 들지 않는다.

캠핑용 담요를 둘둘 마는 우리 집 파랑새를 서투르게나마 도우려고 한 아이의 이야기처럼 천진난만한 모험담마저 후폭풍이 있었다. 처음에 이 글은 아무 해가 없는 즐거운 이야기인 듯했다. 그런데 아이의 교사가 글의 주인공을 알아채고 수업 시간에 읽어 주는 잘못된 판단을 내리고 말았다. 그날 어린 딸이 눈물을 줄줄 흘리며 집에 왔다. "아이들이 나를 비웃었어요!" 딸이 흐느끼며 말했다.

여기에서 노트가 가치를 발휘한다. 일화나 상황이나 문젯거리가 생길 때 바로 적어 놓되 아이가 그 일을 신경 쓰지 않거나 그 안에 담긴 가치나 유머를 스스로 느낄 때까지 작성을 유보하면 된다. 혹은 적어도 당신이 그 일을 위장하거나 다른 사람을 화나게 하지 않고 쓸 방법을 찾아낼 때까지 미룬다.

우리 아들이 열다섯 살 때 가출을 했다. 내가 '행복한 집'을 주제로 한 글들을 한창 즐겁게 쓰던 시기였다. 우리는 교회 가기, 스카우트 활동하기, 아빠와 낚시 여행 가기, 엄마와 음악을 들으며 떠들썩하게 놀기를 비롯해서 온갖 올바른 활동을 다 했다. 그러나 이 가운데에는 한시도 가만히 못 있고 늘 뭔가를 찾아 헤매는 아들이 있었다. 아들은 지능지수가 아주 높았지만 학교를 싫어했고 공부를 안 하려고 했다. 급기야 가출을 했다. 한 번이 아니라 여러 번 달아났다. 아주 괴로웠지만 쓴웃음이 나오는 희극적인 순간들도 있었다. 한 번은 〈베터 홈스 앤 가든스〉의 촬영 기사들이 즐거운 가족에 대한 글에 넣을 사진을 찍으러 곧 도착할 참이었다. 다만 가족 중 한 명이 집에 없었다. 방랑하는 아들을 귀가시킬 택시가 올 기미가 안 보였다. 촬영 기사들이 아들보다 먼저 집에 왔다.

다행히 이때만 해도 마약과 동성애가 널리 퍼지기 전이었다. 그리고 아들은 히치하이킹을 제외하면 잘못을 저질러서 체포된 적이 없었다. 사실 아들을 집에 돌려보낸 경찰관마다 아이가 정직하고 예의 바르다고 칭찬했다.

하지만 우리 가족 모두에게 몹시 슬픈 시기였다. 이로부터 수년이 지난 후에야 그 시기에 대해 글을 쓸 수 있는 용기가 생겼다. 지미가 뛰어난 기량을 발휘해 성공을 거뒀고 자식까지 있는 성인이 됐는데도 그런 이야기를 쓰기 꺼렸던 이유는 나 자신이 아니라 지미를 위해서였다. 그런데 그 이야기를 사람들에게 들려주라고 재촉한 장본인은 바로 지미였다. 어느 날 우리가 지난 일을 회상하며 이야기를 나누고 있을 때였다. "그 일을 글로 쓰세요, 엄마." 아들이 강력하게 권했다. "누군가에게 도움이 될 수도 있잖아요."

당시에 내가 정기적으로 글을 기고하던 〈가이드포스트〉에서 그 아이디어를 환영했다. 나는 부활절과 부활을 알리는 멋진 비유인 빈 무덤에 착안해서 제목을 '빈 방'으로 뽑았다. 현명하게도 편집자들은 독자들의 관심을 더 많이 끌 만한 '달아난 아들'로 제목을 바꾸라고 조언했다. 또한 첫 번째 경험 자체가 충분히 강력하니 그 일에 초점을 맞추라고 충고했다. 다른 경험들은 거론할 필요조차 없다고 했다. 그들의 생각이 옳았다. 때로는 절제가 필요한 법이다. (편집자들이 원고를 거절하거나 망치는 괴물만은 아니다. 작가의 경력이 길고 짧고를 떠나서 대체로 편집자들이 해 주는 충고는 아주 유용하다.)

이 글은 한 편지로 시작된다. (마음에서 우러나온 글을 쓰면 많은 편지를 받게 된다.)

　'베티를 위해 기도해 주세요.' 편지의 내용은 이랬다. "베티는 1년 전에 가출했어요. 열다섯 번째 생일을 맞은 해였죠……. 딸아이가 안전하게 있게 해 달라고, 우리에게 전화를 하거나 집에 돌아오게 해 달라고 기도해 주시겠어요? 아이의 빈 방을 지나치는 것조차 견디기가 힘드네요."

　빈 방. 나는 편지를 보낸 어머니에게 답장을 보내기 전에 오랫동안 생각했다. 자료를 쌓아 둔 곳으로 가서 비슷한 편지들을 읽으면서 행복한 결말을 맞은 사례를 찾아봤다. 나는 답장에 이웃집 아들의 이야기를 썼다. 내 아들의 이야기도 썼다.

　이제는 말해도 되는 시기였다. 또 내가 직접 경험한 이야기였다. 나는 아침밥을 먹으라고 불렀는데 아무 대답이 없어서 문을 활짝 열어 보니 텅 비어 있을 때의 느낌을 잘 안다. 사람이 누워 있는 모양으로 이불이 볼록 솟아 있었지만 이불을 들쳐보면 거기 있어야 할 따스한 몸은 종적을 감춘 지 오래였다. 옷장은 조용했다. 방은 아들의 물건으로 발 디딜 틈이 없었다. 책, 레코드판, 테니스 라켓, 낚시 장비. 아들을 행복하게 해야 할 물건들이었지만 그러지 못했다. 모든 물건들은 이상하게도 위안을 주는(넌 노력했어) 동시에 비난의 기색(넌 충분히 노력하지 않았어)

을 담고 있었다.

　처음의 충격적인 몇 시간 동안 가장 압도적인 감정은 실패감이 아니다. 가슴이 철렁 내려앉는 느낌뿐이다. *믿을 수 없어. 가출했을 리 없어. 뭔가 잘못된 거야!* 수화기를 들고 아들의 친구들에게 전화를 걸고 학교에 전화를 건다. 정신없이 우왕좌왕한 날이 지나고 점차 어둠이 내려앉으면 경찰서에 전화를 건다. *아들이 실종됐어요. 위험에 빠졌어요. 찾아 주세요!*

　이런 인간 드라마는 부모들에게 아주 익숙한 긴장감을 가지고 있다. 한밤중에 잠자리에 누운 채 아이가 집에 돌아오기를 간절하게 기도한다. 설사 데이트를 하러 나간 아이를 기다릴 때조차 그렇다. 어두워진 창밖을 내다보고 있으면 소중한 아이의 모습이 당장 나타나기라도 하는 양 시선을 고정한 채 밤새 기도한다. 끊임없이 기도하면서 자신을 되돌아본다. 그리고 상담자와 교사, 목사, 경찰관의 친절을 갈구한다. 이런 마음이 사소한 광경들에 드러난다.

　결국 우리는 신앙에 기대야 한다. 마침내 나는 이 사실을 성금요일(예수가 십자가에 못 박혀 죽은 일을 기념하는 날. 부활절의 이틀 전날―옮긴이)에 깨달았다. 가족과 함께 서둘러 교회로 가다가 갑자기 마리아와 아주 가까워진 느낌이 들었다. 마치 내가 골고다(예수가 십자가에 못 박혀 죽은, 예루살렘 교외의 언덕—옮긴이)의 비탈에서 마리아의 옆에 선 채 그녀의 아들이 당한 이루 말할 수 없는 일을 지켜보고 있는 기분이었다. 그녀를 위해 눈물을 흘리는 동안 내 영혼이 치유됐고 정화됐다.

아이들은 이해하지 못했다. 내 양쪽에 선 아이들은 손을 내밀어 나를 쓰다듬으며 위로했다. 어린 딸은 바싹 다가와 나를 껴안으며 속삭였다. "울지 마요, 엄마. 오빠 돌아올 거예요."

그 순간에 신앙이 꽃을 피웠다. 희망이 됐고 믿음이 됐다. 분명히 십자가와 빈 무덤의 메시지였다! 예수의 어머니는 아들의 무덤이 비었다는 말을 들었을 때 하나님이 아들을 위해 다른 계획을 가지고 계신다는 사실을 알고 아들을 놓아 줄 수 있었다. 아들이 살아났고 돌아올 것이다!

나는 당장 지미의 방에 가고 싶어서 참을 수 없었다. 지미가 집을 나간 지 몇 달이나 지났지만 여전히 지미의 방을 피해 다녔다. 이제 나는 그 방문을 열었다.

지미가 나갔을 때의 모습 그대로 물건들이 여기저기 흩어져 있었다. 나는 하나둘 집어 들어 제자리에 정리했다. 청소를 하고 먼지를 털고 지미가 돌아올 때를 위해 깔끔하게 준비해 놨다.

· · ·

지미는 아무 탈 없이 우리에게 돌아왔다. 집을 떠나 있는 동안 아들은 설거지를 하고 웨이터가 되고 산불을 끄는 일을 하면서 전국을 구경했다. 나이가 들자 아이는 해안 경비대에 들어갔고 점차 유명해졌으며 대학에 진학했다. 마침내 우리 가족은 아들의 모험담을 웃으며 이야기할 수 있게 됐다. 그러나 나는 빈 방을 발견할 때의 느낌을 잘 안다.

부활절은 아이들 때문에 불안해하는 모든 부모에게 특별한 의미가 있다. 부활절은 현재의 고통이 끝이 아님을 이야기해 준다. 우리 앞에는 희망이 있고 창창한 길이 펼쳐져 있다.

작가가 아주 고통스러운 경험에 대한 글을 당장 쓰지 말고 기다려야 하는 또 다른 이유가 있다. 시간이 지나면 올바르게 보는 능력이 생긴다. 사람으로서, 작가로서 성장한다. 다른 사람들의 삶에 좋은 영향을 미치도록 이야기할 준비가 된다. 다른 사람들이 공감할 이야기를 알게 된다. 내 아들이 말한 대로 "누군가에게 도움이 될 수도 있는" 글을 쓰게 된다.

끊임없이 쏟아지는 독자들의 편지는 이 점을 반복해서 증명해 준다. "이제 우리는 죄책감을 별로 느끼지 않아요." "작가님이 쓴 글은 우리 이야기를 그대로 대변해 줬답니다." "우리 부부는 글을 읽는 내내 울었어요. 우리 아들은 끝내 돌아오지 않았거든요. 하지만 그 글은 우리를 위로해 줬어요. 마음을 편하게 해 줘서 고맙습니다."

나에게는 이런 편지가 작가로서 가장 큰 보람이다.

여기에서 사례에 많은 공간을 할애한 이유는 그만큼 아주 중요하기 때문이다.

차일피일 미루는 버릇을 정당화하지 말자

그렇다고 해서 아이들에 대한 이야기는 아이들이 다 자란 다음에 쓰라는 말은 아니다. 이런 말은 꾸물대며 미루는 버릇에 대한 흔한 변명이다. 나는 내 자식들을 등장시킨 아동 중심 글을 수십 편 썼다. 사실 우리 가족 사이에 통하는 농담이 있다. "엄마는 항상 '저리 나가. 지금 아동 심리에 대한 글을 쓰고 있는 게 안 보이니?'라고 소리치면서 서재에서 우리를 몰아낸다니까요." 때로 나는 아이들이 없었으면 글을 쓰지 못했을 것이다. 하지만 아이들을 글에 얼마나 사용하느냐는 글의 종류와 접근법에 달려 있다.

이를테면 '자녀가 두려움을 극복하게 돕는 법'이라는 글은 일화로 시작했다. 딸이 춤추듯 뛰어 육교를 건너고 있었는데, 녹색 뱀이 육교 기둥에 감겨 있는 게 보였다. 독이 없는 뱀이었지만, 나는 본능적으로 비명을 지르며 도망가고 싶었다. 하지만 뱀에 대한 내 두려움이 딸에게 영향을 주면 안 되니 괴롭지만 두려움을 이겨내야 했다. 이어서 부모가 자녀에게 물려주는 어리석은 두려움들에 대해 이야기한다. 또한 그런 두려움을 막을 방법을 예로 든다.

아이는 어두운 방에서 혼자 자는 법을 익혀야 하며 밤의 아름다운 침묵도 배워야 한다. 남편은 아이들이 어릴 때 밤이 되면 불을 끄고 아이들과 함께 창가에 앉았다. "이렇게 하고 있으면 별이 더 잘 보인단다. 근데 네가 잘 안 보이네. 넌 내가 보여?" 남편은 껄껄 웃었다. 이렇게 행복하게 유대감을 나누는 사이에 어둠이 친구가 된다. 우리 부부가 이 방면에서 모범적인 부모라는 뜻이 아니다. 우리는 딸이 세 살 때 밤마다 수없이 화장실을 가느라고 귀찮게 해대서 짜증이 북받쳤다. 결국 딸의 침대 옆 탁자에 전기스탠드를 놔 줬다. 그리고 나니 딸은 대견하게도 아무렇지도 않게 스탠드를 켜고 혼자 씩씩하게 복도로 나가 화장실로 향했다.

위의 글은 어조의 적절한 사용법을 잘 보여 준다. '뭐든 다 아는 체하는' 뉘앙스를 풍기면 안 된다. '모범적인 부모라는 뜻이 아니다. ……짜증이 북받쳤다.' 과거 시제에도 주목하자. '……아이들과 함께 창가에 앉았다. ……전기스탠드를 놔 줬다.' 또한 아이의 이름을 구체적으로 밝히지 않는 게 좋다.

같은 주제를 옳지 않거나 부당하게 접근했다면 이런 식의 글이 나왔을 터이다. '우리 딸인 다섯 살배기 재니는 기어 다니는 모든 것을 너무 무서워했다. 딸아이는 성질을 부리고 발로 차고 소리를 질렀다. 나는 이런 공포증을 고쳐 주기로 작정했다.' (고약한 접근법이다. 아이가 문젯거리로, 작가가 현명한 영웅으로 그려지고 있다.) 어둠에 대한 사례를 이렇게 썼다고 해보자. '대견하게도 재니는 밤에 화장실에 가고 싶으면 스탠드를 켜고 혼자서 복도로 나온다.' 글에 아이의 이름을 쓰고 현재 시제로 서술하는 것은 올바르지 않은 판단이다.

이런 주제를 다룰 때 아이들을 전혀 거론하지 않고 쓸 수도 있으며, 때에 따라서 그렇게 하는 게 바람직하다. 내가 쓴 '자녀가 사람들을 좋아하게 돕자'라는 글은 이렇게 시작된다.

미국의 보통 부모는 자녀들에게 소위 혜택을 주려고 기를 쓴다. 무용 수업에 데리고 다니고, 여드름이 나기 시작하면 서둘러 최고의 피부과 의사에게 간다. 그러나 너무 많은 부모가 자녀에게 줘야 할 무엇보다 중요한 사회적 혜택을 무시한다. 바로 소박한 옛날식 덕목인 사람들을 좋아하는 방법 배우기이다.

이어서 "*모범이 되자. 아들과 딸은 우리를 비추는 거울이다. 친구를 용서해야 한다고 가르치자.*"와 같이 몇 가지 제안을 열거한다.

아이들에 대해서 아름답고 세심하고 유익하게 쓰는 방법은 수없이 많다. 다시 말하지만 재능과 애정을 겸비한 거의 모든 사람이 이런 글을 쓸 수 있다. 이렇게 글을 쓰다 보면 당신과 비슷한 기쁨을 느끼고 시련을 겪지만 공유할 길이 없는 다른 부모에게 도움을 주게 된다. 신비롭고 마법 같은 글쓰기를 통해서 당신의 목소리가 다른 부모의 목소리를 대변한다. 당신의 이야기가 다른 부모의 이야기이다.

이는 우리 모두가 소중히 여겨야 할 공헌이다. 이런 공헌을 하면 고마운 마음을 갖는 폭넓은 독자층을 갖게 될 것이다.

향수와 회고록
#06

      향수를 담은 글은 나에게 가장 쉽고 즐거운 글의 종류이다. 과거의 추억과 이미지가 마구 쏟아져 나온다. 나는 재미로 글을 쓰고 싶어 하는 사람, 특히 회고록을 쓰고 싶어 하는 사람에게 향수 글을 쓰라고 권하고 싶다.

      향수는 노인들만의 전유물이 아니다. 보편적인 정서가 담긴 추억이라면, 친애하는 엘비스 프레슬리Elvis Presley에 대한 이야기처럼 최근의 추억이든 내 이야기처럼 오래된 추억이든 세대의 장벽을 넘어 공감을 받는다. 내 책을 주로 펴낸 출판사인 더블데이Doubleday는 처음에 《당신과 나, 그리고 지난날》의 출판을 거절했다. "40대 아래의 사람들은 읽지 않을 것입니다."라는 게 이유였다. 그러나 더블데이의 예상과 달리 다른 출판사에서 나온 이 책에 젊은 층이 열렬한 반응을 보였고 덕분에 큰 성공을 거뒀다. (더블데이는 수년 후에 이 책의 대형 문고판 판권을 모로^{Morrow}로부터 사들였다.) 아칸소 대학교의 학생들은 봄에 열리는 독자 극장에 올릴 작품으로 이 책을 선택했다. 많은 고등학교와 교회에서 이 책을 개작해서 연극을 공연했다. 그리고 기쁘게도 어느 날 밤에 텔레비전을 틀었다가 마침 미스 아메리카 10대 대회에 참가한 아름다운 열여섯 살의 후보가 장기 자랑에서 이 책의 마지막 장 '집에 가다'를 독백하는 모습을 보게 됐다.

40대이든 50대이든 60대이든 나이는 상관없다. 당시의 추억은 당신의 세대에게 '그리운 옛 시절'이며 그 추억을 공유할 많은 사람들이 주변에 있다. 그런 추억은 당시의 삶을 알고 싶어 하는 어린이들에게도 관심거리이다. 제2차 세계 대전 때에 자란 사람의 추억은 무엇일까? 식량 배급표와 고철 모으기 운동, 군복을 입은 아빠나 큰 형을 본 놀라움, 학교에서 한 공습 대비 훈련, 일본과 독일이 항복했을 때 일어난 열광적인 환호성이 생각날 것이다. 인공위성을 찾아 하늘을 샅샅이 훑어보던 순간, 인류 최초의 우주 비행사도 떠오를 것이다. 케네디 대통령이 암살당한 날, 학교나 사무실 혹은 당신이 있던 곳의 반응은 어땠나? 많은 사람이 루스벨트 대통령이 죽은 날을 기억하듯이, 케네디 대통령이 총에 맞은 순간도 기억한다.

무엇이 얼마나 변했을까, 혹은 무엇이 그대로 남았을까? 도덕과 예의, 가족과 관습, 영화와 음악, 쇼핑, 광고, 대중교통, 삶과 건강과 나이 듦에 대한 태도에 어떤 변화가 있을까? 글에서든 책에서든 향수는 과거의 사진보다 큰 의미가 있다. 나는 향수가 현재의 상황에 대해 의미하는 바가 있다고 생각한다.

향수를 글로 옮기기란 그리 어렵지 않다. 나는 다음과 같은 방법을 사용한다.

과거와 현재의 대조

현재의 상황으로 시작해서 과거와 대조하는 전략을 자주 사용한다.

이를테면 슈퍼마켓에서 아이가 "이것 봐요, 엄마. 냉동 채소예요!"라고 외친다. 이어서 집집마다 뒷마당에 텃밭이 있던 시절을 이야기한다. 그 시절에는 텃밭이 없으면 창피할 정도로 가난한 집이거나 부자였다. 그런 다음에 회상하고 싶은 과거 한 시기의 모든 측면을 살펴보고 결론을 내린다. "우리는 여름 내내 아삭아삭한 당근을 먹었고 가을에는 모닥불에 땅콩을 구워 먹었다. 정크푸드와 TV 광고가 없었다. 어른들이 '이제 채소 먹자. 비타민 챙겨 먹어야지.'라고 재촉하지도 않았다. 내 아이들이 갓 딴 콩 껍질로 배를 만들고 풋사과를 먹고 수박 서리를 하며 살 수 있다면 얼마나 좋을까. 어차피 이제는 불가능한 일이다. 대신에 나는 내 아이들이 과일과 채소가 슈퍼마켓 선반에서 자라지 않는다는 사실을 제대로 알았으면 좋겠다. 땅에서 햇빛을 받고 자라서 사람의 손으로 수확된다는 사실을 알았으면 좋겠다."

정확성

어느 시기에 대해서 쓰든지 간에 기억이 정확해야 한다. 어릴 때 한 놀이가 무엇이었나? 유명한 영화배우와 텔레비전 배우의 이름은 무엇이었나? 당신이 부르던 노래는 무엇이었나? 언제 문워크 moonwalk(미끄러지듯이 뒤로 걷는 춤—옮긴이)가 처음 나왔나, 로큰롤 열풍이 일어나기 전이었나 아니면 후였나? 확실하지 않으면 꼭 확인해야 한다. 독자들이 당신 글에 나온 실수를 잡아내는 일이 생기면 안 된다. 더구나 독자들을 짜증나게 해서도 안 된다. 누구나 잡지나 신문에서 실수를 발견하면 짜증이 나기 마련이다.

향수 글(및 회고록)은 조사가 많이 필요 없다. 주로 머리와 마음에서 글이 나오기 때문이다. 그러나 사람이나 장소나 사건을 거론할 때는 회상하는 장면에 딱 들어맞아야 하고 이럴 때는 조사가 필요하다.

주제에 초점 맞추기

과거의 한 측면에 초점을 맞추라고 앞에서 말했다. 이를테면 나는 구식 부엌, 아이들의 놀이, 우편 주문 카탈로그, 팝콘과 사탕 만들기, 피아노 옆에서 노래 부르기에 각각 초점을 맞춰서 글을 썼다. 각각이 독립된 글 혹은 장이 될 만하며, 이렇게 하나에 초점을 맞추면 기억나는 대로 모두 몰아넣어 복잡해질 일이 없다. 그리고 항상 구체적이고 시각적이며 청각적이고 명확한 측면, 독자들이 생생한 장면을 그릴 수 있는 측면이어야 한다. '가족'이나 '종교'나 '친구'를 비롯한 추상적인 개념은 안 된다. 그렇지만 주제의 다양한 면을 묘사하다 보면 자연스럽게 부수적인 소도구와 사람을 거론하게 되고 이들도 그 시기의 장면에 추가된다. 나는 '모든 문은 부엌으로 이어진다'라는 글에서 커다랗고 따뜻하며 '최고 가족실'인 부엌의 구조를 아이스박스 아래 있는 물받이까지 상세하게 묘사했을 뿐만 아니라 그 시대의 사회상도 넣었다.

그늘진 거리에서 마차의 딸랑딸랑 종소리와 말의 터벅터벅 발소리가 들리면 어머니는 아이스박스 뚜껑을 열고 재빨리 살펴본 뒤에 우리 중 한 명에게 조니 피터슨 아저씨에게 가서 오늘 몇 파운드가 필요한지 말하라고 시켰다. 피터슨네는 독일인 대가족이었는데 온 식구가 꽁꽁 언 호수로 가서 팀을 이루어 커다란 톱으로 얼음을 잘랐다. 피터슨네 소유의 성처럼 높은 얼음 저장고들은 바람이 몰아치는 호숫가를 따라서 눈에 띄게 쭉 늘어서 있었다.

벌써부터 다른 아이들은 천막을 친 마차를 따라다니면서 빨아 먹을 얼음 조각을 달라고 졸라 댔다. 조니 아저씨는 거대한 집게로 큰 얼음 덩어리를 꽉 움켜쥐고 끌어당겨 송곳으로 깔끔하게 갈랐다. 조니 아저씨는 톱밥이 씻겨나가도록 얼음 조각을 물 양동이에 부은 다음에, 어깨에 지구를 짊어진 거인 아틀라스처럼 양동이를 메고 휘청휘청 집으로 걸어갔다.

저녁 설거지를 마치고 설거지통을 뒤편 베란다 벽의 못에 걸고 나면 온 가족이 식탁에 둘러앉아 팝콘을 먹으면서 플린치나 올드 메이드나 러미 같은 카드놀이를 했다. 물론 교회 전도사들은 여전히 카드놀이를 나무랐고 어머니는 이 사악한 놀이를 꺼림칙하게 여겼다.

배경은 계속 부엌이지만 과거 한 시대의 다른 세부 상황을 보여 준다.

이런 종류의 책이나 글을 잘 쓰려면 생생한 기억과 다채로운 문체가 필요하다. 그리운 옛 시절이 지금보다 좋았다고 믿을 필요는 없지만, 그 시대에 대한 애정과 유머 감각을 가지고 써야 한다. 이런 글의 목적은 사라진 생활 방식에 대한 애정 어린 추억담을 쓰는 것이다. 이야기가 곁길로 빠져서 오늘날 발생하는 문제를 장황하게 한탄하면 안 된다. 어차피 두 생활 방식을 비교하고 대조하다 보면 그런 문제가 자연스럽게 드러나겠지만 진지한 해결 방안은 언론의 몫으로 남겨둬야 한다. 혹은 조언 글이나 논란 글에서 다루면 된다.

이 점을 세대 차이, 즉 조부모와의 관계에 대한 글을 통해 살펴보겠다. 이 글 역시 앞에서 말한 형식을 활용한 예이다. 이 글은 익숙한 상황으로 시작된다. 할머니와 할아버지가 곧 집에 놀러올 참인데 아이가 말한다. "그러니까 일주일 내내 내 방을 쓰지 못한다고요?" 이어서 나는 이 상황을 조부모가 같이 살거나 근처에서 살던 과거의 상황과 대비한다. 나는 어릴 때 할머니와 할아버지의 집에 자주 갔다. 거실에는 빅터 축음기가 있고 달콤한 사과 향이 맴돌았다. 오래된 책이 꽂혀 있고 빛바랜 벨벳 커튼이 처져 있었다. 할아버지와 작고 붉은 햇감자를 캐고 사워크림 쿠키를 굽거나 복잡한 퀼트를 하는 할머니를 도우면서 마냥 즐거웠다. 또한 할머니와 할아버지가 우리 집에서 살게 됐을 때 두 분이 옆에 있기 때문에 항상 안전하고 사랑받으리라는 생각에 안도감을 느꼈다.

따라서 나는 과거의 한 시기(글의 본문)를 살펴본 뒤에 그 시기를 현재의 삶과 간략하게 비교한다.

요즘은 할머니라도 여전히 세련된 직장 여성이라서 손주에게 신경 쓸 새가 없을 정도로 바쁠지 모른다. 혹은 할머니와 할아버지가 기후가 온화한 남부로 내려가 콘도미니엄이나 실버타운에서 사는지라 단기간 방문할 때를 제외하면 손주들과 만날 일이 없을지도 모른다. 더 안 좋은 경우로 할머니와 할아버지가 요양원에서 말로를 보내고 있을지도 모른다. 우리는 이런 세대 간 단절 때문에 너무 많은 것을 놓치고 있다. 내 아이들이 내가 어렸을 때처럼 할머니, 할아버지와 가깝게 지내지 못하는 상황이 안타까울 뿐이다.

폭넓은 독자에게 호소

향수 글은 개인적인 추억담을 제멋대로 쏟아내는 글이 아니다. 일인칭으로 쓰고 친구와 가족의 일화로 주장에 생동감을 더해 주지만, 그렇다고 해서 관련된 사람들에게만 흥미롭고 허물없는 뒤죽박죽 이야기가 되면 안 된다. 향수 글은 다른 사람들의 기억의 문도 열어 줘서 "맞아, 정말 그랬어. 나도 기억이 나네."라고 말하게 할 정도로 보편적이어야 한다. 향수 글을 쓸 때 가장 큰 보람은 독자들에게 받는 수많은 편지이다. 독자들은 편지에서 내 글 덕분에 기억이 되살아났다고 말하고 더불어 자신들의 멋진 추억까지 소개한다.

살아온 배경이 아주 다를지라도 향수 글을 즐기는 사람들 사이에는 공통점이 있다. 그들은 사는 지역이 어디든 상관없이 당신이 묘사한 내용에 흥분한다. 자신이 알아볼 수 있고 공감하는 내용이기 때문이다. 어찌 보면 당신은 그들의 이야기를 하고 있는 셈이다. 놀랍게도 나는 덴마크, 영국 제도, 프랑스에 사는 사람들에게 편지를 받았다. 체코슬로바키아에 사는 한 여성은 그녀와 내가 아주 비슷하다고 감탄했다. "어릴 때 우리는 작가님과 거의 같은 놀이를 하며 놀았어요. 그리고 어머니는 작가님의 어머니와 같은 방식으로 빨래를 했답니다. 빨랫줄에 제일 먼저 널려고 이웃 사람들을 제치고 뛰어가기도 했어요!"

또 다른 중요한 요소는 간접 경험이다. 《당신과 나, 그리고 지난 날》의 원고를 담당한 여성 편집자는 도저히 거절할 수 없었다고 말했다. "나는 맨해튼에서 나고 자랐거든요. 작은 마을에 살면 아주 멋질 거라고 항상 상상했어요."

나는 많은 젊은 사람들이 이 책을 환영한 이유는 설레는 감정을 간접적으로 느꼈기 때문이라고 확신한다. 젊은 사람들이 보낸 수많은 편지에 그런 마음이 표현돼 있었다. 고등학교 3학년 여학생이 보낸 편지를 예로 든다. "우와, 아이오와 주 스톰 레이크를 배경으로 한 선생님의 어린 시절 이야기들이 정말 좋았어요! 나도 만사가 소박한 그런 마을에서 살면 얼마나 좋을까 싶더라고요. 물론 선생님이 자랄 때는 살기가 팍팍했겠죠. 하지만 그 시절을 진짜 생생하고 아름답게 그려 내서 읽다가 울고 싶어질 때도 있었어요. 또 현재의 내 삶에 대해 생각해 보게 됐어요. 그때와 지금의 삶이 얼마나 다른지도 생각해 봤죠. 사실 다른 면에서는 지금 우리 삶도 팍팍하거든요. 그래서 언젠가 나도 선생님처럼 이런 이야기를 글로 쓸 수 있지 않을까 싶었어요. 먼 훗날 다른 사람들이 지금의 내 삶을 알 수 있게요."

나는 이 편지를 보낸 여학생에게 꿈을 펼치라고 당부했다. 그리고 꿈을 이룰 준비를 하기 위해 나중에 기억하고 싶을 이야기들을 지금부터 일기장이나 노트에 꾸준히 기록하라고 조언했다. 이 조언은 모든 사람에게 해당된다. 당신의 삶은 중요하다. 삶의 이야기를 적자. 부자나 유명한 사람이 아니어도 좋다. 어디에 살든 상관없다. 작가가 아니어도 괜찮다. 직접 글로 쓰는 게 어렵다면 녹음기에 대고 말한 다음에 다른 사람에게 대신 타이핑을 해 달라고 맡기면 된다. 다른 사람에게 수정이나 제안을 해 달라고 부탁할 수도 있다.

물론 출간하면 좋겠지만, 안타깝게도 정통 출판사들은 회고록에 돈을 투자하는 모험을 거의 하지 않는다. 아주 드문 경우지만 작가가 직접 낸 책이 아주 많은 관심을 받아 출판사에서 판권을 사고 싶어 하는 때도 있다. 그러나 지금은 다른 데에 신경 쓰지 말자. 길이길이 남을 삶의 기록이라고 생각하고, 자신의 추억을 솔직하게 이야기할 일에 대해서만 고민하자. 당신에게 흥미로운 이야기라면 다른 사람들에게도 흥미롭게 만들 수 있다. 특히 현재 당신이 가장 아끼는 사람들과 후손들까지 흥미로워할 이야기를 남기게 될지도 모른다.

논란이 있는 주제
#07

항의를 하거나 논란을 야기하는 글은 마음에서 우러나온 창의적인 글을 잘 쓰는 거의 모든 작가에게 제격이다. 이런 글은 작가의 반대 의견과 열의를 풀어내기에 아주 좋다. 그리고 대부분의 잡지와 신문이 논란이 있는 주제에 대해 주장을 펼칠 창구를 제공한다. 이들은 독자들의 의견을 원할 뿐만 아니라, 작가의 의견을 다른 사람들이 공격하거나 옹호하게 조장하도록 잘 써진 강력한 글을 원한다.

오래됐든 새롭든 아이디어와 이슈는 어디에나 있다. 주부는 온종일 집에서 아이를 키우고 살림을 해야 하는지, 아니면 사회에 나가서 경력을 쌓아야 하는지와 같은 낡아빠진 의문을 주제로 다룰 수도 있다. 그러나 다루는 주제가 무엇이든 반드시 현대적인 관점을 가지고 있어야 한다. (이를테면 오늘날 일부 여성들은 생활비에 보탬을 주려는 이유만으로 일을 해야 하고, 말이 경력 쌓기지 사실은 그 직업을 싫어한다.) 그리고 독창적인 관점으로 상황을 봐야 한다.

물론 당신이 반대하는 상황이 다른 사람들의 일반적인 관심사여야 한다. (당신이 누군가에게 화가 났거나 개인적인 상처 때문에 흥분했다면 일기에 쓰면 된다. 이웃 사람이 아침에 잔디 깎는 기계를 돌리는 바람에 소음 공해가 너무 심하다면 지역 신문에 투고하면 된다.) 사람들이 당신의 격렬한 반대 의견에 귀를 기울일 가치가 있다고 여길 만큼 친숙하고 납득되는 주제여야 한다. 그렇게 되면 놀랄 정도로 많은 독자들이 당신을 응원하고 나설 것이다.

나는 영화와 TV에 나오는 폭력과 노골적인 섹스 장면에 너무 화가 나서 '검열에 찬성하는 한 어머니'라는 제목의 글을 쓴 적이 있다. 나는 사나운 비판이 따르리라고 예상했다. 그러나 물밀듯이 쏟아져 들어온 독자 편지 중 90퍼센트가 내 의견에 동의하는 내용이었다.

반대와 찬성

강한 주장을 내세우는 글을 쓴다고 해서 반드시 사안을 맹렬히 비난할 필요는 없다. 다른 많은 사람이 비판하는 원인이나 관습의 반대 측면, 즉 즐거움과 보람을 분명하게 보여 주는 글을 쓸 수도 있다. 이를테면 나는 양 측면을 비교해서 차이점을 확실하게 밝히기 위해 '크리스마스 가족 소식지 찬양'이라는 글을 열정적이고 재미있게 썼다.

　나는 고등학교와 대학교를 다니는 내내 반대 팀과 찬성 팀을 정해 놓고 토론하는 모임에서 활동했다. 이런 토론이야말로 논란이 있는 주제를 다루는 글을 설명하기가 가장 적합하다. 한 사안에 대해 찬성 혹은 반대의 입장을 밝히기만 하면 된다. 이런 글에서 활용하기에 훌륭한 전략은 비교와 대조이다. 당신에게 반대하는 측의 의견을 미리 파악해서 사안의 양 측면을 서로 맞대어 비교한 다음에 당신의 주장을 입증해야 한다.

　'검열에 찬성하는 한 어머니'와 '크리스마스 가족 소식지 찬양'이라는 두 글을 예로 들어서 대조를 설명하고 메시지를 전달하는 데에 효과가 있는 방식을 살펴보겠다.

　우선 서론은 강력해야 한다.

'검열에 찬성하는 한 어머니'
이 글은 활기차게 시작한다.

　작가인 나는 검열을 요구할 날이 오리라고는 꿈에도 생각하지 않았다. 그렇지만 이제 부모로서 나는 검열을 요청한다. 적어도 대중 오락물을 통제해야 한다고 생각한다. 그리고 문학 작품까지도……. 우리 아이들이 잘못된 도덕관념의 세뇌를 받고 있다. 더구나 부모들마저 대대적인 세뇌의 대상이 되고 있다. 범죄와 폭력과 섹스를 내세운 선전이 아이들에게 쏟아지고 있는 가운데 부모들은 "모두 당신이 하기 나름이다. 어차피 당신의 자녀이다. 할 수 있다면 이 어려운 상황을 헤쳐 나가 봐라. 아이들이 잘못되면 모두 당신의 탓이다."라는 냉혹한 도전을 받고 있다.

정말로 그럴까? 아이들이 이런 영향을 받지 않게 우리가 보호할 수 있을까? 우리가 봉착한 문제는 무엇일까?

이어서 개인적인 경험을 넣어 구체적으로 설명한다. 그중에 하나는 우리 동네 극장에서 토요일에 상영되는 영화를 점검하러 학교 자치 순찰대원들과 함께 간 경험이었다. 가족용 오락 시설이라고 홍보해 왔던 극장이다. 그런데 가보니 살인과 마약과 강간이 난무한 마피아 이야기와 해변에서 술에 취해서 방학을 보내는 대학생들이 등장하는 섹스 코미디가 상영되고 있었다.

간담이 서늘해진 나는 극장 관리자에게 항의했다. "내가 배급받을 수 있는 영화가 이것뿐인 걸 어쩝니까." 관리자가 항변했다. "미안하지만 이런 영화를 상영하지 않으면 돈을 못 벌어요." 이는 대형 영화사들이 생긴 이후로 만연한 사고방식이다. 그러나 젊은 층은 읽고 듣고 본 것의 영향을 받는다. 영화는 교육적으로 강력한 힘을 발휘한다.

논란거리를 글로 쓸 때 당신의 입장과 동일한 권위자들의 말을 인용하면 효과적이다. 그들의 증언은 당신이 주장하는 내용의 중요성을 확증하고 강화한다. 다행히 나는 내 의견에 열렬하게 동의하고 자신들의 말이 인용되는 것을 반길 저명한 교육자들을 알고 있어서 그들의 말을 인용한다. 그런 다음 공격 방향을 내 전문 분야로 바꾼다.

'언론의 자유'에 도취된 오늘날의 사회에서 우리는 욕설과 도착과 관능으로 가득한 책들에 포위당했다. 영화에도 기대를 걸 수가 없다. 영화는 지나친 낙관주의만을 퍼뜨리고 있다. 이런 경향을 처음 주도하고 소재를 제공한 장본인은 바로 출판사들이다.

항의는 요란한 분노에만 그치면 안 된다. 알맹이가 있어야 한다. 그래서 나는 1920년대, 1930년대, 1940년대에 이루어진 검열의 역사를 추적했다. 당시는 할리우드 스스로가 영화 제작 윤리 규약 등을 바탕으로 금기 목록을 내세웠다. 이런 규제는 예술의 자유를 억압하기는커녕 역사상 최고의 영화들을 탄생시켰다. 코미디, 뮤지컬, 영상

미학이 뛰어난 걸작이 쏟아졌다. 영화계가 풍요로웠던 이 시기는 전설이 됐다. 비평가들은 이 시기를 '영화의 황금기'라고 부른다.

이런 내용에 이어, 섹스와 폭력이라는 암적인 존재가 텔레비전을 통해서 가정으로 쳐들어오기 전에 막지 못하면 생길 일을 예상한 후 서론과 비슷한 분위기로 결론을 맺는다.

나는 검열에 찬성한다. 작가의 입장으로서도 검열에 찬성한다. 나처럼 작가라는 직업을 가진 사람들이 선정성과 외설성을 부각시켜 야한 책 표지와 유혹적인 영화 광고를 만들어야만 먹고살 수 있는 상황이라면, 누군가 개입해서 이 상황을 중단시켜야 한다.

강한 결론은 항의 글에서 필수적인 요소이다. 그리고 강하고 훌륭한 결론은 일반적으로 세 가지 특성이 있다. 결론이 서론과 직접적으로 연계되어 있고, 주장을 정리해서 재차 강조하며, 독자들이 스스로 나서서 행동하도록 조장한다.

출간

일반적으로 길이가 짧은 창의적인 글은 편집자에게 기획 제안서를 보낼 필요가 없다. 그러나 논란이 있는 주제를 다루는 긴 글은 원고를 보내기 전에 기획 제안서를 보내는 게 좋다. 놀랍게도 대형 잡지사 세 곳에서 '검열에 찬성하는 한 어머니'가 논란의 여지가 너무 많다는 이유로 게재를 거절했다. 그들은 검열이라는 단어에 대한 독자들의 반응을 (그리고 내 생각에는 광고주들의 반응도) 겁냈다. AMA에서 발간하는 〈투데이스 헬스〉만이 용기를 냈다. 그리고 이 글을 당당하게 실었다. 이 글은 여러 매체에 다시 게재됐다. 갑자기 나는 논란의 중심인물이 됐다. 수많은 편지가 쏟아져 들어왔고 사람들은 공산주의자에서부터 성인군자에 이르기까지 갖가지 별명을 나에게 붙였다. 나는 지역 방송국의 토크쇼에 출연했고, 교회와 클럽에서 연설을 했다. 마침내 외설 법률 제정을 놓고 조사 중이던 국회의 한 위원회에서 증언을 하기까지 했다. 이 위원회는 스칸디나비아 국가들처럼 외설물을 합법화하는 게 나은지, 혹은 영국처럼 영화 등급제를 시행하는 게 나은지를 놓고 고민하고 있었다. 나는 마지막 단계에서 조언을 했다. 나중에야 깨달았는데 이는 어리석인 짓이었다. 등급제는 외설 영화의 시청을 막지 못한다. 오히려 더 많은 관객을 유혹할 뿐이다. 등급이 낮을수록 관객 수가 늘어난다.

'검열에 찬성하는 한 어머니'는 당시 아주 인기가 있었고 일요일 밤 황금 시간대에 방송된 TV 프로그램 〈데이비드 서스킨드 쇼The David Susskind Show〉에서도 다뤄졌다. 나는 이 소식을 전혀 듣지 못했다. 여기저기에서 사람들이 전화를 해 "빨리 TV를 켜 봐. 네 이야기를 하고 있어."라고 재촉할 때는 이미 방송이 시작된 뒤였다. 대단한 사람들이 토론자로 나와 있었다. 작가 고어 비달Gore Vidal, 프로듀서 오토 프레민저Otto Preminger를 비롯해 정신과 의사, 유명한 작가, 가톨릭 신부까지. 그들은 아이들이 타락할까 봐 너무 겁이 나서 헌법에 규정된 권리인 표현의 자유를 공격하고 잔혹한 게슈타포식 검열로 모든 예술에 족쇄를 채우려는 '워싱턴에 사는 자그마한 주부'를 신나게 비웃고 꾸짖었다.

정신과 의사만이 나를 변호하는 말을 했다. "그분이 한 가지 점에서는 옳습니다. 섹스에 대한 집착이요. 병세가 진짜로 심각한 환자들에게서 흔히 발견되는 첫 증상이죠. 온 국민이 섹스에 집착하는 것은 병입니다."

당시 이 글에서 내가 개탄한 책과 영화는 오늘날 우리가 보는 책과 영화에 비하면 주일 학교 이야기나 마찬가지이다. 하지만 나는 그때 작가로서 입장을 분명히 밝히길 잘했다고 생각한다. 항상 싸움에서 이길 수는 없지만, 적어도 당신이 싸웠다는 사실을 아는 것만으로도 자랑스러운 법이다.

'크리스마스 가족 소식지 찬양'

'크리스마스 가족 소식지 찬양'은 내가 쓴 대부분의 글보다 긴 약 2,500자였다. 다른 사람들이 야유를 보내지만 당신은 옳다고 생각하는 대상에게 열정적으로 박수를 보내는 글도 실릴 자격이 있다. 그리고 이런 글은 감정적으로도 아주 유익하다. 당신은 불같이 화를 낼 필요가 없다(분노는 비평가들의 몫으로 남겨 놓자). 그저 좋아하는 대상을 솔직하게 응원하고 그 이유를 쓰기만 하면 된다.

앞서 소개한 글처럼 이 글도 전제를 제시하고, 반대 의견에 정면으로 맞선 후, 주장을 증명해 나간다(강한 서론에서 중요한 세 요소이다).

호랑가시나무 가지로 복도를 장식하자. 행복한 크리스마스 시즌이 돌아왔음이 느껴졌다! 우리 가족이 크리스마스 때 만들어서 배포하는 가족 소식지에 대해 이야기하려 한다. 솔직히 이야기보따리를 어서 빨리 풀어놓고 싶어서 좀이 쑤실 지경이다.

크리스마스 가족 소식지가 언론에서 혹평을 받고 있는 최근의 현실에 신경 쓰지 말자. 흔히 크리스마스 가족 소식지는 '업적 평가서'라고 불린다. '아무도 읽지 않는 지루한 보고서'라는 뜻이다. 냉소적인 사람들은 계속 비웃으라고 하고, 구두쇠들은 계속 빈정거리라고 하자. 매년 주고받는 크리스마스 가족 소식지는 미국의 상황을 감안할 때 나에게 가장 행복한 관습이다. 이 힘든 세상에서 우리를 괴롭히는 각종 시련에도 불구하고 한 해 한 해의 삶이 소중함을 분명하게 보여 주는 희망과 기쁨의 노래이다.

크리스마스 가족 소식지는 두 가지 유익한 목적에 도움이 된다. 멀리 떨어져 자주 못 보지만 잃고 싶지 않은 친구들 사이를 이어주는 중요한 고리이다. 그리고 잘 보관해 놓으면 가족의 기록이 되며, 자서전을 쓸 때 각각의 소식지는 소소하지만 빛나는 장(章)이 된다.

이어서 우리 가족이 크리스마스 가족 소식지를 만들게 된 경위와 이 '생활 속 모험'이 수년 동안 우리와 친구들에게 어떤 의미가 있었는지 이야기한다. 그런 다음에 중요한 사실을 강조한다.

그러나 크리스마스 가족 소식지를 받은 다른 사람들의 반응을 제외하고 보면, 사실 크리스마스 가족 소식지는 다른 사람들을 위해서가 아니라 *자신을 위해서 작성하는 것*이다. 훗날 다시 떠올릴 때 순수한 기쁨을 가져다줄 추억을 모아서 시간 속에 고정시켜 놓는 것이다. 그렇게 해서 쌓인 크리스마스 가족 소식지는 가족의 역사가 된다.

물론 시각이 한쪽으로 치우쳐 있고 힘들고 고통스러운 일들은 대부분 빼놓고 쓰지만, 중요한 점은 그 힘든 시기에 설사 또 다른 어려움이 생겼을지라도 가족과 함께하기에 행복했으리라는 메시지이다.

이어서 개인적인 경험과 의견을 더 내 놓은 다음에 결론을 맺는다.

최초의 크리스마스에 천사가 예수의 탄생을 선언했다. "너희 모두에게 아주 기쁜 소식을 가져왔다!" 우리 가족이 크리스마스 때마다 만드는 가족 소식지는 "세상에 기쁨을! 우리는 또 한 해를 살아냈습니다. 삶은 즐거워요!"라고 외치는 우리 마음의 캐럴이다.

크리스마스 가족 소식지는 분명히 아름다운 보물이다.

작가의 보람

논란이 있는 주제를 다루는 글은 작가에게 큰 보람이 된다. 사안에 대한 당신의 의견이 찬성이든 반대이든 독자가 아주 방대하다. 당신의 목소리에 사람들이 귀를 기울인다는 것은 무척 기분 좋은 일이다. 이런 글에서는 당신의 의견이 중요하다. 자신의 의견을 스스로 표현할 의지나 방법이 없는 많은 사람의 느낌과 신념을 대신 표현하고 있기 때문이다.

나는 이 점이 작가에게 가장 큰 보람이라고 생각한다.

조언과 자립
#08

조언은 많은 글에 들어간다. 사랑과 결혼 생활, 자녀에 대한 글을 비롯한 거의 모든 글이 조언 없이 쓰기는 어렵다. 의도하지 않아도 조언이 함축적으로 들어간다. 개인적인 모험담을 담은 실화에도 조언이 들어갈 때가 있다. 이를테면 나는 어느 날 밤에 멕시코 국경에서 오도 가도 못한 경험을 글로 쓴 적이 있다. 자동차 타이어가 터졌고 홍수로 불어난 물이 발까지 찰랑거렸다. 그렇지 않아도 두려운 상황인데, 나를 도우려고 차를 세운 낯선 남자들에 대한 불안감까지 더해졌다. '그 사람들은 내 자동차의 연료가 바닥이 났다고 말했다. 달리 대안이 없었다. 그들과 함께 가야 했다.'

이 극적인 상황은 언제 닥칠지 모를 급박한 위험투성이였다. 이 부분에는 조언을 넣을 필요가 없었다. 홍수로 물이 불어나고 있다는 소식에 서둘러 남편을 만나러 가려고 타이어와 연료를 확인하지도 않고 자동차 시동을 건 모습을 묘사한 첫 문장에서 조언이 명백하게 드러났다. (어리석게 굴지 말자. 다른 사람과 같이 가자. 안전하게 도착하도록 미리 점검하자.) 다행히 이 모험은 아무 문제없이 끝났다.

그러나 자립에 대한 글은 명확한 조언이 들어간다. 난관을 극복하고 삶의 질을 향상하는 당신 나름대로의 방법을 독자에게 알려 준다. 또한 독자에게 도움이 되는 각종 아이디어도 제공한다. 당신이 이런 글을 쓸 자격이 있는지 걱정할 필요는 없다. 조언은 숨쉬기처럼 자연스러운 일이다. 부모, 이웃, 친척, 친구를 비롯해서 모든 사람이 항상 조언을 한다. 글을 쓸 수 있다면 더 나은 조언을 할 수 있다.

조언 글의 제목은 주제를 전달해야 한다. 내가 쓴 많은 조언 글 중 제목을 몇 개 들자면 '걱정은 일로 잊자', '강박관념을 없애자', '나는 삶을 정리할 작정이다', '남편을 늘 품 안에 두자', '두려워 말고 친구가 되자'가 있다.

이 중 마지막 제목은 글을 쓸 때도 적용된다. 문체와 분위기가 온화하고 다정해야 한다. 설득력이 있게 쓰되 설교하거나 가르치거나 명령하면('내 말대로 해요!'라는 식) 안 된다. 독자가 좋아하고 믿을 만한 사람, 독자가 함께 점심을 먹고 싶은 사람의 목소리로 이야기해야 한다.

조언 글은 일단 요령만 이해하면 쓰기가 어렵지 않다. 요령을 배우는 최선책은 조언 글을 많이 읽으면서 문체와 분위기를 파악하고 단어를 연결하는 방법을 분석하는 것이다. 나는 그 안에 성공적인 조언 글의 비결이 들어 있다고 확신한다. 문체와 구성, 이 두 요소는 이 책의 2부에서 각각 장을 나누어서 다룬다. 일단 지금은 두 글의 발췌문으로 설명하겠다.

첫 번째는 조언을 목적으로 하는 '남편을 늘 품 안에 두자'라는 결혼 생활 글이다. 이 글은 일화로 시작한다.

당신이 고기 찜을 마지막으로 살펴보고 가스레인지 불을 낮춘 후 남은 시간을 확인하는 참에 전화벨이 울린다. 남편이다. "저녁밥을 집에서 못 먹겠어, 여보. 야근을 해야 돼……." 혹시라도 당신이 내 친구 엘렌 같은 사람이라면 즉시 남편이 거짓말을 하고 있다고 의심할 것이다. 그러나 당신이 대부분의 아내와 같다면 남편을 나무랄 것이다. "아, 진짜. 미리 알려 줬어야죠." 혹은 걱정할 것이다. "여보, 야근을 꼭 해야 해요? 이미 아주 피곤할 텐데……."

차이점은 간단하다. 엘렌은 남편을 믿지 못하는 극소수 여성에 속한다. 그녀는 남편의 불륜이라는 고통스러운 경험 때문에 상처를 받았다. 대다수의 여성에 속하는 당신은 근본적으로 충실하고 가정을 사랑하며 열심히 일하는 보통의 미국인 남성과 결혼한 전형적인 행운아이다. 물론 나는 킨제이가 남성에 대해서 한 말을 알고 있지만…… 그런 성적인 꼬리표는 오늘날의 보통 남편을 심하게 왜곡한다고 생각한다. 나는 건전한 인격, 행복한 가정, 올바른 아내라는 복을 받은 남성은 바람을 피우지 않는다고 믿는다.

위의 일화는 분위기를 조성하며 그 다음 문단은 전제를 설명한다. (무엇을 입증하려 하는가? 이 글의 주제는 무엇인가?) 이어서 대부분의 남성이 밖에서 외간 여자와 놀아나기보다는 집에서 부인과 안전하게 지내려고 하는 네 가지 이유를 제시한다. 그러고 나서 '완벽한 아내의 초상'을 도출한다. 이 초상은 남편을 늘 보듬을 수 있는 여덟 가지 자질로 구성되어 있다. 여기에는 그저 남편을 편안하게 해 주기, 위험할 때 대신 싸울 수 있을 정도로 남편을 잘 보살피기 등이 포함되어 있다. 이런 여성은 가정뿐만 아니라 남편까지 구한다.

여덟 가지 자질은 글의 본문을 구성하며 이렇게 결론을 맺는다. '남편을 늘 품 안에 두는 여성은 연인이자 동반자가 되는 방법을 깨우친다.'

이 글이 〈패밀리 서클〉에 실리자 수많은 편지가 쏟아졌고, 이후 다양한 잡지에 다시 게재됐다.

13장에 나오듯이 조언을 하는 다른 방법들도 있다. 그러나 앞서 말한 형식이 아주 효과적이어서 나는 소재에 따라 이 형식을 조금씩 변형해서 자주 사용한다. 〈네이션스 비즈니스Nation's Business〉에 기고하려고 쓴 '자신감을 키우는 12단계'라는 제목의 글에서 이 형식을 어떻게 적용했는지 보여 주겠다. 이 글은 후에 굿 리딩 랙 서비스Good Reading Rack Service 소책자 형식으로 출간됐다. 편집자들이 '진짜로 자신감이 넘치는 사람이란?' 이란 부제를 붙여 서론 부문을 잘 소개했다.

기차가 중서부의 작은 마을을 향해 힘차게 달리고 있다. 키와니스 클럽Kiwanis Club(사업가와 전문가들이 모인 민간 봉사 단체—옮긴이) 회장이 플랫폼에서 사업가들과 기차를 기다리는 중이다. 한 사업가가 회장을 보며 생각한다. '세상에, 짐은 정말 운이 좋고 자신감이 넘치는 사람이야. 저런 성격을 가질 수 있다면 뭘 줘도 아깝지 않을 텐데.' 이 사업가가 짐의 쾌활한 웃음과 다정한 태도에 감춰진 불안감을 모르고 하는 소리이다.

그 유명한 사람에게 무슨 말을 한담? 짐은 걱정한다. 도시에서 온 거물에게 진부한 소리를 하면 안 되는데……. 바보 같은 짓을 하면 어떻게 하지? 그럼 클럽 회원들이 나를 뽑은 게 실수라며 창피해할 텐데…….

한편 기차에는 연사가 땀을 뻘뻘 흘리며 앉아 있다. 목적지가 가까워질수록 긴장감이 커진다.

바보 같긴. 그렇게 많은 연설을 해 놓고 아직도 이렇게 떨다니. 그나저나 연설의 반응이 좋을까? 그는 연설문을 다시 읽고 막판에 급히 수정하다가…… 경악스럽게도 소매에서 덜렁거리는 단추 하나를 발견한다. *다시 달기에는 너무 늦었어. 대체 왜 이 재킷을 입은 거야? 단정하지 못한 사람이라는 인상을 주게 생겼잖아! 연설이라도 아주 잘해야 해.* 그는 몸을 마구 흔들며 어쩔 줄 모른다. 그는 생각한다. *가끔 잔인한 농담 같아. 상당히 성공했고 돈도 엄청 많이 벌었는데 아직도 야망이 넘치다니. 이 위선자 같으니라고!*

기차가 멈춘다. 짐이 서둘러 앞으로 나아가 기차에서 내리는 남자에게 손을 내민다. 두 사람 모두 웃으며 손을 꼭 잡고 악수를 나눈다. 기다리던 순간이 왔다. 그들은 순전히 습관적으로 행동한다. 적절한 말을 한다. 두 사람은 두려워할 게 전혀 없는 상황임을 깨닫고 서서히 긴장을 풀기 시작한다.

요컨대, 돈과 마찬가지로 자신감은 다른 사람에게는 있는데 나한테만 없는 듯 여겨지는 것이다. 그렇지만 모든 사람이 부끄러움과 불안감 때문에 고민한다.

이어서 열등감으로 고통받은 유명인 세 명의 말을 인용한 다음에 제목에 나온 대로 자신감을 키우는 12단계를 열거한다. 각 단계에는 간단한 설명과 예가 들어간다.

1. 철이 들자

내면의 아이에게서 벗어나자. 당신은 더 이상 파티에 초대받지 못하는 외로운 소녀나 축구팀에 들어가지 못하는 소년이 아님을 명심하자.

2. 두려운 일을 피하지 마라

짐 빌은 중요한 손님을 만나기가 두려웠다. 연사의 마음 역시 불안함과 두려움으로 가득 차 있었다. 그러나 두 사람은 명예를 얻으려면 고통을 감수해야 함을 알았다.

3. 준비하자

보이스카우트의 가르침이 옳다. 준비할수록 자신감이 생긴다.

4. 몸단장에 신경을 쓰자

아무리 준비를 많이 해도 넥타이에 묻은 얼룩이나 올이 나간 스타킹을 발견하면 자신감이 흔들린다.

5. 당신의 몸을 받아들이자, 아니면 바꾸자

자신감에서 아주 중요한 요소는 자아 수용이다. 특히 자신의 몸을 있는 그대로 인정해야 한다.

6. 연기를 하자

누구나 자신감을 발산하는 배우가 내면에 자리 잡고 있다.

7. 효과적으로 말하는 법을 배우자

말재주를 타고난 사람도 있지만 대부분의 사람은 배워야 한다. 몇 가지 조언을 하자면…….

8. 남의 말을 열심히 듣자

침착한 사람은 말하는 것 못지않게 남의 말에 귀를 기울이는 것도 중요함을 알게 된다.

9. 흥미로운 사람이 되자

읽고, 배우고, 여러 장소에 가고, 흥미로운 경험을 하자. 당신이 흥미로운 사람이 될수록 다른 사람을 대할 때 자신감이 커진다.

10. 자신을 좋아하는 법을 배우자

자신에게 너무 가혹하게 굴지 말고, 절대로 다른 사람과 비교해 자신을 얕보지 말자. 당신의 특성을 고맙게 여기고 최대한 잘 활용하자.

11. 당신은 전시물이 아님을 명심하자

흔히 "동물은 우리가 동물을 무서워하는 것보다 훨씬 더 우리를 무서워한다."라고 말한다. 이 말은 사람에게도 적용된다. 마음을 편하게 갖고 마음껏 즐기자. 모든 사람의 관심이 당신에게만 집중되는 것은 아니다.

12. 다른 사람을 편안하게 해주자

모르는 사람들에게 자신을 소개하자. 신입사원을 점심식사에 초대하자. 먼저 나서서 행동하면 자신을 억누르고 남의 시선을 의식하는 경향이 사라진다. 진정으로 평정심을 유지할 수 있는 가장 좋은 방법은 다른 사람들에 대해 생각하는 것이다.

12단계 하나하나가 완전한 글의 주제가 될 만하다. 실제로 나는 '두려운 일을 피하지 마라'를 비롯해 몇 가지 단계를 각각 주제로 삼고 여기에 나온 간단한 설명과 예를 자세히 풀어서 여러 편의 글을 썼다.

이런 마음에서 우러나온 글의 아이디어는 찾기가 쉽다. 일단 아이디어를 찾는 습관이 들면 민들레처럼 사방에서 눈에 띄고 그 씨가 사방으로 사정없이 퍼져서 멈추기 힘들 지경이 된다.

유머
#09

　　나는 익살스러운 농담을 좋아하고 남을 놀리기 일쑤이며 재미있는 이야기를 잘하는 사람들이 많은 집안에서 나고 자랐다. 별로 넉넉하지 않은 집이었지만 늘 웃음이 넘쳤다. 성경에서 '좋은 약'이라고 일컬었듯이 웃음 덕에 힘든 시기를 잘 헤쳐 나갔고 삶이 풍요로웠다. 식탁에 둘러앉아 이야기를 나눌 때면 너무 웃겨서 떼굴떼굴 구르다가 진정하려고 잠시 자리를 비워야 하는 사람이 꼭 생겼다. 어머니와 언니인 그웬은 재치가 넘쳤고, 아버지와 오빠들은 남을 웃기는 재능을 타고났다. 나는 가족에 비해서 진지한 편이었다. 나 역시 함께 행복하게 웃고 즐겼지만, 우스운 행동과 농담이 나오면 잽싸게 책상 앞으로 뛰어가서 종이에 기록하느라고 정신이 없었다.

　　나는 유머 글을 전문으로 쓰는 작가는 아니지만 그런 종류의 글을 꽤 많이 썼다. 또한 종류에 상관없이 내 글에는 유머가 계속 튀어나온다. 유머를 조금만 곁들이면 거의 모든 글이 밝아지며 잘 팔린다. 이 장에서는 유쾌하고 중요한 도구인 유머의 두 가지 용도를 설명한다. 순전히 재미를 목적으로 글을 쓰든 혹은 진지한 글에 약간의 재미를 추가하든, 피해야 할 몇 가지 사항을 먼저 살펴보겠다.

첫째, 구식 농담은 절대 쓰지 않는다.

유머가 넘치는 글이어야 한다는 집착에 빠져 오래된 농담을 (혹은 현재 유행하는 농담이라도) 쓰면 절대 안 된다. 간혹 훌륭한 작가조차 재미를 주려고 농담을 넣는 어리석은 시도를 하는데 나는 그런 글을 볼 때마다 움찔 놀란다. 농담과 그 속의 상황은 인쇄돼 지면에 실리면 원래의 생기와 맛이 사라진다. 반면에 농담하거나 장난치는 태도로 소재를 다루면 효과가 좋다. 작가가 즐겁게 글을 쓰게 되고 그 즐거움이 글에서 자연스레 빛을 발한다.

둘째, 너무 무리하면 역효과가 나타난다. 유머가 자연스레 나오지 않으면 억지스러움이 드러나고, 글이 부끄러울 정도로 유치하거나 민망해진다. 그런 글을 본 독자는 남편이 숙녀용 모자를 쓰고 방 안을 뽐내며 활보하거나 별로 재미있지 않은 이야기를 장황하게 늘어놓는 동안 예의 바르게 미소를 지으며 앉아 있어야 하는 아내 같은 기분이 든다. 혹은 고루한 교수가 케케묵은 옛날이야기를 하는 소리를 괴로워하며 듣는 학생 같은 느낌이 든다.

셋째, 긍정적인 면을 보자면 독창적이어야 한다. 이 원칙은 특히 유머가 있는 글을 쓸 때 중요하다. 제목에도 신선하고 익살스러운 힘이 있어야 한다. 어렵게 생각할 것 없다. 그저 쓸 만한 말장난이나 익숙한 격언을 가져다가 독창적으로 비틀어서 의미를 바꾸면 된다. 그런 다음에 자기 풍자를 곁들여 상황을 과장하면 된다.

내가 신문의 일요판 부록에 기고한 글 몇 개를 예로 들어 보겠다.

'내 밸런타인이 돼 줄래요?'(밸런타인데이 바로 전날 밤에 카드와 선물을 준비하는 딸을 급하게 돕느라 정신없는 어머니의 이야기)는 이렇게 시작한다.

백과사전을 보면 밸런타인데이는 세 명의 순교자들이 2월 14일에 각각 축일을 열었던 데에서 유래했다고 나와 있다. 나는 아무래도 그 순교자들이 밸런타인데이의 유래가 아니지 싶다. 만일 진짜로 그들 중에 밸런타인데이의 유래가 된 사람이 있다면 그 사람은 결코 성자로 추앙받지 못했을 테니 말이다!

'내 머리카락 속 꽃들'(과장법을 사용한 제목)은 우리 집 앞마당에 핀 아름다운 민들레와 각종 야생화 이야기로 시작한다. 그런데 원예의 달인인 열성적인 이웃 사람들이 저마다 씨앗과 구근과 더 적합하다는 식물을 선물로 들고 몰려들었다. 나는 그 선물들을 어찌 해야 할지 몰랐다. 사실 알고 싶지도 않았다. 그냥 갑자기 꽃을 키우기가 싫어졌다.

진지한 글을 쓸 때라도 익살스러움을 더해줄 독창적인 비유와 암시를 선택하면 효과가 좋다. 이를테면 나는 부도덕한 영화가 젊은이들에게 미치는 악영향과 대중의 미미한 대응에 대한 글을 쓸 때 '엄청난 무기를 가진 섹스 왕과 싸우는 것은 장난감 총으로 수코끼리를 맞히려는 것과 마찬가지이다.'라는 문장으로 시작했다. 여러 모로 궁리하다가 이 이미지가 갑자기 떠오르자 이거다 싶었다. 내 주장을 전달하기에 딱 맞는 터무니없는 이미지였다.

'결혼은 개조 학교가 아니다'라는 글 중 일부를 살펴보자. "환상 속의 완벽한 연인에게 작별 키스를 하자. 당신이 결혼한 사람은 클라크 게이블이나 메릴린 먼로가 아니다. 당신은 그저 평범한 빌 혹은 제인과 결혼했다." (이름에서 아주 오래전에 쓴 글임을 알 수 있다. 이 글이 팔리지 않아서 수정해야 했다면 현재 유명한 연예인들의 이름으로 바꿨을 것이다. 사랑의 상징조차 유행이 있다.)

이번에는 '결혼 생활을 정직하게 한다고 장담할 수 있나?'의 한 부분을 발췌해 본다. "사실상 모든 아내가 돈을 쓰는 문제에 관한 한 약간 거짓말을 한다." (나는 여기에서 편안하고 일상적인 느낌을 주기 위해서 의도적으로 상투적인 문구에 가까운 일상어를 쓰고 있다.) "할인되지 않는 원피스를 정상가로 샀다는 사실을 제정신으로 인정할 여성이 있을까? 그리고 10달러에서 50달러 정도 인하된 물건을 사면 그 가격만큼 더해서 말하는 게 여성의 무의식적인 심리이다. 조금이라도 재치가 있는 남성이라면 여성의 그런 특성을 알고, 당연히 그렇게 행동하리라고 예상하며, 혹시라도 그렇게 행동하지 않으면 오히려 놀랄 것이다."

이 글은 노골적인 유머는 아니다. 그러나 태도와 분위기에 유머가 들어 있다. 자칫 아주 심각하게 다뤄질 수 있는 주제를 쾌활하게 접근하고 있다. 편집자들은 이처럼 가볍게 다루는 방식을 좋아한다.

그렇지만 가볍거나 재미있는 태도가 적절한 부분에 들어가도록 주의해야 한다. 또 전반적인 분위기를 망치지 않도록 조심해야 한다. 다음 글은 배치가 잘못되고 유머가 한심할 정도로 부적절한 사례다.

폭력배들이 아무 이유 없이 나를 공격했다. 그 사람들이 갑자기 달려들자 나는 죽을 힘을 다해서 싸웠다. 그들의 주먹질이 빗발쳤다. 발로 나를 짓밟으려고 했다. "하나님, 이 사람들을 용서하소서." 나는 그 순간에조차 기도를 했다. 진심으로 기도했다. 사실 말장난을 좋아하는 어니스트 형의 말대로 진심으로 죽기 직전이었다('진심의'라는 뜻을 가진 'earnest'와 이름인 'Ernest'의 비슷한 발음을 가지고 하는 농담—옮긴이).

피해자와 마찬가지로 독자는 기가 막혀서 눈을 치켜뜨게 된다. 케케묵은 농담일 뿐만 아니라 상황에 부적절한 표현이다.

타이밍과 박자

타이밍은 대단히 중요하다. 내 남자 형제 중 한 명이 연예계에 몸담고 있어서 나는 유머를 잘하려면 완벽한 타이밍 감각을 가지고 있어야 한다는 사실을 알게 됐다. 유머에서 핵심이 되는 구절을 말하기전의 정지, 빠른 분위기 전환, 관객의 웃음을 끌어내는 순간과 관객의 흥미를 잃게 만드는 순간 사이의 미묘한 균형이 필요하다.

직접적으로 유머 글을 쓰든 유머가 있는 소재를 쓰든, 페이스Pace를 능숙하게 다루는 이런 타이밍은 작가에게 특히 중요하다. 에피소드나 언급한 내용이 가장 재미있는 효과를 거두도록 균형이 잡힐 때까지 문장을 이리저리 바꾸고 더하고 빼야 한다. 대부분의 경우에 가장 효과적인 방법은 빼기이다. 재치 있는 농담은 짧고 강해야 한다. 그리고 거기에서 멈춰야 한다. 일화가 여러 페이지를 차지하면 안 된다. 대화는 모든 대사가 재미있거나 바로 다음 대사로 이어질 때까지 줄여야 한다. 아래와 같은 의미 없는 수다를 피해야 한다.

"마음에 안 들어요." 아내가 입을 삐죽 내밀며 말했다.

"어쩔 수 없어, 여보." 나는 슬쩍 웃으며 말했다.

"그렇지 않아요. 당신이 마음만 먹으면 얼마든지 조치를 취할 수 있잖아요. 당신처럼 매번 엇나가는 사람은 처음 봤어요. 어쩔 때 보면 머리에 뇌가 없는 것 같아요."

"어허, 진심이 아니지? 내 마누라가 진심으로 그런 말을 할 리 없지. 자, 그럼 방법을 강구해 보자고."

의미 없는 말들이 계속 이어지면서 독자의 시간을 낭비하다가 마침내 밝은 대사를 억지로 짜낸다.

이에 반해서 '그가 말했다.'나 '아이가 나에게 활짝 웃으며 한마디했다.'와 같은 문장의 능숙하고 미세한 균형은 마음의 귀를 즐겁게 하는 정확한 박자와 페이스와 타이밍을 유머에 더해 준다. 이런 능력을 시험해 보는 가장 좋은 방법은 〈리더스 다이제스트〉의 여러 난에 맞는 일화들을 써보는 것이다. 당신이 쓴 글을 큰 소리로 읽은 다음에 〈리더스 다이제스트〉에 실린 글을 읽는다. 어떤 점이 다른지 비교해 본다. 경험을 한 문단으로 압축하거나 단어 몇 개를 강한 효과가 있는 문장으로 결합하기란 쉬운 일이 아니다.

진정으로 유머가 넘치는 사람은 대체로 직관적인 타이밍 감각을 가지고 있다. 혼자 무대에 서서 연기하는 코미디언이 농담 하나로 관객을 눈물 날 정도로 웃길 수 있는 이유는 그런 재능을 가지고 있기 때문이다. 반면에 재능이 없는 사람은 같은 이야기를 계속 반복해서 관객을 지루하게 한다. 익살꾼이 되기 위해 애써야 하는 사람은 애초에 익살꾼이 아니다. 하지만 유머 글을 쓰려면 노력과 연습이 필요하다. 개그 작가의 말을 그대로 받아 적는 게 아니라 상황을 고쳐 쓰거나 문장을 여러 번 수정해야 그럴싸하게 들리고 느껴질 것이다.

논리

흔히 유머는 과장법에 의존하는데, 기이하게도 유머 자체의 완고한 논리를 가지고 있다. 유머는 반드시 근거와 현실을 바탕으로 해야 한다. 다시 말해 우리가 아는 실제 삶을 바탕으로 해야 한다. 이런 대조는 우리가 유머를 재미있게 여기는 심리적인 이유 중 하나이다.

조금 더 명확하게 설명해 보겠다. 오래전, 돈을 벌려고 드라마 극본이나 경쾌하고 오락적인 시 등을 쓰던 시절에 한 만화가가 내게 개그 대사를 의뢰해 왔다. 말하기 창피하지만, 탈옥수가 멋진 파티에서 "응, 그래, 나는 인기가 많아서 어디에서나 쫓겨 다녀."라고 말하는 대사를 썼더니, 만화가가 이렇게 지적했다. "그 탈옥수가 경찰에게 쫓기고 있다면 파티에 참석하지 못했겠죠. 논리적으로 쓰세요. 유머는 논리를 바탕으로 합니다."

나는 그 조언을 한시도 잊지 않았다. 유머 작가가 논리적이고 합리적일수록 과장된 상상의 나래가 재미있어진다. 보는 사람은 유머 작가가 농담을 한다는 것을 알지만 그의 자유분방한 공상 속에는 강력한 진실이 깔려 있다. 유머 작가 지망생 중에서 논리는 필요 없고 그저 재치만 있으면 된다고 생각하는 이들이 많다.

최근에 나는 한 출판사의 부탁으로 원고를 검토해 준 적이 있었다. 기본 설정만 보면 아주 재미있을 수 있는 코미디였다. 그러나 잘못 다루는 바람에 정신없는 글이 돼 버렸다. 많은 결점이 있었지만 특히 논리가 부족했다. 주인공이 백악관에서 아주 특이한 가게를 운영하기로 결심한다. (작가와 그의 훌륭한 아이디어를 배려하는 의미에서 어떤 가게였는지 말하지 않겠다.) 익살스러운 우여곡절이 끊임없이 일어난다. 그렇지만 주인공과 가족이 백악관에 입성한 방법이나 그들의 동기가 분명하게 나오지 않는다. 이 코미디는 주요 등장인물을 포함해서 전반적으로 논리적인 토대가 없기 때문에 실패작이다. 독자는 애초에 극중의 사건들이 어떻게 생길 수 있었는지 계속 의문을 갖는데, 그 의문을 해결해 줄 과정이 전혀 나오지 않으면 결국 신뢰성이 사라진다. 현실적으로 도저히 일어날 수 없는 사건들이다.

여기에서 창의적인 글의 작가가 픽션 작가와 아주 유사하다는 사실을 다시 확인할 수 있다. 특히 유머 작가가 그렇다. 글이 짧든 길든 혹은 기고할 매체가 〈뉴요커 The New Yorker〉이든 대중 잡지이든 만화책이든, 작가는 인간의 행동을 일으키는 원인을 이해해야 한다. 등장인물들을 타당하게 구상해야 한다. 그러면 등장인물들이 이상하게 행동해도 독자가 그 이유를 알기 때문에 신뢰성이 무너지지 않는다.

과장법

과장법은 유머 작가가 특히 잘 구사하는 기법이다. 유머 작가는 그럴듯한 상황을 가지고 터무니없이 부풀린다. 혹은 상상으로나 가능한 일을 말도 안 되게 타당하게 만든다.

잘 표현된 모든 과장법에는 절대적인 논리와 진실이 깔려 있다. 그래서 그 과장이 그렇게 재미있는 것이다. 독자는 이처럼 아주 익숙한 경험을 바탕으로 극단적인 상황에 내던져지는 것을 좋아한다.

하지만 주의해야 할 점이 있다. 과장법을 히스테리와 혼동하면 안 된다. 격렬한 감정이나 지나친 행동을 표현하는 동사 자체가 유머를 유발하지는 않는다. '비명을 지르다', '발로 짓밟다', '히죽히죽 웃다', '음흉하게 보다'와 같은 단어들을 자제해서 써야 한다.

자기 풍자

유머가 주로 사용되는 글은 자기 풍자 글이다. 자기 결점이나 약점이나 성격을 놀림감으로 삼아 웃음을 유발한다. 일반적으로 독자에게 아주 친숙한 점을 풍자거리로 선택한다.

나는 걸핏하면 뚜껑을 잃어버린다. 부엌에 있는 모든 항아리, 주전자, 냄비가 항상 목이 달아난 채 서 있다. 주방 용기를 열 때마다 잠시 등만 돌리면 어느새 뚜껑이 사라지고 없기 때문이다. 아무리 열심히 둘러봐도 안 나온다. 한 번 사라진 뚜껑은 끝내 찾을 수 없다. 이상하게도 짝이 맞지 않는 다양한 모양과 크기의 다른 뚜껑들은 사방에서 튀어나온다. 나는 혹시 모를 경우를 대비해서 그 뚜껑들을 전용 찬장에 넣어 놓는다. 그러나 헛수고이다. 내가 살림을 시작한 이후로 그 뚜껑들이 내게 필요한 용기에 들어맞은 적이 한 번도 없다.

그러나 항상 과장할 필요는 없다. 사소한 실수에 대한 실화가 과장된 이야기 못지않게 재미있을 때도 있다. 내 고정 칼럼 '사랑과 웃음'에 실린 후속편을 살펴보자.

나는 안경도 잘 잃어버린다. 유럽에 여행을 갔을 때 안경 하나를 깨뜨렸고 하나를 잃어버렸다. 비행기를 타고 돌아오는 길에 책을 읽으려고 안경을 빌렸는데 그마저 두고 내렸다. 서둘러 안경점에 가서 안경을 몇 개 더 맞췄다. 내 친구인 안경사와 이야기를 나눈 후에 집에 왔을 때 전화벨이 울렸다. 안경사였다. "안경을 두고 갔네요!"

몇 달 후, 나와 남편은 집에서 800킬로미터 떨어진 산 속 회전 레스토랑에서 저녁식사를 했다. 그런데 의자에 앉은 지 몇 분도 지나지 않아서 안경이 사라졌다. 결국 남편이 메뉴를 읽어 줘야 했다. 식사를 끝낸 후, 식당 저편에서 낯익은 얼굴이 활짝 웃으며 뭔가를 흔드는 모습이 어렴풋이 보였다. 그 사람이 서둘러 우리 식탁으로 왔다. 놀랍게도 내 친구인 안경사였다.

"여기에 무슨 일이에요?" 나는 헉 놀라며 말했다.

"당신에게 내가 필요할 줄 알았나 보죠." 그가 활짝 웃었다. "이게 처음에 지나갔을 때는 눈에 익다 싶었어요. 두 번째 지나갔을 때는 감이 왔죠. 세 번째에는 확 움켜잡고 아내에게 말했어요. '마저리 홈스가 여기 있나 봐. 돌아다니는 안경을 가지고 있는 사람은 그녀뿐이거든.'" 그는 자랑스럽게 안경을 건넸다. "안경을 드리는 기쁨을 또 누리게 되네요. 자, 당신의 안경입니다."

이런 종류의 글은 쉬워 보이지만 그렇지 않다. 타이밍과 페이스를 고려해서 단어 하나하나에 주의해야 한다. 그리고 효과를 노려 무리를 하거나 너무 빈틈없이 보이려 할 위험성이 항상 존재한다. 설사 별로 마땅치 않은 방식일지라도 일단 당신에게 관심을 집중시키고 나면, 관객은 당신이 그 관심에 걸맞게 아주 재미있기를 기대한다. 이것이 많은 아마추어들이 부딪치는 문제이다. 좋은 글솜씨가 없이 어쭙잖게 수줍음만 드러내면 결과물은 당혹스러울 뿐이다.

장담하건데 이쯤이면 당신은 내가 세상에서 최악의 속기사라고 생각할 것이다. 음, 당신의 생각이 맞지 싶다. 나는 속기와 타이핑을 제대로 하지 못하기 때문이다. 맙소사! 철자 실력을 말하자면, 어리석게 들리겠지만 가끔 내 이름의 철자조차 잘 기억나지 않는다. 흠, 그렇지만 이 상사(불쌍한 사람)는 내게 기회를 주기로 했다(이 상사는 얼굴까지 정말 잘생겼다). 어쩌면 내가 새로 산 인조 속눈썹을 붙이고 상사를 향해 파닥거렸기 때문인지도 모르겠다.

기가 막힌다는 말밖에 나오지 않는 글이다!

일반적인 지침

다음은 유머 글을 쓸 때 목표로 할 점과 주의할 점 및 제안이다.

1. 독창적이어야 한다. 오래된 상황이나 개그나 농담에 기대면 안

된다.

2. 불행한 사람을 웃음거리로 삼으면 절대로 안 된다.

3. 유머를 적적하지 않은 자리나 상황에 넣지 않도록 주의한다.

4. 타이밍을 잘 살핀다. 활기차고 생생한 박자가 있어야 한다.

5. 과장법을 히스테리로 대체하면 안 된다. ('발로 짓밟았다', '비명을 질렀다', '고함쳤다', '훌쩍였다', '신음했다'와 같은 동사를 피한다.)

6. 분위기에 신경 쓴다.

7. 부정적인 말을 절대 넣지 않는다. '이 이야기는 별로 재미없을 것이다'(재미없는 이야기라면 애초에 독자에게 들려줄 필요가 없다.) 또한 내가 보자마자 TV를 꺼 버릴 코미디언들처럼 말하지 않는다. "이런, 안 웃겼나요?" 혹은 "이 지독한 원고를 대체 누가 쓴 거죠?"

8. 독자에게 웃음을 요구하면 안 된다. '세상에, 나는 정말로 포복절도했다.', '완전히 배꼽이 빠질 정도였다.', '너무 웃어서 눈물이 뺨에 흘러내렸다.'는 표현을 자제한다. 유머를 묘사하거나 논할 수는 없다. 유머는 글 자체에서 나와야 한다.

9. 이탤릭체와 대문자와 느낌표에 주의한다. 문장 부호의 과도한 사용으로 부족한 글솜씨를 보상할 순 없다.

10. 익살, 상투적인 문구 비틀기, 말장난, 반대말, 세부 사항을 통해서 밝거나 재치 있는 분위기를 얻을 수 있다.

11. 속어와 욕설에 주의한다.

일부 작가는 경쾌한 문체만으로 이야기가 재미있어진다고 여긴다. 경쾌함을 높이려고 속어에 지나치게 기댄다. '헐, 이런⋯⋯', '못 믿는다고? 정말이지롱', '아싸!', '어허?'와 같은 말을 넣는다. 혹은 유머스러운 분위기를 만들려고 전혀 의미 없는 여담을 넣는다. '여전히 그렇다.'(이 실수를 한다), '아직도 하는 중이다.'(배우려고 노력 중이다), '흠, 앞일을 누가 알겠는가.', '아마도 ⋯⋯.', '⋯⋯임을 증명한다.'

때로 공격적인 효과를 내려고 욕설을 넣기도 한다. '정말로 빌어 먹을 상황이었다.', '제기랄, 당신이라면 이런 경우에 어떻게 하겠는 가?' 혹은 대화에 욕설을 간간히 섞는다. 작가들이 욕설을 넣는 이유 가 아주 재미있는 사람이 그런 식으로 이야기하는 소리를 들었기 때 문일 수도 있다. 그러나 코미디 공연의 웃음은 코미디언이 한 말 못 지않게 코미디언의 개성이 많이 작용한다. 이런 특성을 포착해서 글 로 재미있게 풀기란 불가능하다. 허황되고 시끄럽고 지루해질 뿐이 다. 게다가 천박해질 때도 있다.

12. 분명히 재미있을 것으로 예상되는 소재나 상황에 의존하면 안 된다(이를테면 원숭이의 우스꽝스러운 짓, 남자의 대머리, 여자의 거들, 길에서 잃어버 린 속옷). 고인이 된 칼럼니스트 조지 딕슨George Dixon은 유머에 대한 글 에서 이렇게 말했다. "우스꽝스러움이 노골적일수록 지면에서 재미

있게 풀어내기가 힘들다는 것이 문제이다." 이어서 그는 유머의 두 가지 주요 요소는 '익숙함과 놀라움'이라고 덧붙였다.

이는 마음에서 우러나온 좋은 글의 두 가지 원칙과 직결된다. 바로 공감과 기대이다. 일상적이고 타당한 일을 과장하거나 비틀어서 아주 놀랍거나 대단히 드문 일로 바꾸면 독자는 반응을 보인다. 즐거워한다. 이렇게 해서 글 전체가 재미있거나 부분적 혹은 전체적 분위기가 즐거워지면 유머가 생긴다.

수필, 스케치, 칼럼
#10

       수필, 스케치, 칼럼은 아주 흥미로운 한 가족의 구성원들이나 마찬가지이다. 서로 차이점이 아주 적어서 구분하기 어려울 때가 있다. 셋 가운데 수필은 대체로 조금 길고 사색적이다. 스케치는 보다 짧고 분위기가 가볍다. 화가가 사물을 보고 모양을 빠르게 그리는 것과 비슷하다. 스케치는 내가 가장 쓰기 쉽고 재미있어 하는 글의 종류이다. 항상 공책과 일기장을 가지고 다니는 습관 덕분이다. 공책과 일기장에 아이디어와 감정과 이미지가 넘쳐흘러서 글을 쓰지 않고는 못 견딜 정도이다. 또한 나는 시를 쓰기 시작했다. 진정으로 창의적인 작가는 대부분 그렇다. 단어의 음악, 즉 단어의 소리와 운율이 머릿속에서 잠시도 멈추지 않는다. 포착해 주기를 간청하는 언어의 신비로운 춤과 노래가 산문을 매력적으로 만든다.

스케치나 수필에는 특별한 형식이 필요 없다. 그저 추억이나 일상적인 활동을 생각하다가, 보편적인 진리를 전형적으로 보여 주는 순간이나 말, 행동, 물건을 발견하면 된다. 당신에게 인상적이었던 구절, 인간의 지혜를 요약해서 표현하는 경구나 철학을 바탕으로 해도 된다. 늘 어머니를 떠올리게 하는 "문 닫아!"와 같이 아주 간단한 말도 좋다. 나는 이 말을 바탕으로 '드나들 때 문을 닫자'(후회, 놓쳐버린 기회 등을 이야기했다)라는 글을 써서 〈매콜즈〉에 기고했다. 혹은 "엄마, 나 왔어요!"처럼 익숙한 외침을 바탕으로 해도 좋다. 이 인사 소리를 매개로 자녀가 유치원부터 대학을 거쳐 결혼할 때까지의 과정을 쭉 떠올린다.

　아이들은 정말 빨리 자란다. 그리고 한 명씩 집을 떠난다. 얼마 지나지 않아 어느새 이 반가운 인사 소리는 아이들이 어쩌다 한 번 집에 올 때만 들린다. 이제 아이들의 집은 다른 곳에 있다. 저마다 직업과 삶과 사랑을 찾았다. 아이들이 집에 돌아갈 때 반겨 주는 다른 사람이 생겼다.

　한때 익숙했던 이 외침은 새로운 의미를 갖기 시작했다. 당신은 걱정할 필요가 없다. 아이들은 그들의 목적지에 도착했다. 다들 안전하게 집 안으로 들어갔다. 수화기를 통해 각 아이들의 목소리가 당신을 안심

시킨다. "나 왔어요, 엄마. 집에 도착했어요!"

또한 나는 잡지에 실린 대부분의 글(특히 〈매콜즈〉에 실린 글)과 이후에 쓴 신문 칼럼에서 단순한 진실을 명확하게 말하기 위해 익숙한 물건을 상징으로 사용했다. 그런 물건으로 텐트, 탁자, 학교 건물에 걸린 깃발, 가족용 일정표, 아버지의 지갑 등이 있다. '아빠, 돈이 좀 필요해요'(〈매콜즈〉)의 시작과 끝에 나오는 몇 단락을 예로 들어보겠다.

나에게 남자의 가장 감동적인 몸짓은 바지 뒷주머니에 손을 넣어 지갑을 꺼내는 익숙한 동작이다…….

"아빠, 돈이 좀 필요해요." 이 애원으로 수많은 지갑이 해어지리라! 남편들이 그리도 자주 새 지갑을 필요로 하는 게 당연하다. 지갑은 지치고 닳아지고 얇아진다. 그러다가 결국 제 역할을 포기한다.

그렇다면 남자들은 어떨까? 그들도 지치고 닳아지지만, 좀처럼 포기하지 않는다. 그들은 훨씬 질기고 좋은 가죽으로 만들어졌고, 아주 강한 힘줄로 바느질이 돼 있다. 몸에 생명이 있고 마음에 사랑이 있다. "아빠, 돈이 좀 필요해요."라고 말하는 누군가가 있기만 하면, 그들은 어떻게 해서든 지갑을 계속 채운다.

그리고 다시 지갑을 꺼낸다.

수필 전체가 하나의 비유 혹은 약간의 상징주의를 바탕으로 하며, 이는 자체의 기억장치이다. 따라서 통일성이 있다. 예리한 하나의 주제로 하나의 분위기 혹은 어조와 하나의 최종 효과를 얻는다. 완전히 일인칭으로 쓸 때도 있고, 몇 걸음 물러나 삼인칭으로 쓸 때도 있다. 혹은 이인칭인 '당신'에 집중하기도 한다. 그러나 느낌은 항상 일인칭이다. 다시 말하면 친밀하다.

문체는 반드시 명확하고 솔직하고 간결해야 한다. 항상 감흥이 흐르지만 절대 감정적면 안 된다. 상투적인 문구(아버지의 '여읜 손' 등)나 감상적인 기미가 있는 표현이 넘치면 글을 망친다. 글이 '기쁨을 줄'(버지니아 울프는 이를 수필의 기본 원칙으로 여겼다) 뿐만 아니라 세월이 흘러도 변치 않는 정서를 담고 있어야 한다. "좋은 수필은 이런 영구적인 속성을 가지고 있어야 한다. 글의 장막이 우리 주위로 쳐져야 한다. 그 장막은 우리를 차단하는 것이 아니라 둘러싸야 한다."

수필 작성법을 배우는 유일한 방법은 직접 써보는 것이다. 처음부터 완벽하게 쓰려고 애쓰지 말자. 그저 수필 아이디어가 떠오를 때마다 공책에 쏟아 내고 무르익도록 내버려 둔다. 그러는 동안에 출간된 다른 작가의 수필을 깊이 있게 읽으면서 운치, 리듬, 아이디어들의 섬세한 균형, 감정, 표현을 자기 것으로 흡수한다. 그리고 나서 이전에 써놓은 스케치로 돌아가서 좋은 글이 될 때까지 다듬는다.

신문 칼럼

내가 신문 칼럼을 써 보기로 결심한 때는 이미 대부분의 잡지에 기고하고 있었고 소설 세 권을 내놓은 상태였다. 이 결심은 내 집필 인생에서 가장 운이 좋고 보람 있는 발걸음으로 판명됐다.

대부분의 작가가 그렇듯이 나는 항상 칼럼을 쓰고 싶은 마음이 강했고 잘 쓸 수 있다고 확신했다. 어느 여름날에 호숫가에 있는 오두막에서 오래된 공책 여러 권을 발견해 훑어본 후에야 이 보물 같은 소재를 사용하기 위해서라도 칼럼을 써야 함을 알았다. 나는 쉬지 않고 공책을 읽었다. 아이들에 대한 방대한 메모, 생동감 있는 서술, 산문시, 철학, 이미지, 희망적인 격언, 가족 모험담 등 모든 내용이 감동적이고 다정다감하고 재미있었다.

나는 이것이 내 일생에서 최고 작품임을 깨달았다. 이런 글들이 모두 나에게서 나왔단 말인가? 나는 대단히 기뻤지만 울고 싶기도 했다. 작가가 자기 글을 나중에 발견할 때 뒤따르는 이 아픔을 이해할 수 있을 사람 역시 작가뿐이다. 괴로운 질문도 마찬가지이다. 어떻게 이걸 썩혀 둘 수 있었지? 이 질문에 대답이라도 하는 양, 오래전에 듀이 딜 선생님이 한 말이 내 머릿속에서 울리기 시작했다. "아름다운 글을 보고 싶어 하는 사람들을 위한 아름다운 글을 쓸 수 있을 거야. 이건 네 의무야."

나는 잠시 허공을 응시하다가 생각을 정리했다. 벌떡 일어나서 오랫동안 보관하고 있던 〈라이터스 다이제스트Writer's Digest〉를 찾아 잡지더미를 뒤적였다. 칼럼에 대해 구체적으로 조언한 훌륭한 글(그 글을 쓴 작가에게 고마움을 전하고 싶은 마음이 간절하다)이 실린 호를 발견했다.

칼럼은 약 600자여야 한다고 나와 있었다. 이어서 자상한 조언이 펼쳐졌다. "칼럼 대여섯 편을 준비해서 자기 소개서를 포함한 기획 제안서와 함께 신문사에 보낸다. 가능하면 편집자와 직접 만나서 이야기를 나눈다. 처음에는 현재 사는 지역에서 가장 유망한 신문사에 칼럼을 싣는다."

당시 우리는 워싱턴 D.C.에 살았다. 주요 일간지는 〈워싱턴 포스트The Washington Post〉와 〈이브닝 스타The Evening Star〉였다. 〈워싱턴 포스트〉에 사회 칼럼을 기고하는 친한 친구가 생각도 하지 말라고 말했다. "뚫고 들어가기가 너무 힘들어. 기자들은 칼럼을 차지할 수 있다면 살인이라도 할 거야. 편집자들은 신출내기를 싫어하고. 게다가 유감스럽게도 워싱턴 사람들은 너무 세련돼서 소박한 이야기하고 안 맞지."

친구의 말은 일리가 있었다. 하지만 내 생각도 이치에 맞았다. 두 신문에는 대사관 파티, 백악관 만찬, 외교관과 저명인사, 유명한 파티 주최자의 눈부신 활동에 대한 칼럼과 특집 기사가 필요 이상으로 많았다. 반면에 그런 행사 근처에도 갈 일이 없는 보통 아내와 어머니를 위한 상담란이나 가정 생활란이 없었다. 요리법 소개란 하나가 전부였다. 나에게 이로운 상황이었다.

그렇지만 퇴짜를 맞을 것이라는 친구의 예상이 옳았다. 용기를 내어 〈워싱턴 포스트〉에 전화를 걸자 한 여성 편집자가 잽싸게 마무리를 지어줬다. "아니요. 됐습니다!" 내가 면담하고 싶은 이유를 말하려는데 그녀가 말을 끊더니 쌀쌀맞게 말했다. "이미 칼럼이 필요 이상으로 넘쳐요." 그리고 전화를 끊어 버렸다.

나는 잠시 동안 분해서 어쩔 줄 몰랐다. 눈물을 닦고 이를 악문 채 〈이브닝 스타〉의 교환원에게 전화를 걸었다(나는 여성부 담당 편집자의 이름조차 몰랐다). 교환원은 담당 편집자가 리 월시^{Lee Walsh}라고 알려 줬다. 들자 하니 그녀는 이전에 통화한 편집자보다 더 냉정한 사람인 듯했다. 그러나 전화를 하자 적어도 이야기를 들어주기는 했다. 그러고 나서 딱 잘라서 거절했다. 너무 바빠서 나를 만날 시간이 없고 신문에 다른 칼럼을 실을 공간이 아예 없다고 했다. "그래도 오실 생각이라면, 아마 전 자리에 없겠지만요, 책상에 글 몇 편 올려놓고 가세요." 쾅! 그녀가 수화기를 내려놓았다.

나는 속이 상해서 조금 더 울었다. *굳이 거기까지 뭐 하러 가? 시내까지 가려면 한참 걸렸다. 가 봤자 편집자는 자리에 없을 터였다.*

또다시 창피를 당할 위험을 감수할 필요가 있을까? 내 시간은 낭비하기에는 아주 소중한데…… 그렇지만……. 그렇지만이라는 말이 계속 나를 비웃었다. 그렇지만이라는 말은 어쩌면이라는 의미도 된다. 희미한 희망의 빛, 조금 열린 문틈을 의미한다. 그리고 작가라면 자존심이 상하는 일을 용납하면 안 된다. 다음 날, 나는 두려움에 떨면서도 길을 나섰다. 칼럼을 여섯 편도 아니고 열두 편이나 챙겼고 편집자가 자리에 없을 때를 대비해서 간략한 약력도 준비했다.

그런데 편집자인 리 윌시는 자리에 있었다. 누군가 그녀의 책상을 알려 줬다. 사무실 저편에 있는 그녀를 쉽게 알아봤다. 커다란 모자를 쓴 그녀는 매우 눈길을 끌었고 위압적이었다. 그녀는 전화 통화를 끝내면서 건성으로 의자를 가리켰다. 그러고 나서 한마디도 없이 내가 가지고 간 종이 뭉치를 들고 읽기 시작했다. 기획 제안서를 읽으면서 자못 놀란 눈치였다. 이어서 칼럼 두 편을 아주 빠르게 읽었다. 그녀는 잠시 멈추고 나를 보더니 나머지 칼럼을 거침없이 휙휙 훑어봤다. 그녀는 갑자기 원고를 내려놓고 나를 똑바로 바라보며 물었다.
"이 원고들을 얼마에 팔 생각이에요?"

숨이 턱 막혔다. 나는 그 생각은 미처 하지 않았다. 내 속에 숨어 있는 침착한 내가 상냥하게 말하는 소리가 들렸다. "내 목표는 통신사에서 배급하는 칼럼을 쓰는 거예요. 원고료는 조정할 수 있을 것으로 확신합니다."

놀랍게도 그녀가 자리에서 일어나 손을 내밀었다. 사실 그녀는 미소를 지었고 다정하게 악수를 했다. "편집장님에게 이 칼럼들을 보여드리고 싶네요." 그녀가 말했다. "연락드릴게요. 〈이브닝 스타〉를 선택해 줘서 고맙습니다."

나는 아주 기쁘면서도 믿을 수 없었다. 기자들의 서두르는 발걸음 소리와 오래된 나무와 잉크의 그윽하고 설레는 향기 속에서 구름 위를 걷듯이 유서 깊은 붉은 벽돌 건물(〈이브닝 스타〉는 미국의 초창기 일간지 중 하나였다)에서 나왔다. 여전히 꿈꾸는 기분으로 집으로 붕 떠와서 기다렸고…… 또 기다렸다. 3주가 지나자 절망에 빠졌다. 최악의 사태를 두려워하며 잔뜩 긴장한 채 마침내 전화를 걸었다.

리 월시가 직접 전화를 받았다. "정말 다행이다!" 그녀가 큰 소리로 말했다. "그동안 연락할 방법을 찾고 있었어요." (나는 어리석게도 집 전화번호를 남기는 것을 잊어버렸다. 집 전화번호가 남편 이름으로 돼 있었으니 전화번호부에서도 찾을 수 없었으리라.) "힐 씨가 당신의 칼럼을 아주 마음에 들어 해요. 당장 시작했으면 하는데요. 언제 여기로 올 수 있나요?"

편집장은 두 팔을 활짝 벌리며 복도에서 나를 맞았다. 키가 크고 날씬한 백발의 남자로 세상에서 가장 열정적이고 다정한 눈동자를 가지고 있었다. 적어도 내 눈에는 그렇게 보였다. 그는 거의 나를 끌어안은 채 힐 씨가 기다리고 있는 사무실로 데리고 갔다. "따뜻하고 인간적이고 마음이 담긴 글이더군요. 부활절 때까지 준비가 될까요? 그 즈음에 연재를 시작할까 해요."

우리는 그날 오후에 세부 사항을 의논했다. 그들은 내가 제안한 여러 제목 중에서 '사랑과 웃음'을 칼럼 제목으로 골랐다. 그리고 일주일에 두 번씩 일요일과 수요일에 싣기로 했다.

빌 힐은 단 한 가지가 신경이 쓰이는 듯했다. "소재가 얼마나 빨리 고갈될까요?"

나는 웃었다. "그런 날은 오지 않을 거예요. 무한하게 차 있거든요."

구성 방식

나는 칼럼을 대체로 스케치나 수필이나 개인적인 이야기로 시작해서 다양한 범주로 넘어갔다. 몇 가지 예로 들자면 '딸과의 대화', '결혼 생활이 가치 있어지는 순간들', '감동을 주는 이야기들', '내가 가장 좋아하는 이웃이 한 말', '뒤뜰에 피어난 아름다움', '어린 물고기가 전하는 말' 등의 분야가 있었다. 종종 '앞치마 주머니 기도문'(아주 큰 인기를 얻었다)이나 '일상생활의 서정시'(내가 직접 쓴 시와 독자들이 쓴 시)로 끝을 맺었다. 다양한 범주의 제목은 그때그때 융통성 있게 바꾸었고 때로 서두의 스케치에 맞게 뽑았다.

빌 힐은 다양한 범주의 글에 열광적이었다. "그 부분은 꼭 식사 전에 나오는 전체 요리나 곁들이는 요리처럼 식욕을 돋우고 독자를 이끌어 줍니다. 독자들은 집중력을 쉽게 잃거든요. 대부분 주제가 단하나인 칼럼도 끝까지 읽지 않는답니다."

나는 개인적인 경험을 묘사할 때 현재 시제를 썼다. 내가 싫어하는 사설체인 '우리'나 과시하는 느낌이 드는(기사에서는 그렇지 않음) '나'와 '우리의' 대신에, 이인칭인 '당신'과 '당신의'를 썼다. '당신'이라고 말하면 독자는 공감을 한다. 독자가 소속감을 느끼며, 본질적으로 칼럼의 이야기가 독자의 이야기가 된다. 물론 독자는 칼럼을 쓴 사람이 작가임을 알지만, 계속해서 "우리 집에서 하는 방식이랑 똑같네. 꼭 우리 이야기를 하는 것 같아."와 같은 반응을 보인다.

현재 시제를 쓴 덕분에 과거와 현재를 마음대로 오고갔고, 원할 때는 오래전에 써 놓은 사건과 목격담을 그대로 넣을 수 있었다. 예전 글이라도 잘 다듬기만 하면 바로 오늘 일어난 이야기처럼 신선했다. 또한 이 기법 덕분에 우리 아이들이 창피를 당할 일이 없었다. 나는 칼럼에서도 역시 아이들의 이름이나 나이를 절대로 거론하지 않았다. 대신에 '당신의 작은딸', '큰 아이', '십 대 아이', '네 살배기', '갓난아기' 등으로 불렀다.

두 편의 칼럼에서 발췌한 내용으로 예를 들어 보겠다.

'메리 크리스마스, 완벽 여사!'

"생강 과자 집이요! 네, 제발요. 생강 과자 집 만들어요!" 2학년짜리 아이가 뭔지 모를 종이에서 찢어 낸 다채로운 그림을 들고 뛰어오면서 간절히 애원한다. 당신의 표정을 본 아이가 말한다. "샐리 엄마는 매년 생강 과자 집을 만들어 준단 말이에요."

당신은 당장 해야 하는 수많은 중요한 일들을 떠올린다. 카드를 보내야 하고 쇼핑을 해야 하고 난장판이 된 집을 청소해야 한다. 하지만 좋은 엄마의 상징인 생강 과자 집 앞에서는 잔뜩 움츠러들어 단번에 거절을 못한다. "글쎄, 어디 보자. 생강 과자 믹스가 충분한지."

"믹스요? 샐리 엄마는 처음부터 다 직접 만드는데."

'추위에 얼어붙은 아이들이 웃으며 들어온다'

추위에 얼어붙은 아이들이 웃으며 들어온다. 딸의 데이트 상대, 그리고 댄스파티에 같이 가기로 한 다른 십 대 커플들이다⋯⋯. 지하실에서 크리스마스용 구리 장식을 만들던 남편이 쾌활하게 올라온다. 그가 자동차 열쇠를 가지러 위층에 간 사이에 한 여자아이가 캐럴을 엉망이지만 흥겹게 연주하자 다른 아이들이 덩달아 노래를 한다. 그동안에 딸은 마지막 준비를 하느라고 이리저리 뛰어다닌다. 립스틱을 찾고 작은 은종을 귀에 달고…… 당신이 진주 목걸이를 채워 주는 순간 아이에게서 장미 향기가 풍긴다.

어린아이들은 차가 출발하려는 것을 보고 뛰어나와서 형들과 누나들에게 태워 달라고 조른다. 놀랍게도 큰 아이들이 "그래. 태워. 우리가 안고 가자."라고 말한다. 아이들이 우르르 몰려나간다. 이제 집에 적막이 흐른다. 하지만 조금 전까지 집에 들어찼던 아이들의 활기가 가득차 있다. 여전히 따뜻하고 밝고 생기가 흐른다.

당신은 그 한가운데 서서 생각한다. 이거야. 여자의 일생에서 황금기이다. 지금 이 순간을 끌어안고 싶다. 최대한 즐기고 싶다. 한 해 중 가장 행복한 이 시간을.

보상

신문에 글을 기고하다 보면 마법 같은 일이 벌어진다. 신문사 근처에는 얼씬도 하지 않는데도 말이다. (나는 칼럼을 우편으로 보냈다.) 갑자기, 정확하게 말하면 서서히, 당신이 알려진다. 당신의 사진이 정기적으로 신문에 실린다(내 경우는 며칠에 한 번씩). 무엇보다 당신이 쓴 글이 신문에 실린다.

독자들은 거의 즉각적으로 반응을 보인다. 그 날이나 그 주가 끝나기도 전에 많은 독자들의 반응을 듣게 된다. 시간이 갈수록 반응이 쇄도한다. 나는 이 놀라운 경험에 끝내 익숙해지지 않았다. 꼭 다른 사람에게 생기는 일 같았다. 그리고 일요일이나 수요일에 〈이브닝 스타〉가 문가에 배달될 때마다 나는 기대감 못지않게 불안감을 잔뜩 안고 신문을 집어 들었다. 내 글이 실리지 않았을까 봐서(지면이 부족할 때 가끔 빠지는 일이 있었다) 혹은 그날의 칼럼이 기대에 미치지 못할까 봐서 걱정이 됐다.

나는 이것이 작가들에게 흔한 증상이라고 생각한다. 하지만 그 증상을 겪을 만한 가치가 있다. 한 가지 예를 들자면, 신문에 기고를 하면 아주 중요한 문이 열린다. 특히 저명인사들과 세계적인 유명인들이 연설을 하거나 대접을 받는 백악관의 문까지 열린다. 참석할 행사가 매일 생긴다. 경력이 오래된 작가들은 그런 행사를 당연하게 여기지만, 경험이 부족한 칼럼 작가에게는 흥분을 감출 수 없는 경험이다. 나는 그런 자리에 자주 참석하지는 않았다. 가족을 돌보고 다른 글을 쓰느라고 바빠서 여유가 없었다. 하지만 원하면 얼마든지 참석할 수 있음을 아는 것만으로도 기분이 썩 좋았다. 그리고 어쩌다 가끔 참석할 때마다 매번 오래 기억에 남을 경험을 했다. 특히 영부인이 여자 언론인들을 대상으로 매년 개최하는 백악관 연회가 그랬다.

책

내 고정 칼럼 '사랑과 웃음' 중 일부 글이 여러 신문과 〈리더스 다이제스트〉에 다시 실렸다. 그러나 통신사에서 배급되지는 못했다. 가능성이 있는 제안을 하나 받았지만, 날마다 칼럼을 써야 한다는 조건이 따랐다. 경력을 망치는 길이다 싶었다. 날마다 칼럼을 쓰자면 다른 일을 할 여유가 도무지 없을 터였다. 그때 나는 써야 할 글들이 많았다. 특히 책을 써야 했다. 지나고 보니 '사랑과 웃음' 덕분에 출간된 책들이 가장 큰 보람이었다.

칼럼을 쓴 지 몇 년이 지나서 더블데이가 내 칼럼을 주축으로 내 잡지 글 몇 개를 포함해서 칼럼집인 《사랑과 웃음》을 출간했다. 이 책이 아주 많이 팔리자 더블데이는 다른 책을 더 출간하자고 제안했다. 더블데이의 워싱턴 D.C. 담당 편집자인 에벌린 메츠거Evelyn Metzger는 이미 기자 클럽을 통해서 나와 친한 친구 사이가 돼 있었다. 또한 내 이웃이기도 했다. 에벌린의 아름다운 집 구내에 작은 더블데이 건물이 있었고 그곳에 사무실이 여러 개 있었다. 우리는 가장 많은 편지가 쏟아진 분야인 '앞치마 주머니 기도문'에 대해 의논했다. 당시에 여성 독자를 대상으로 하는 대화체의 소박한 기도문은 내 글이 유일한 듯했다. 에벌린은 기도문이 충분히 축적되면(약 100편) "책으로 내도 되겠어요."라고 제안했다. 어차피 원래 그런 식으로 기도했기 때문에 조금 더 열심히 기도하면서 글을 쓰기만 하면 됐다. 원고 마감일에 닥친 마지막 순간에 책 제목을 《누군가에게 이야기를 해야만 해요, 하나님》이라고 정했다. 아무도 이 책에 별 기대를 하지 않았다. 기억하기로 나는 출간된 책을 처음 받았을 때 '아, 빈약한 책이네.'라고 생각했다.

놀랍게도 이 책은 대단히 반응이 좋아서 〈우먼스 데이〉에서 내 칼럼 10편을 앞당겨서 실을 정도였다. 갑자기 선풍적인 인기를 끌며 베스트셀러가 됐고 출간한 지 3개월 만에 9만 권이 팔렸다. 그 결과로 〈우먼스 데이〉는 '한 여성과 하나님의 대화'라는 고정 칼럼을 매달 써 달라고 의뢰해 왔다.

반탐Bantam은 이 기도서뿐만 아니라 《사랑과 웃음》과 예전에 쓴 소설들의 문고판 판권을 샀다. 이후로 칼럼 '사랑과 웃음'은 아이를 낳듯이 많은 책을 탄생시켰다.

《내 마음처럼 높은As Tall as My Heart》과 《뒤뜰에 피어난 아름다움》은 에벌린이 더블데이를 그만두고 설립한 회사인 EPM에서 출간됐다. 《우리의 날을 소중히 여기며To Treasure Our Days》는 홀마크에서 출간됐다. 다섯 권의 작은 책 《믿음을 위한 시간A Time for Faith》, 《사랑을 위한 시간A Time for Love》등은 C. R. 깁슨에서 출간됐다. 그리고 《저를 조금 더 지탱해 주세요, 주님Hold Me Up a Little Longer, Lord》(주로 〈우먼스 데이〉에 실린 칼럼을 엮음), 《다른 사람은 안 듣는단다Nobody Else Will Listen》(십 대 소녀용 기도문)를 비롯해서 적어도 기도서 아홉 권이 더블데이에서 나왔다. 또한 《주님, 사랑하게 하소서Lord, Let Me Love》와 《상처를 통해 돕기》(이 주제를 다룬 내 글을 모두 모은 문집)도 있다.

최근에는 주요 잡지사에 기고한 많은 크리스마스 글과 〈이브닝 스타〉에 기고한 50편의 크리스마스 칼럼을 모은 《크리스마스에는 마음이 집으로 간다At Christmas the Heart Goes Home》를 냈다.

위에 나온 모든 책의 양장본은 문고판으로 다시 출간됐다. 내 신문 칼럼을 25년 동안 보관했지만 남편이 죽은 후에 재혼하고 이사를 가는 바람에 처리를 해야 했다. 안타깝게도 깊은 역사를 가진 멋지고 오랜 신문은 그렇게 세상을 떠났다.

나는 지금도 그 신문과 그가 몹시 그립다.

나는 책도 썼다. 초기에는 J. B. 리핀코트Lippincott에서 소설 두 권을 냈다. 웨스트민스터 프레스에서 십 대용 소설 다섯 권을 내기도 했다. 이어서 예수의 탄생을 다룬 소설인 《요셉과 마리아의 사랑Two From Galilee》을 썼는데, 처음에는 거절당했다가 2년 후에 프랭크 H. 레벨Fleming H. Revell에서 출간됐다. 이 책도 나오자마자 베스트셀러가 됐다. 이어서 속편인 《갈리리에서 온 세 사람−나사렛 출신의 젊은이 Three From Galilee-The Young Man From Nazareth》와 《구세주The Messiah》가 하퍼 앤 로Harper & Row에서 나와 3부작이 완성됐다. 또한 향수를 담은 책인 《당신과 나, 그리고 지난날》이 윌리엄 모로에서 나왔다.

어쨌든 이렇게 왕성한 활동을 할 수 있었던 시발점은 순전히 내 신문 칼럼과 혁신적인 기도문이었다.

칼럼이 주는 도움

지금까지 길게 설명한 이유는 누군가 그렇게 활동할 수 있도록 격려하고 싶은 바람 때문이다. 그 누군가가 나처럼 공책과 일기장에 창의적이고 흥미로운 소재를 많이 모아 놓은 창의적인 작가일 수도 있다. 혹은 마음에서 우러나온 칼럼을 쓸 재능이 있는 일반인일 수도 있다.

꼭 도시에 살지 않아도 괜찮다. 작은 마을에 살면서 수십 년 동안 칼럼을 쓰는 사람도 많다. 당신이 사는 지역에 이런 칼럼이 게재되지 않고 있다면 당신은 행운아이다. 샘플 원고를 작성해서 기회를 달라고 지역 신문사의 편집자를 설득해 보라. 칼럼이 인기를 끌면 다른 지역 신문사에도 기고를 제안해 본다. 일이 잘 풀리면 당신만의 통신사를 만들어서 여러 신문사에 칼럼을 팔면 된다.

나의 방식을 따라할 필요는 없다. 당신 나름대로의 제목과 분야를 고안해 보기 바란다. 당신이 정말로 재능과 창의력이 있는 작가이고 늘 노트를 가지고 다니면서 메모를 한다면, 다른 사람의 아이디어를 빌릴 일이 없다. 다 쓰지 못할 정도로 많은 아이디어가 넘쳐날 것이다.

Part 02

마음에서
우러나온
글 잘 쓰기

창의적인 글의 다섯 가지 기본 요소
11

좋은 창의적인 글의 기본 요소는 다섯 가지이다.

1. 자극적인 아이디어

2. 적절한 문체

3. 매끄럽고 타당한 구성

4. 관련 일화

5. 명확한 요약 혹은 결론

자극적인 아이디어

아이디어와 그 아이디어가 제시되는 방식이야말로 창의적인 글의 핵심이다. 여기에서 주축은 사실이 아니라 아이디어임을 명심해야 한다. 자신에게 닥친 우여곡절을 즐겁게 헤치며 살아가는 방법에 대한 당신과 다른 사람들의 아이디어가 중심이라는 말이다.

이는 보편적인 욕구이다. 누구나 이런 이야기를 궁금해한다.

진 샬리트Gene Shalit가 〈투데이 쇼Today Show〉에서 나에게 처음 던진 질문이 이 점을 잘 보여 준다. "마저리, 당신의 책이 그렇게 잘 팔리는 이유가 뭘까요?" 즉시 대답이 떠올랐다. 너무 순식간이라서 왜 전에는 자문해 보지 않았는지 이상할 정도였다. "공감이 되고 도움이 되기 때문이지요." 내가 말했다. "다른 사람이 '이봐, 저건 *내 이야기야*! 저 작가가 내 마음을 어떻게 알았지?'라고 말하게 하는 글을 쓰는 거예요. 동시에 다른 사람에게 희망을 주고 문제를 풀 수 있게 도움을 줘야 해요. 그러면 항상 독자가 생길 수밖에 없죠."

이는 모든 글에 적용된다. 특히 마음에서 우러나온 글이 그렇다. 자극적인 아이디어는 당신의 이야기가 독자의 이야기가 되게 하는 요소이다. 독자는 그 주제가 무엇인지 알아본다. 익숙한 화제가 마음을 편하게 해 주는 친구처럼 독자에게 다가선다. 독자와 작가가 공통된 언어로 말한다. 독자는 작가와 작가의 의견을 신뢰한다. 작가의 말에 귀를 기울인다.

독자가 작가의 말에 귀를 기울이는 또 다른 이유는 따분하지 않기 때문이다. 작가는 여러 사안에 대해 밝고 새로운 관점을 제시한다. 독자는 "우와, 그런 식으로 생각해 본 적이 한 번도 없는데."라는 반응을 보인다. 혹은 "아니야, 말도 안 돼. 작가의 생각이 틀렸어."라며

격하게 반대한다. 이 점은 아이디어가 성공하는 또 다른 중요한 비결이다. 작가인 당신은 아주 오래된 상황을 꿰뚫어보는 통찰력을 제시하고, 독자는 찬성하고 반대하고를 떠나서 일단 지루해하지 않는다. 아이디어가 독자의 관심을 끌 뿐만 아니라 아이디어가 전개되는 밝고 새로운 방식이 독자에게 도움을 준다. 독자는 즐거움을 느낄 뿐만 아니라 도움이나 영감을 받는다고 여긴다.

물론 세상에 새로운 것은 없다. 마음을 사로잡는 아이디어란 옛것을 새것처럼 보이게 만드는 아이디어이다. 이런 아이디어는 '어머니는 모범이 돼야 한다.'나 '행복은 가정에 중요한 요소이다.'와 같이 빤한 이야기를 장황하게 논하지 않는다. 사람들은 "당연하지. 그래서 어쩌라고?"라며 상투적인 이야기를 무시하기 마련이다. 그러나 작가는 빤한 이야기를 독특하고 살펴볼 가치가 있는 새로운 관점으로 해석한다.

실제로 나는 위에서 말한 주제들로 여러 번 글을 썼다. 처음 쓴 '부모라는 가장 힘든 일'이라는 제목의 글은 위에 나온 '어머니는 모범이 돼야 한다.'는 문장으로 시작한다. 이어서 부모로서 내가 느낀 점을 묘사한다. "나는 처음 아이를 가졌을 때 내가 완벽한 어머니가 될 수 있다고 확신했다. 내가 아주 좋은 본보기가 돼서, 내 자식들이 선생님과 친구의 사랑을 받고 공부도 잘하는 모범생으로 클 것이라고 믿었다. 결국 누구도 완벽한 부모가 될 수 없으며 설사 부모가 좋은 본보기를 보이더라도 자식이 바르게 자란다는 보장이 없음을 알게 됐다." 이 글은 완벽한 어머니 되기와 같은 목표가 비현실적일 뿐만 아니라 "사람을 지치게 하고 급기야 망가뜨리기까지 한다. 엄마를 무조건 희생하는 사람 혹은 너무 엄격한 사람으로 바꾸어 놓고 모든 가족을 불행하게 만든다."라고 주장했다.

동일한 주제(완벽한 부모)로 해석의 각도만 바꿔서 다른 글이 나왔다. 이번에는 가벼운 유머를 넣었다. 제목은 '나를 올해의 어머니라고 부르지 마세요!'였다. 이 글에는 가족이 보이스카우트의 유년단 지도자이자 학부모회 회장에 주일 학교 교사까지 하느라고 미친 듯이 바쁘게 사는 어머니의 결점을 놀리는 촌극을 쓴 실화가 일부분 들어 있다.

두 번째 주제(가정은 행복해야 한다)는 '가정생활을 행복하게 유지하는 법'이라는 직설적인 접근법으로 빤하고 교훈적인 면을 극복했다. 나는 이 글에서 빤한 면을 받아들였다. 물론 가정에서 조화가 중요하다. 그렇다면 조화를 이루기 위해 어떻게 해야 할까? 나는 우리 가족과 다른 가족에게 적용되는 여러 일화와 사례를 넣어서, 주제를 정면으로 다루고 구체적인 제안을 했다. 그 결과 이 글은 사람들의 공감을 불러일으켰고 신선하게 받아들여졌다.

때로 흥미롭기는 하지만 허무맹랑해서 적당하지 않다고 여겨지는 아이디어도 있다. 이런 아이디어를 너무 빨리 묵살하면 안 된다. 소설 작가들이 흔히 쓰는 가정법을 적용해 보자. 소방차에 뛰어올라서 화재 진압에 동참하고 싶은 충동을 실행한다면 어떻게 될까? 누군가를 구할 수 있지 않을까? 당신에게 꼭 필요한 현재의 일자리를 그만두고 오랜 꿈인 서커스 학교에 들어가면 어떻게 될까? 위험한 첩보 작전에 지원하면 어떻게 될까? 중요한 사건의 목격자가 되면 어떻게 될까? 대통령 선거에 출마하면 어떻게 될까? 가난한 아이에게 월급을 몽땅 주면 어떻게 될까?

이렇게 하면 당신의 삶과 당신이 사는 도시와 인류와 당신의 결혼 생활에 어떤 영향을 미치게 될까? 심각하고 가볍고를 떠나서 어떤 메시지를 전달하게 될까? 모든 사람이 때로 몽상가가 된다. 그리고 몽상가의 눈에 멋지다 싶은 아이디어가 다른 사람들이 간직한 비밀스러운 꿈에 반향을 일으킬 때가 많다.

그렇지만 특이한 아이디어를 펼치려고 무리하면 안 된다. 어차피 무리한 기색이 다 드러나기 마련이다. 일반적으로 최고의 아이디어는 단순한 일상생활의 경험에서 나온다. 당신의 경험, 내 경험, 이웃 사람의 경험에서 나온다. 글을 쓸수록 평범한 일상에서 특별하고 독특한 특성을 알아보는 능력이 커질 것이고 "바로 이거야. 좋은 아이디어야!"라고 외치는 순간이 많이 생길 것이다.

적절한 문체

마음에서 우러나온 글을 잘 쓰려면 아이디어뿐만 아니라 글을 쓰는 방식도 중요하다. 글을 쓰는 방식이란 구성과 문체를 말한다. 여기에서는 문체의 두 가지 측면만 살펴보겠다. 일단 문체가 명확하고 읽기 쉬워야 하고, 무미건조하게 현학적이거나 모호하면 안 된다. 그리고 주제와 작가의 해석에 걸맞아야 한다.

마음에서 우러나온 글은 다정하고 진실하게 전달돼야 한다. 알맞은 부분에 가벼운 유머를 더하면 아름다운 음악이나 빛나는 햇살 같은 느낌을 준다. 그러나 재미를 넣으면 치명적인 주제가 있다. 이를테면 '죽음'이라는 주제가 그렇다.

나는 한 학생이 쓴 '애니 고모할머니의 장례식'이라는 원고를 본 적이 있다. 그 학생이 적절하게 경의를 표하는 방식으로 접근했다면 장례식에서 싸우는 친척의 이야기에서 세련된 유머가 어느 정도 나올 수 있었을 것이다. 그러나 그 학생은 슬랩스틱 코미디처럼 접근했다. 결국 글은 훌륭한 고인과 애도하는 사람들의 체면을 깎는 길고 역겨운 농담이 돼 버렸다. 이런 글이 장의사 잡지에 (장례식에서 생긴 재미있는 일'이라는 식으로) 실릴 수 있을지 모르지만, 일반 독자는 죽음처럼 심각한 문제를 경솔하게 다루는 문체를 받아들이지 못한다.

　이와 마찬가지로 밝거나 유머가 있는 문체 혹은 분위기는 내가 〈베터 홈스 앤 가든스〉에 기고한 '성범죄자로부터 자녀를 보호하자'와 같은 글에도 적합하지 않다. 이 글은 어린 여자아이가 이웃집 아이들과 놀러 나갔다가 그 집에 도착한 지 5분도 지나지 않아서 착실하게 부모에게 확인 전화를 하는 일화로 시작한다. 이어서 이런 예방 조치가 필요한 이유를 말한다. 전체적으로 무겁지 않은 대화체로 진행되지만 즐거운 분위기는 아니다. 최근에 어린이의 안전이라는 주제가 잡지에 계속 등장하고 있다. 잡지를 읽을 때 이런 심각한 사안에 사용되는 문체와 분위기를 주의해서 살펴보기 바란다. 그리고 룸메이트와 사이좋게 지내기나 가사 분담하기와 같이 덜 심각한 주제에서는 문체가 어떻게 바뀌는지 주의를 기울이기 바란다. 이런 일상적인 일은 소재의 느낌과 주장하고 싶은 의견에 따라서 가볍게 혹은 진지하게 다뤄질 수 있다. 단, 당신의 문체와 분위기가 주제는 물론이고 기고하려는 잡지에 적합해야 한다.

　항의 글이나 논란이 있는 내용의 글은 활기차고 씩씩하며, 때로는 날카롭고 재미있되 항상 강력하고 직설적인 문체로 써야 한다. 반면에 추억을 회상하는 수필은 표현하려는 감정과 조화를 이루도록 유창하고 서정적인 문체로 써야 한다.

앞으로는 글을 읽을 때 작가들이 주제에 맞춰서 문체를 구사하는 방식에 관심을 기울이자.

매끄럽고 설득력 있는 구성

전체에 걸쳐 흐르는 기본 아이디어가 분명하게 논의되고 일화를 통해 구체적으로 드러나야 한다. 이런 요소들이 유기적으로 배열된 방식이 구성 혹은 형식이다. 잘 써진 단편소설과 마찬가지로, 잘 써진 글은 워낙 쉽고 부드럽게 읽혀서 형식이 있는지조차 알아채기 힘들 때가 많다.

한편 마음에서 우러나온 글이 장황하고 쓸데없이 반복되면서도 주장을 잘 전달하는 경우가 있다. 아이디어 자체가 아주 중요하고 문체가 대단히 인상적이어서 구성에 별로 개의치 않을 수도 있다. 그렇다면 재미있게 읽되, 이런 글 때문에 구성이 필요 없다는 오해를 하면 안 된다. 대부분의 창의적인 글은 일정한 구성 양식을 따른다. 누군가 꼭 그래야 한다고 규칙을 정해서가 아니라, 그 방식이 더 효과적이기 때문이다.

관련 일화

일화는 작가의 주장을 보여 주고 메시지를 분명하게 전달하는 간단한 이야기이다.

아이디어는 글의 핵심 혹은 영혼이다.

구성은 글의 뼈대 혹은 몸이다.

문체는 글의 개성이라고 보면 된다.

하지만 마음에서 우러나온 모든 글에 생명과 활기를 주는 것은 일화이다.

당신은 개인적인 경험을 담은 글을 쓸 때 주요 사례 혹은 이야기를 단 하나만 사용하고 싶을지도 모른다. 그러나 이런 주요 사건이나 상황은 여러 작은 에피소드 혹은 부수적인 사건을 통해서 강화되고 해석된다.

영감을 주는 스케치에는 가벼워 보이지만 주제에 초점을 확실히 맞춘 일화가 하나만 들어간다. 반면에 조언 혹은 토론 글을 비롯한 대부분의 글에서 대체로 세 개에서 여섯 개의 일화가 사용된다. 잡지에 실린 글을 보면 일화가 아홉 개까지 사용되는 경우도 있지만, 1,500~2,500자의 글에서는 평균적으로 네다섯 개의 일화가 들어간다.

나는 "아이디어를 어디에서 얻나요?"라는 질문 못지않게 "일화를 어디에서 얻나요?"라는 질문을 자주 듣는다. 아이디어에 대해 설명할 때 말했듯이, 일화도 삶에서 얻는다. 친구와 친척과 이웃, 버스나 극장 로비에서 스쳐 지나간 사람들, 즉 독자와 비슷하고 독자가 동질감을 느낄 사람들에게서 일화가 나온다. 이런 사람들 하나하나가 마음에서 우러나온 이야기, 하고 싶은 이야기를 가지고 있다. 그런 이야기를 이용하면 된다. 작가는 다른 사람의 이야기를 통해 영감을 얻고 자신의 이야기를 아름답게 꾸밀 수 있음을 깨달아야 한다. 그렇게 되면 더 많은 사람들이 공감하고 감동하는 글을 쓸 수 있다.

가족 모임이나 이웃과 커피를 마시는 자리에서 사람들은 주로 어떤 상황에 대한 의견을 표현한다. 그런 이야기를 듣고 또 듣자.

"아내가 다시 직장 생활을 시작해서 빌이 화가 났대요. 빌은 아내가 집에서 갓난아기를 돌봤으면 하거든요. 빌이 그럴 만도 하죠. 그렇게 오래 기다리다가 얻은 아이인데 아내가 직접 아이를 보살피기를 바라는 게 당연하잖아요. 특히 요즘 어린이집에서 안 좋은 일이 워낙 많이 일어나잖아요."

"그 여자가 그럴 줄은 몰랐어요. 시어머니가 들어와서 살림을 맡을 거라네요. 실수하는 거예요. 시댁 식구랑 한집에서 살다니, 난 다시는 그렇게 못 살아요. 예전에 같이 살아봤는데……."

"글쎄요. 난 지금 시어머니랑 같이 사는데 아주 사이가 좋아요. 사실 우리 가족은 시어머니가 안 계시면 아무것도 못 할 거예요."

이 대화에서 볼 수 있듯이 한 사람의 일화에 이어 다른 사람의 경험이 나오고, 모두 한 가지 태도 혹은 사고방식에 찬성하거나 반대한다.

또한 아이들은 캠프나 동아리, 학교에서 익살스럽고 신나고 멋진 이야기를 가지고 집에 돌아온다. 어떤 이야기는 인간사의 진리를 아주 잘 드러내서 당장 공책을 찾아서 적어 놓고 싶어서 좀이 쑤실 정도다. 많은 이야기가 그저 기억장치에 저장돼 있다가 어느 날 갑자기 당신이 그 안에 담긴 의미나 적절한 용도를 깨닫게 될 때 밖으로 나온다.

종종 일화를 분해하거나 새로운 이야기를 덧붙여서 목적에 맞게 바꾸어야 한다. 혹은 아예 일화를 새로 지어내야 한다. 작가가 많은 사람들을 합성해서 가장 적합한 등장인물을 창조하는 소설에서처럼, 창의적인 글에서도 이런 창조가 허용된다. 창조의 결과물은 사실보다 더 사실적으로 보인다. 작가가 대부분의 사람들이 가지고 있는 공통적인 정서에 카메라 렌즈를 맞추는 훈련을 해 왔기 때문이다.

때로는 등장하는 사람과 부수적인 사건을 새로 지어내는 게 나을 때가 있다. 상사나 이웃 사람을 부정적인 인물로 그리면 안 된다. 적어도 당신이 이사를 가거나 회사를 그만두기 전에는 자제해야 하며, 설사 그때가 되더라도 '위장'하는 게 최선이다. 당연히 다른 사람의 실명 혹은 머리글자도 거론하면 안 된다. 이 규칙에는 예외가 없다. 가족의 추억담이나 유명인의 일화라도 실제 이름을 넣지 말아야 한다.

과거와 현재를 불문하고 유명인의 삶에서 나온 따뜻한 이야기는 글을 쓸 때 요긴하게 쓰인다. 이런 이야기는 글의 주제에 운치와 알맹이를 더해 준다. 그러나 벤저민 프랭클린Benjamin Franklin과 연 실험, 조지 워싱턴George Washington과 체리 나무, 1페니를 돌려받으려고 수 킬로미터를 걸어간 에이브러햄 링컨Abraham Lincoln의 이야기와 같이 역사적인 인물의 상투적인 일화를 쓰는 실수를 저지르면 안 된다.

사례를 강화하고 활기를 불어넣기 위해서 유명인의 이름을 꼭 써야겠다면 전기나 가십 칼럼이나 인터뷰나 연설문에서 그들에 대해 별로 알려지지 않은 사실을 찾아보는 게 좋다. 유명인이 직접 한 말을 쓸 때 그의 이야기가 더욱 감동적이다. 태어날 때부터 부자이고 유명한 사람은 별로 없다. 우리와 마찬가지로 대부분의 유명인 역시 어려움을 겪으며 살았다. 연극계, 영화계, 운동계의 인기인들과 전 대통령들도 우리처럼 고민이 있었고 실패를 했다. 이 점은 우리 모두를 인간이라는 한 가족의 구성원으로 뭉쳐 준다. 또한 서로에게 영감을 주고 격려를 하고 돕기 위해 최선을 다하게 한다.

일화 찾기는 나에게 조사 작업이 아니라 즐거운 놀이다.

일화가 신선해야 하고 상투적이면 안 된다는 점을 명심하기 바란다. 일화는 보편적인 진리를 드러내거나 주장을 강조해야 한다.

그렇다면 작가는 일화 속 인물들을 어떻게 불러야 할까? 때로는 소설에서처럼 이름을 새로 지으면 된다. 이를테면 제리 파버셈Jerry Faversham, 존슨Johnson 부인, 오보일O'Boyle 신부 같은 이름이 있다. (유머를 쓸 때, 이름으로 아주 재미있는 효과를 볼 수 있다.) 또는 그저 '내 친구 제인' 같은 식으로 써도 된다. '제인 B'나 '오스카 R' 같은 이름은 인기가 없다. 숨기는 게 있거나 가짜라는 느낌이 든다. 가장 좋은 방법은 직업이나 소속으로 부르는 것이다. '한 대학 교수가 나에게 말하기를', '우리 동네에 사는 새댁', '내 딸의 영어 선생님', '평화 봉사단 활동을 하고 막 돌아온 예쁜 아가씨'와 같은 식으로 쓰면 된다.

등장인물들의 활동과 직업을 보여 주면, 일화의 상황 속에서 그들의 의견을 타당하게 만들 수 있다. 일화는 목적을 위해 사용된다는 점을 명심해야 한다. 일화를 쓸 때 인용문은 자유롭게 사용하는 게 좋다. 인용문은 인물의 이야기를 직접 전하고, 인물의 경험을 간단하게 압축해 간결성을 유지한다. '나는 네 자녀를 대학에 보낸 똑똑한 여성 변호사를 알았다. 그녀는 "아이들이 나와의 상담을 절실하게 원할 때, 정작 나는 늘 법정에 있거나 고객과 상담을 하고 있었어요."라고 말했다.'

일화를 쓸 때는 대화가 중요하다. 일화 속 대화는 소설에서와 마찬가지로 여러 역할을 한다. 인물의 특징을 드러내고, 사건을 전개시키며, 독자들에게 정보를 제공한다. 창의적인 글의 대화는 한 가지 역할을 더 해야 한다. 주장을 증명해야 한다. 대화의 한 부분일지라도 문장은 메시지의 요약이다. "내 아이들에 대해 더 잘 알면 좋을 텐데……." "두려워 말고 다가서세요." "할아버지는 '모든 사람은 한 친족이란다.'라고 늘 말하셨죠." "교수님이 '너무 기다리지 말고 하고 싶은 일을 해요.'라고 충고하더군요." "피터가 첫 직장을 얻어 로스앤젤레스에 갈 때 아버지가 '착하기만 하면 세상에서 살아남지 못해'라고 말하셨어요."

글의 종류에 상관없이 대화는 간결하고 효과적이어야 한다. 대화가 일화에 쓰일 때는 명확한 목적이 있어야 한다. 인물의 특성을 나타내야 하며, 주제를 드러내는 환경을 강조해야 한다.

명확한 요약 혹은 결론

어떤 글은 결론을 내리지 않고 그냥 끝난다. 이런 방식으로 아주 큰 효과를 얻을 수 있는 글도 있다. 그러나 대부분의 글은 앞에서 한 이야기를 요약하며 끝낸다. 좋은 글은 '전달할 내용을 미리 말하고, 그 내용을 말한 뒤에, 그때까지 말한 내용을 다시 말해야' 한다.

마지막에 다시 말하는 내용이 주제이다. 조언 글을 잘 쓰는 방법 중 하나는, 앞서 규칙이나 제안으로 제시한 요점을 번호를 매겨 명확하게 열거하는 것이다. 이를테면 다음과 같다. 첫째, 삶에서 가장 원하는 것을 결정한다. 둘째, 그 분야의 교육을 받는다. 셋째, 기회가 있는 곳을 찾아간다.

마지막 요점이 최종 의견이 될 수도 있다. 혹은 글의 전체 내용을 요약해서 아우르는 결정적인 의견을 마지막으로 써도 된다. 이런 방식을 쓰면 글이 팔리는 데 도움이 된다.

분위기, 초점, 페이스
#12

       분위기와 문체는 미세하면서도 긴밀한 관계가 있다. 실화 기사의 분위기는 어느 정도 문체에 의해서 형성된다. 그러나 분위기에는 작가의 감정과 관점에서 드러나는 또 다른 중요한 면이 있다. 소리가 마음에서 우러나와야 한다는 것이다.

    실력이 똑같이 출중하고 같은 악기로 구성된 두 교향악단이 있다고 가정해 보자. 그렇더라도 두 교향악단이 연주하는 음악 소리는 아주 다르다. 각 교향악단마다 고유한 스타일이 있고 특별한 분위기가 있기 때문이다.

    지휘자와 마찬가지로 작가는 동원할 수 있는 모든 기술을 써서 단어를 구사한다. 유머 작가가 기지 넘치는 글을 썼다고 치자. 그러나 글에서 거만하고 무정하고 모욕적인 느낌이 든다면 이 글은 실패작이다. 혹은 여성 작가가 슬픔을 극복하는 과정을 묘사한 글이 타당하고 감동적이며 구성이 좋다고 치자. 그러나 글이 우울하거나 자기 연민에 빠져 있거나 해결책을 찾는 방식이 외골수면 이 또한 실패작이다. 이런 글은 공감하기가 힘들다. 작가가 분위기를 잘못 선택한 탓이다.

　일반적으로 마음에서 우러나온 글은 분위기가 즐거운 대화체여야 한다. 특히 조언 글의 분위기는 반드시 즐거운 대화체여야 한다. 그렇지 않을 경우에는 강압적이고 설교적이고 교훈적인 분위기가 돼 버린다. 밝은 느낌이 가미된 글이나 진지하게 풀어 가는 유머 글의 분위기는 머뭇거리거나 남의 시선을 의식하거나 너무 귀여우면 안 된다. 경박하지 않고 명랑해야 한다. 영감을 주는 글의 분위기는 점잖고 다정하되 감상적이거나 불쾌하면 안 된다. 논란거리나 항의를 다루는 글의 분위기는 단호하고 필요한 부분에서는 화를 내되 신랄하거나 빈정대거나 무자비하면 안 된다. 이런 주의 사항을 지키지 않으면 혹평이 돼 버리며, 분노가 독자의 흥미를 유발하는 게 아니라 혐오감을 유발한다. 개인적인 경험을 담은 글은 자기 연민이나 자기 과시에 빠지면 안 된다. 때로 이런 글은 경험이 얼마나 흥미로웠는지, 무서웠는지, 어떤 결과가 나왔는지를 시종일관 놀라움에 젖은 분위기로 표현한다. 그리고 진지한 주제를 사려 깊게 다루는 글은 전반적인 분위기를 거스르는 경솔함이나 가식적인 태도를 보이면 안 된다.

4대 요소에서 파생된 분위기 혹은 어조가 글에 스며들어 있어야
한다. 4대 요소는 작가의 문체, 소재를 다루는 작가의 태도, 작가가
글을 쓰는 관점, 기본 전제 혹은 작가의 주장이다.

많은 아마추어 작가 글에서 4대 요소가 전부 혹은 부분적으로 빠
져 있는 걸 확인할 수 있다. 관점에 확신이 없고 태도를 혼동하고 전
제를 분명하게 정리하지 못하는 작가는 의미 없는 내용을 너무 많이
쓰며 전체적으로 올바른 분위기를 잡지 못한다.

잘못된 분위기를 유발하는 요인을 검토해 보면 도움이 될 것이다.

잘못된 주제

적절한 분위기로 다루기만 하면 세상의 어떤 주제라도 유머가 넘
치거나 품위 있거나 건설적인 글로 작성될 수 있다. 그러나 피하는
게 나은 주제도 있다. 이를테면 서비스 업종 종사자(트럭과 택시 운전사,
식당 종업원, 미용사, 가사 도우미 등), 장애인, 빈곤층과 같은 특정 집단에
대한 이야기가 여기에 해당된다.

물론 마음에서 우러나온 글에서는 사람들의 특정한 상황이나 계
층이 아니라 인간의 행동이나 감정, 철학을 다룬다. 그러나 등장인물
이 주로 특정한 계층이나 집단에 속한 사람이라면 그 인물이 속한 상
황을 이해하기 위해 특별한 노력을 기울여야 한다.

이를 쉽게 설명하기 위해 한 학생의 원고를 예를 들어 보겠다. 글 자체는 솜씨와 재치가 있었다. 그러나 '식당 종업원들과 끊임없이 싸우는 아내'라는 주제가 아슬아슬했다. 잘 다루면 아주 재미있겠지만 그렇지 않으면 매우 곤혹스럽고 불쾌할 주제였다.

시작은 활기찼다.

나는 오늘 아내의 싸움이 끝난 후에 맛있는 저녁 식사를 먹게 되기를 기대한다. 자칫 아내가 레슬링 선수라는 인상을 줄 수 있으니 설명을 해야겠다. 내 말은 외식을 할 때마다 아내가 여종업원과 싸운다는 뜻이다. 아내와 종업원의 눈이 마주친 순간, 오래전부터 머나먼 싸움터에서 벌여 온 유서 깊은 전쟁을 다시 시작하기라도 하는 양 어마어마한 적대감이 흐른다. 싸움은 이렇게 시작된다…….

남편은 두 사람이 식사할 테이블을 달라고 한다. 이어서 아내가 다른 상황에서는 아주 다정한 사람이라고 독자를 설득한다. 그러나 이제 피할 수 없는 일이 벌어지기 직전이다. 세 번째 문단부터는 남편과 마찬가지로 나도 당황하기 시작했다. 네 번째 문단에 이르자 나는 아내의 터무니없는 무례함이 불편해졌다. 다섯 번째 문단을 읽을 때 나는 통통하고 행동이 더딘 종업원에게 너무 못되게 구는 아내를 한 대 때리고 싶었다. 그리고 아내가 주문한 스테이크를 물리고 경악하는 종업원을 향해 유쾌한 웃음을 날리며 남편과 식당에서 나가는 장면에 이르러서는 딱하다는 생각만 들었다. 아무리 영리하게 글을 쓴다고 해도 잔인한 행위를 정당화할 수 없다. 잘하면 아내의 실수에 대한 즐거운 풍자가 될 수 있었을 글이 불행한 계층을 비웃는 글로 끝나 버렸다. 글의 전체적인 분위기가 조롱이었다.

앞에서 장례식을 슬랩스틱 코미디처럼 다룬 잘못된 예를 언급했다. 죽음을 다루는 모든 글은 다른 사람을 모독할 분위기를 피해서 아주 지각 있고 세심하게 작성돼야 한다. 또한 지나치게 감정에 치우치지 않도록 조심해야 한다. 어느 날 수업이 끝난 후에 아름다운 여성이 눈물을 글썽거리며 와서 어린 딸의 사망 사고에 대해 쓴 글을 비판해 달라고 간절하게 부탁했다. 나는 불안한 마음을 안고 승낙하면서 그녀의 글이 잘 작성됐기를 바랐다. 그렇지 않아도 슬퍼하는 그녀에게 상처를 더해 주기 싫었다. 그러나 비극은 다루기가 아주 힘들고 특히 최근에 일어난 상처라면 더욱 그렇다. 슬픔이 절절한 분위기가 그녀의 글을 멜로드라마로 빠뜨렸다. 슬픔을 마구잡이로 터뜨리는 글은 수필이 아니다. 영혼을 구제받기 위해서 쓴 글은 책상 서랍 속에 넣어 두는 게 낫다. 나는 그녀에게 일단 글을 치워 두고, 차분한 마음으로 떠올릴 수 있게 되기 전에는 그 경험에 대해 쓸 생각을 하지 말라고 했다. 다른 주제에 대해서 쓰라고 조언했다.

글솜씨가 좋은 작가가 그런 비극을 사려 깊게 쓴다면 다른 사람들에게 감동과 영감을 줄 수 있다. 그러나 미숙한 작가라면 다른 주제를 선택하는 게 낫다.

오랜 병치레나 수술과 같은 신체적인 고통을 주제로 다룰 때도 유의해야 한다. 많은 독자가 건강과 몸, 몸을 괴롭히는 질병을 극복하는 방법에 관심이 많다. 그러나 "내 수술에 대해 이야기할게요!"라는 식으로 하나하나 상세하게 묘사하는 형편없는 글이 편집자들에게 쇄도한다. 따라서 이런 글은 편집자들이 고려할 가치가 있다고 생각하도록 아주 잘 작성돼야 한다.

그렇다면 섹스라는 주제는 어떨까? 요즘 세상에서는 섹스야말로 성공이 확실한 주제라고 생각하는가? 잡지 표지에 난무하는 섹스 기사에 현혹되지 말기 바란다. 섹스에 대해서 쓰면서 올바른 분위기를 찾기란 대단히 어렵다. 당신의 태도가 아주 건전하고 글이 대단히 훌륭하지 않는 한 그 주제는 섹스 전문가에게 맡기는 게 좋다.

잘못된 태도

가정, 자녀, 친구와 같이 완벽하게 안전한 주제라도 생색을 내거나 우월감을 드러내거나 자기중심적인 태도 때문에 글이 형편없어지

기도 한다. 글솜씨가 아무리 좋고 주장이 아무리 설득력이 있어도, 이런 태도로 접근하면 글 전체에 그 태도가 스며들어서 나쁜 영향을 미친다.

솔직히 나도 이런 잘못을 몇 번 저질렀다. 몇 년 전에 나는 끊임없이 공짜로 얻어먹고 빌리기만 하고 갚지 않으며 남의 지혜를 착취하는 한 사람에게 화가 나서 이런 특성들을 개탄하는 글을 썼다. 나는 원래의 인물을 모욕하지 않으려고 몹시 밉살스러운 가상의 인물들을 여러 명 지어내서 이런 특성들을 하나씩 부여했다. 모든 요소들을 기술적으로 구성했지만, 바로잡을 수 없는 일에 대한 엄청난 짜증과 분한 마음이 깃든 내 태도가 글의 분위기를 망쳐 버렸다. 기분 좋게 읽을 수 없는 글이었다.

그리고 양육에 대한 글을 수정해야 하는 경우가 여러 번 있었다. "미안한 말이지만 좀 우월감에 젖어 있는 분위기네요." 한 편집자가 원고를 돌려보내면서 쓴 말이다. 다시 읽어 보니 그녀의 말이 옳았다. 실제로 나는 그랬다. 나는 우리 부부가 아이들을 키우면서 적용한 현명하고 효과 좋은 방법이 다른 부모들이 저지르는 실수에 비해서 우월하다고 느꼈다. (이런 자기중심적인 성향은 나이가 들수록 줄어든다. 사실 부모들에게 장황하게 설교하려는 경향이 확 줄어든다.)

자기 혼자만 옳다고 믿을 때 나타나는 또 다른 잘못된 태도는 설교이다. "우리가 사는 글은 설교문이 아니라 기사랍니다." 한 편집자가 내 초기 글 중 하나의 첫 장에 휘갈겨 쓴 말이다. 나는 화가 났고 상처를 받았지만, 사실 그녀는 나에게 호의를 베푼 셈이었다. 나는 이후로 글을 쓸 때마다 설교하지 않아야 하며 신념이 있되 겸손해야 한다는 원칙을 명심하게 됐다.

자기 연민도 경계해야 할 태도이다. 외롭고 사랑받지 못한다고 느끼거나 부당한 처사에 짓밟혔다고 느껴 절망감을 글로 옮기고 싶어 견딜 수 없을 때가 있다. 이럴 때 글쓰기가 탁월한 치유책이 될 수 있지만, 이런 글은 흥미로운 글이 되지 못한다. 사람들은 자신을 불쌍하게 여기느라고 바빠서 당신을 불쌍하게 여길 여유가 없다. 당신의 태도가 "나만 불쌍한 게 아닌 걸 알아요. 이 문제 혹은 이 상황에 이렇게 대처했더니 나름대로 좋아지네요. 그러니 당신도 이렇게 해보세요."라는 식이어야 사람들이 당신의 불쌍한 사정을 건설적인 방법으로 공유한다.

그리고 "나는 엄청나게 용감해요."라는 투의 과시하는 태도가 되면 안 된다. 나는 정신 질환이 있는 자녀를 도울 길을 찾느라고 수년 동안 노력한 여성이 쓴 원고를 검토한 적이 있었다. 극적인 경험이었으며 그녀는 진정으로 용감하게 행동했다. 그러나 나는 반복해서 주의를 주어야 했다. "자신을 너무 불쌍하게 생각하지 마세요." 혹은

"억지로 꾸미지 마세요. 이 부분은 다른 사람들의 시선을 의식해서 용감한 점을 너무 부각시키고 있어요."

모든 부정적인 태도가 잘못된 것은 아니다. 분개, 조바심, 격분이 때로는 효과적이다. 심지어 이런 태도가 아주 즐거운 형태로 전환되는 경우도 있다. 한때 나는 고민에 빠진 태도에서 비롯된 글들을 한동안 썼는데, 꽤 인기가 있었다. '내가 혐오하는 손님들', '내가 증오하는 안주인들', '집배원을 피하는 비법', '배관공을 벌주는 방법'과 같은 제목의 글이었다. 그러나 여성 특유의 분노와 호들갑을 담은 태도의 글은 계속될 수 없었다. 사람들을 과소평가하거나 상처 입히려는 의도가 아니라 유머 감각을 가지고 약점을 풍자하고 재미를 주는 분위기를 유지해야 하기 때문이었다.

거의 모든 잡지와 지역 신문에 짜증스러운 일을 우스꽝스러우면서도 화기애애하게 이야기하는 글이 많이 나온다. 그런 글을 읽으면서 잘 살펴보고 그 속의 특별한 분위기를 당신의 것으로 흡수하기 바란다.

그렇지만 작가가 자신의 태도에 지나치게 신경을 쓰면 글에 드러난다. "화를 내세요! 사람들이 그 분노를 느끼게 하세요." 한 편집자가 내게 미지근하게 항의하는 글을 수정하라고 요구했다. 이 경우에 애초에 내 태도가 적절하지 않았던 이유는 내가 화를 지나치게 억눌

렀기 때문이었다. 내가 화를 내지 않으면서 쓴 글을 보고 누가 나를 대신해서 화를 내주겠는가.

요즘 나는 생판 모르는 사람의 섹스 이야기가 나에게 미치는 영향 때문에 나의 사생활이 침해당하고 있어서 화가 난다. 내가 더 이상 참을 수 없어서 '옛날식 사생활의 복귀를 호소함'이라는 글을 제안하자 〈리더스 다이제스트〉가 그 글을 실었다. 또한 〈PTA 잡지The PTA Magazine〉에도 실렸으며 아동 심리학자가 이 글을 보고 난무하는 섹스 이야기가 어린이에게 주는 피해와 관련된 소송에서 자료로 사용했다.

아드레날린이 솟구치고 있을 때 글을 써야 한다. 나는 옙투센코 Evtushenko(소련의 시인. 스탈린의 개인 숭배에 의한 소련 사회, 문화의 모순성에 대한 고발과 자기 표현이 충만한 시로 유명해 졌다.-옮긴이)가 뉴욕에서 열린 시 낭송회에서 발표한 노골적인 반미주의 시에 몹시 화가 나서, 서둘러 집으로 돌아가 '옙투센코에게 보내는 공개편지'를 썼다. 나는 그가 미국을 비난했듯이 나에게도 크렘린의 공산주의를 비난할 자유와 능력이 있다고 주장했다. 이 글이 실리자 주로 망명자와 소련의 피해자를 비롯한 수많은 사람들이 나에게 편지를 보냈다. 이 경우에서도 열렬한 항의나 권고 글이 지대한 영향력을 미친다는 사실이 증명됐다.

관점의 부재

명백한 관점이 없으면 제대로 주장할 수 없다. 알맹이가 없는 글이 나오고 일관된 분위기도 유지하지 못한다.

앞에서 말했듯이 마음에서 우러나온 글을 쓰는 작가는 논리와 감정을 모두 갖추고 문제에 접근한다. 어린 딸을 사고로 잃은 어머니의 사례처럼, 글에 슬픔을 쏟아내면 안 된다. 감정에 치우치면 논리와 관점이 사라진다. 또한 소재에서 멀리 동떨어져도 안 된다. 소재와 분리되면 논리만 팽배해지고 감정이 개입되지 못한다. 열정과 신념이 빠지고 관점 역시 찾아보기 힘들다.

아주 간단한 말을 복잡하게 한다고 생각할지 모르겠다. 그러나 잠깐만 생각해 보면 내 말에 동의하게 될 것이다. 주제에 대해 확실하고 바람직한 태도를 가져야 될 뿐만 아니라 주장하는 내용도 분명하게 파악해야 한다. 이를 위해서 먼저 자문해야 한다. 이 글의 목적이 무엇일까? 이 질문에 대한 대답이 나와야 알맹이가 있고 일관성이 있으며 올바른 분위기를 지닌 글을 쓸 수 있다. 이와 달리 너무 많은 주제와 소재를 다루고 너무 많은 감정을 분석하고 여러 태도를 내보이면, 단일한 분위기가 없이 뒤죽박죽인 글이 나온다. 심하면 아예 초점에서 벗어나서 주제가 전달되지 않는 글이 된다.

초점

초점은 글에서 아주 중요하다. 글이 보여 주는 사진이 흐릿하거나 산만하지 않고 또렷해야 한다는 뜻이다. 사진사는 결과물이 선명하게 나오도록 피사체에 초점을 정확하게 맞추는 연습을 한다. 작가도 그와 같은 연습을 해야 한다. 신문 기사를 쓰는 사람은 이야기의 중심점을 '각도'라고 부른다. 2장에서 '해석의 각도'라는 말을 하면서 시각이라는 용어를 거론했다. 작가에게는 초점을 맞춘다는 말이 사물을 보는 각도에 집중한다는 뜻이다.

작가는 피사체, 즉 주제가 무엇인지 확실하게 결정해야 한다. 그러고 나서 주제를 오해의 여지가 없이 분명히 전달할 수 있는 소재를 사용해야 한다. 모든 문장이 이 목적을 수행해야 하며, 주제와 관련 없는 소재는 과감하게 버려야 한다.

"그렇지만 자칫하면 개요처럼 보일 텐데요!" 내가 글을 반으로 줄이라고 조언하자 학생이 항의했다. 그 학생이 쓴 원고는 3,000자였는데, 너무 혼란스럽고 애매했다. 그녀 스스로도 글을 통해 전달해야 할지 확실히 몰랐다. 절반을 잘라내고 구체적인 한 가지 측면에 초점을 맞추면 글을 살릴 가능성이 있었다. 사실 애초에 글의 초점이 분명하고 배열이 잘되어 자신의 주장을 강조했다면 원고를 삭제할 필요 없이 3,000자 전체를 살려도 됐을 것이다.

초점을 맞추는 방법을 배우기 전에 결정해야 할 사항이 있다. 이 글의 목적이 무엇인지, 이 글이 기본적으로 전달하려는 메시지 혹은 주제가 무엇인지를 결정해야 한다.

몇 가지 예를 살펴보자.

위에서 말한 원고는 시작이 좋아서 기대감이 생겼다. 남편과 사별하고 처음 보인 자신의 반응을 묘사하는 일화로 문을 열었다. 외로움, 뭘 해야 할지 모르겠다는 느낌, 살아갈 이유를 찾으려는 노력……. 이런 식의 이야기가 계속됐다. 그러나 너무 멀리 갔다. 나는 슬슬 답답해졌다. 이제 본론으로 들어가야 할 게 아닌가. 작가가 이 중요하고 흔한 문제를 어떻게 해결했을까? 작가가 하고 싶은 말이 무엇일까?

처음에는 언니를 만나러 보스턴에 간 이야기를 했고, 이어서 텍사스에서 보낸 어린 시절을 회상했으며, 다음에는 유럽행 배에서 본 승객들을 묘사했다. 그러고 나서 배경이 아테네로 바뀌었다. 택시 운전사를 조심해야 하고, 신타그마 광장 근처에 있는 작은 식당의 음식이 맛있으며, 숙소의 창에서 내다보면 왕궁이 있는데 지금은 그리스 국회의사당으로 사용된다는 이야기를 하다가, 며칠 후에는 유적지를 탐험한 이야기가 나왔다. 여러 장에 걸쳐 이어지는 글에는 조언이나 철학, 혹은 개인적인 모험이나 여행기가 전혀 없었다. 길고 장황하고 체계가 없었다. 주요 원인은 초점이 없었기 때문이다. 결정적인 목적이나 궁극적인 메시지가 없었다. 너무 여러 가지를 지나치게 많이 말했지만 결국 알맹이가 하나도 없었다.

이번에는 다른 학생이 쓴 보다 밝은 원고를 사례로 들어보겠다. 그 원고의 제목이 아주 유쾌했는데, 그녀가 언젠가 그 제목을 그대로 사용할지 모르니 여기에서 밝히지 않겠다. 원래의 제목보다 훨씬 부족하지만 대충 비슷하게 바꿔 말하자면 '내 피아노를 때려눕힌 당신 아이들' 정도가 되겠다. 피아노 강사가 쓴 이 글은 학생들이 강사의 악기에 입히는 피해를 묘사하며 시작했다. 학생들은 피아노를 손으로 내려치고, 발로 차고, 종종 연필이나 자나 손톱으로 긁어 댔다. 여기까지는 괜찮은 진행이었다. 이어서 보다 위험한 행동을 조금 더 다뤘다면 흥미로웠을 것이다. 아니면 악동들이 말썽을 부리지 못하도록 가르치는 방법을 밝지만 단호한 분위기로 논하는 것도 괜찮았을 것이다.

두 가지 훌륭한 진행 방법이 있었고, 사실 둘 중 어느 쪽이라도 활기차고 재미있게 진행될 여지가 있었다. 그러나 그 글은 이런 방향으로 가지 않았다. 대신에 여러 음악 학교, 학비, 장점과 위치에 대한 설명이 길게 이어졌다. 그리고 작가의 어린 시절, 아주 힘든 연습 과정에 대한 이야기가 뒤따랐다. 그러고 나서 키가 크고 잘생긴 하프

연주자와 연애를 했으며 그녀가 피아노를 가르쳐 주려고 했지만 그가 원하지 않았다는 이야기가 나왔다. 또한 오늘날의 전자 피아노보다 훨씬 좋은 공명판이 들어 있는 어머니의 오래된 피아노에 대한 이야기도 있었다.

이쯤 되자 나는 그녀가 연관성 없이 늘어놓은 수많은 소재에서 좋은 글이 나올 가능성이 있었을 '각도'들을 세어 보기 시작했다. 강조하고 싶은 내용을 하나만 결정했다면 이질적인 다른 사건들을 중심 목적과 연관 지을 수 있었을 텐데 그러지 못한 게 안타까웠다. 각각의 작은 이야기나 논점을 다듬어서 잘 배열했다면 훨씬 좋은 글이 되었을 것이다.

혹은 피아노 강사라는 직업에 초점을 맞춰서 이 자리까지 이끌어준 어린 시절의 경험, 남편의 반대, 시련과 성공을 이야기해도 괜찮았을 것이다. 아니면 피아노 자체에 초점을 맞춰서 어머니의 튼튼한 피아노와 오늘날의 피아노를 비교하고 개구쟁이 아이들의 맹공격까지 견딜 수 있는 피아노를 선택하는 방법을 다루어도 좋았을 것이다.

그녀가 각도를 결정하고 초점을 맞췄다면, 중심 주제를 밝게 하거나 강화하거나 분명하게 나타낼 수 있도록 모든 사건을 이용할 수 있었을 것이다. 그렇지만 방향이 서로 다른 약간 흥미 있는 수많은 아이디어들을 잔뜩 늘어놓는 바람에 독자들의 혼란을 가중시켰다.

해결책

글의 산만함을 없애고 명확한 초점을 되찾을 수 있는 몇 가지 제안을 하겠다.

1. 주장과 직접 관련이 없는 모든 내용을 삭제한다. 이를테면 사별한 미망인의 글에서는 세관 직원들과의 마찰 및 유럽행 배에서 본 승객들에 대한 긴 묘사를 자르면 된다.

2. 주장과 관련성이 모호하지만 버리고 싶지 않은 부분이 있다면, 중심 주제와 직접 연결되도록 그 부분의 초점을 다시 맞추어 다듬고 태도를 바꾼다.

구체적으로 보자면, 세관 직원과의 말다툼은 처음으로 혼자서 여행하는 미망인이 부딪치는 문제로 연관 지을 수 있다. ('처음에는 온 세상이 그녀를 괴롭히는 듯했다. 짐을 뒤지는 이 낯선 사람은⋯⋯.') 혹은 배에서 만난 사람들의 이야기를, 무엇인가를 입증하거나 반증하는 일화로 전환할 수 있다. (사람들의 배려 혹은 무관심. 자신과 비슷한 문제를 가지고 있는 다른 사람들 발견, 서로 돕는 과정, 사람들에게 들은 조언 등)

그러나 각도를 개선하거나 주제를 부각시킬 가능성이 없는 부분이라면 남겨두지 말고 버려야 한다.

3. 적당한 비유적 표현을 넣는다. 나는 결혼 생활의 문제점을 다룬 글에서, 오래됐지만 효과가 좋은 '결혼의 바다'라는 비유를 사용했

다. '출발할 때 아무리 낭만적이라도, 항해를 하다 보면 마냥 사랑의 유람선 여행이 될 수 없다. 암초를 만나기 마련이고 때로 폭풍우가 몰아친다.'

나는 이 비유를 계속 사용해서, 직장과 돈과 다른 부부와 자녀와 시댁과 섹스에 대한 말다툼, 이혼이나 별거의 가능성 등 분산된 몇 가지 주장을 그러모아 부각하고 초점을 맞췄다. '약한 돌풍에서 허리케인까지', '보트를 저으려면 두 사람이 필요하다.', '배를 너무 빨리 버리지 마라.'와 같은 문구를 사용해서 모든 주장을 강하게 결합하고 알아보기 쉽게 제시했다.

이 글에 여러 주장이 나오지만 독자가 혼란에 빠지거나 헤매지 않는다. 작가가 전달하려는 중심 주제가 확실하고 독자가 그 주제를 알기 때문에 방향을 잃지 않고 결론에 도달한다.

페이스

주장에 분명하게 초점을 맞추면, 흔히 페이스라고 하는 타이밍 감각을 얻을 가능성이 높다. 페이스, 즉 속도는 모든 종류의 글에서 필수적이다.

페이스는 움직임이다. 페이스는 목표를 향해서 독자를 빠르게 이끌어 가는 부드럽고 규칙적인 위치의 변화이다.

여기에 적절한 비유는 경마이다. 우리 때만 해도 청소년기에 축제에서 말이 마차를 끄는 대회를 자주 구경했다. 출발 신호가 울리면 마차를 단 말들이 뛰어나갔다. 관중들이 앞서서 모퉁이를 도는 우승 후보를 응원하는 가운데, 다른 말들을 보며 여기저기에서 탄성을 내질렀다. "이런, 저 녀석 리듬이 깨졌네. 페이스를 잃었어!" 원래 여기에서 나온 말을 작가들이 사용하게 된 것이다.

이는 아주 정확한 표현이다. 페이스를 잃은 말은 경기에서 이길 가능성이 없듯이, 페이스를 잃은 글은 성공할 가능성이 없다. 글은 재빨리 돌진해서 매끄러운 리듬으로 뛰어야 한다. 인접한 초원을 구경하겠다고 울타리를 넘어가거나, 다시 시작하려고 출발선으로 돌아가거나, 풀을 뜯어 먹으려고 멈추거나, 밝은 물체를 보고 멈칫거리면 안 된다. 자신 있게 앞으로 나아가야 한다.

그러다가 결승선에 다다르면 멈춰야 한다.

페이스에는 부분적으로 문체가 작용한다. 작가의 생각을 전달하는 여러 단계의 균형을 섬세하게 맞춰야 하는 것이다. 작가로서 경력이 쌓이면 타이밍 감각 혹은 페이스를 느끼는 육감이 발달한다. 회상 기법(정보를 전달하기 위해 과거의 장면을 삽입)을 사용할 때라도 앞으로 나아간다는 느낌이 여전히 남아 있다. 회상이 중단처럼 보이지만 어차피 현재로 돌아와서 미래로 나아갈 목적으로 사용되기 때문에, 안정적인 페이스가 계속 느껴진다.

　글을 쓸수록 필수적인 요소인 페이스를 조정하는 기술이 늘어날 것이다.

　글을 읽을 때 분위기, 초점, 페이스를 잘 살펴보기 바란다. 언뜻 포착하기 어려워 보이지만 모두 아주 중요하다. 익숙해져서 머릿속에 박히도록 노력해야 한다.

내용을 구성하는 세 가지 확실한 방법
#13

옷을 만들거나 배를 만들거나 집을 짓는 가장 좋은 방법은 패턴이나 청사진을 따르는 것이다. 또한 조리법 없이 작업하는 요리사는 극히 드물다. 진정으로 창의적인 사람은 자신의 방법으로 작업하겠지만 그렇지 않은 경우라면 검증을 거친 패턴과 조리법을 이용해 변화를 준다.

마찬가지로 글쓰기에도 일정한 공식이 적용된다(다들 후회하기는 한다). 이유는 간단하다. 효과가 있다고 입증된 공식이기 때문이다. 이는 매들린 랭글Madeleine L'Engle이 한 말에 잘 표현돼 있다. "누구도 글쓰기를 가르칠 수 없다. 그렇지만 훌륭한 모든 글에는 거장들이 항상 사용하는 특정한 방식이 들어 있고, 절대 사용하지 않는 특정한 방식이 들어 있다. 우리는 그런 방식에서 배울 수 있다."

창의적인 글의 일화 및 토론 형식은 인간의 가장 자연스러운 화법 형식이다. 또한 가장 오래된 형식이기도 하다. 성경에는 사람들의 삶에 일어난 사건들을 통해서 생생하게 드러나는 진실의 예로 가득 차 있다. 이런 형식의 효율적인 활용은, 예수가 우화를 들려주면서 가르치는 《신약 성서》에서 특히 뚜렷하게 보인다. 예수는 먼저 전제를 말한 다음에 듣는 사람들이 공감할 이야기를 통해서 전제의 타당성을 증명했다. 그리고 낚시, 농사, 세금 납부와 같은 사람들의 공통적인 경험에서 우화의 핵심을 끌어냈다. 예수가 말한 모든 비유와 대부분의 은유는 사람들이 쉽게 이해할 수 있으면서도 간결하고 대체로 놀라웠다.

오늘날 이와 유사한 형식을 따르지 않고는 인간관계에 대한 생각을 교환하기가 거의 불가능하다. 공통의 관심사를 주제로 한 모든 토론에 귀를 기울여 보자. "나는 남녀 공학 대학의 여학생 기숙사를 믿지 못하겠어요. 왜냐면 말이죠. 내 딸(혹은 이웃, 아들, 조카)이 그런 기숙사에 들어갔는데……." 이어서 이 사람의 의견을 분명하게 보여 주는 짧은 이야기가 나온다.

그 사이에 다른 사람이 맞장구를 치려고 기다리고 있다. "맞아요. 스스로 알아서 하기엔 너무 어린 나이죠. 내 동생은 도통 공부할 여건이 안 돼서 기숙사에서 나올 수밖에 없었어요." 혹은 반대 의견이 있을 수도 있다. "이런, 나도 여학생 기숙사에 있었는데 아주 잘 살

앉어요! 나는 남자 형제가 없어서 주변에 남학생들이 있으니 좋던데요. 그 친구들에게 많이 배웠어요."

앞에서 말했듯이 이런 대화는 유용한 일화로 전환된다. 여기에서 나는 대화가 자연스럽고 필연적인 형식을 따른다는 점을 강조하고 싶다. 흐름이 논리적이고 꾸밈이 없다. 그래서 직관적이거나 천부적인 작가 혹은 노련한 작가는 대화를 자주 활용한다. 그러나 모든 글은 논리적이고 자연스러운 형식이어야 한다는 사실에 아직 적응하지 못한 초보자는 소재들을 앞에 두고 얼어붙는다. 주제에 대해 생각나는 모든 것을 의식적으로 문학적인 형식에 넣어서 글을 쓰려고 발버둥 친다. 그 결과 지나치게 규칙에 얽매이면서도 혼란스러운 글이 나온다.

물론 마음에서 우러나온 글이 단편적인 대화로만 구성된다는 말은 아니다. 마음에서 우러나온 글은 기본적인 틀을 따라간다.

앞서 말한 두 가지 틀에 한 가지를 덧붙여서 총 세 가지 틀을 소개하겠다.

첫 번째 틀

1. 서론: 주제를 직설적으로 전달하는 문장으로 시작하고, 이어서 주제를 잘 보여 주는 일화를 한두 개 넣는다.

혹은 주제를 잘 보여 주는 일화 한두 개로 시작하고, 이어서 주제문을 넣는다.

2. 반대 의견을 예상해서 쓴다. (이 부분은 서론이나 글의 뒷부분에 넣어도 된다.)

3. 처음 제시한 일화를 자세히 설명한다.

4. 주제를 분명히 보여 주는 다른 일화들을 소개한다.

5. 주제를 논하면서 실례들이 서로 관련이 있음을 보여 준다.

6. 조언 글은 직접 제시 혹은 암시의 형태로 명확한 제안을 하며 결론을 내린다. 제안을 순서대로 열거할 때도 있다.

7. 마지막 문장이나 문단에서 요약을 하면서 주제를 다시 강조한다.

두 번째 틀

1. 서론: 주제를 논하는 몇 문단으로 시작한다. 혹은 좋은 일화 하나로 시작한다.

2. 반대 의견을 예상해서 쓴다.

3. 구체적인 주장 혹은 제안으로 넘어간다. 번호를 매겨 각 항목을 자세히 설명한다.

4. 일화와 논의를 통해서 전개한다.

5. 간략하게 요약하거나 그냥 끝낸다.

세 번째 틀(당신의 틀)

당신이 상상력, 독창성, 페이스 감각, 논리를 충분히 가지고 있다면 앞서 제시한 두 가지 틀을 얼마든지 벗어나도 된다. 편지, 일기, 꿈, 대화와 같은 새로운 형식을 만들어서 사용해도 된다. 아니면 소재를 자신만의 방식으로 제시하고 관련이 없는 부분을 틀에서 빼도 된다. 체계적이지 않지만 읽기 쉬운 이런 형식이 상당히 잘 전개되기도 한다.

첫 번째와 두 번째 틀은 주로 조언 글이나 논란 글에 적용된다. 그런 잡지 기사들을 분석하다 보면 두 공식이 반복해서 사용되는 방식이라는 것을 금세 파악할 수 있다.

세 번째 틀은 대체로 추억담이나 개인적인 경험담, 유머나 영감을 주는 짧은 수필과 같은 글에 사용된다. 이런 글은 문체와 분위기에 전폭적으로 의지하기 때문에 공식에 기댈 필요가 없다.

서론

서론은 독자의 관심과 흥미를 불러일으켜야 하므로 글에서 대단히 중요한 요소이다. 직설적으로 시작하는 서론의 예로 다음 글들을 살펴보자. 첫 번째 글은 〈베터 홈스 앤 가든스〉에 실린 글 가운데 하나다. 나머지는 여러 잡지 기사에서 사용한 방식이다.

"결혼 생활이 당연히 즐거워야 했다. 그러나 미혼 때 상상하던 근심걱정 없는 결혼 생활이라는 꿈은 곧 무참하게 깨지기 마련이다."

"만만한 호구가 되지 말자. 늘 기분 좋게 져 주다 보면 실패를 자초한다." "내가 살면서 배운 가장 중요한 교훈은 누구나 배울 수 있으며, 자녀를 직접 가르쳐야 한다는 것이다. 두려운 일을 피하지 말자. 지금 당장 하자."

이런 서론은 주제를 직접 다루고, 앞으로 다룰 내용을 독자에게 알려 준다. 문장들이 상당히 짧고 억양에서조차 확신이 느껴진다. 각 기사에서 주제는 주장을 담은 문장 몇 개가 더해져 구체화된다. 그리고 이어지는 일화를 통해서 첫 번째 증거를 제시한다.

첫 번째에 예로 든 결혼 생활 글은 이렇게 이어진다.

결혼한 지인 중에서 우리와 마음이 가장 잘 통하는 이들은 베일 부부였다. 두 사람은 여름용 별장을 손수 지었고 친구들이 늘 모여드는 수영장까지 만들었다. 겨울이 되면 2주에 한 번씩 토요일 밤에 파티를 열었고 나머지 토요일 밤에는 외식을 했다. 그런데 베일 부인은 결혼하고 처음 10년 동안 친구가 거의 없었고 전혀 즐겁지 않았다고 나에게 말했다. [대조에 주목하기 바란다.]

'두려운 일을 피하지 말자'라는 제목의 글은 이렇게 이어진다.

십 대 아들이 몇 주 내내 신경쇠약 일보직전이었다. 여자아이에게
졸업반 무도회에 같이 가자고 말하기가 너무 두려운 나머지 그 지경이
됐다. 마침내 전화를 걸어 파트너 신청을 하고 난 아들은 맥이 풀려 흐
느적거리면서도 신바람이 나 있었다. "아우, 목소리를 들어 보니 아주
감격했나 봐요. 더 빨리 데이트를 할 수 있었는데! 에이, 아깝다. 진작
용기를 낼걸……."

나는 "내가 말한 대로잖아."라는 소리를 꾹 참았다. 나 역시 두려운
일을 미루고 살기 일쑤였다. 하지만 드디어 나는 현실을 인정하기 시작
했다. 만만찮은 시련이든 그저 불쾌한 일이든 간에, 자꾸 미룰수록 고통
이 커지고 늘어날 뿐이다. 반면에 막상 해 보면 상상했던 것의 반도 힘
들지 않다.

두 글을 아예 위의 일화(혹은 다른 극적인 증거)로 시작했어도 무난했
지 싶다. 위의 일화가 서두라고 생각하고 다시 읽어 보면, 주제문과
일화의 위치가 쉽게 바뀔 수 있음이 이해될 것이다. 논지를 분명히
밝히고 간단히 논하는 부분을 기사의 가장 앞에 넣기로 결정한 이유
는 그 소재에 그 순서가 어울린다는 느낌이 들었기 때문이다.

그렇지만 일화를 가장 앞에 넣는 방식이 훨씬 인기가 있다. 이 방식을 사용하면 단편소설 같은 느낌을 줘 독자의 흥미를 끈다. 독자가 이런 사례나 인용문을 흥미로워하면 아이디어를 들을 기본적인 준비가 된 셈이다. 작가가 그 아이디어를 확대하고 강조하고 자세히 설명하는 내내 독자는 귀를 기울일 것이다.

일화로 시작된 다음 주제가 나오는 예를 몇 가지 들어보겠다.

'배짱이 조금 필요하다'라는 제목의 글은 이렇게 시작한다.

어린 시절, 어머니는 주디가 '너무 배짱이 좋은 아이'라는 이유로 함께 노는 것을 별로 안 좋아했다.

일화로 시작한 서두에 이어서 바로 주제가 나온다. '그 후로 나는 주디가 배짱이 조금만 덜 있었으면 수줍어서 찍소리 못하는 우리에게 좋았을 것이라고 믿게 됐다. 말하자면 천사는 무서워서 날아가지 못하는 곳에 어릿광대들은 마음대로 드나들며 즐거운 시간을 보낸다고 생각했다.'

〈레이디스 홈 저널〉에 실린 '집에서 감정을 얼마나 존중하는가?'라는 제목의 글은 이렇게 시작한다.

"아이고, 갓난아이잖아." 한 친구가 어린 아들의 생일을 챙길 필요가 없다고 태평스레 말했다. 그러니 걱정 말고 파티에나 오라고 졸라 댔다. "걔는 네가 집에 있는지 없는지도 모를 거야."

"그렇겠지. 그래도 나는 알잖아. 다른 아이들도 알고." 내가 대답했다. "한 살밖에 안 된 아기지만 생일 케이크와 초를 준비해서 축하해 주고 사진으로 기록을 남길 거야. 우리 부부는 아이에게도 감정이 있다고 믿거든. 우리는 이런 행사가 시금치나 주일 학교만큼 아이에게 중요하다고 생각해." [구체적인 이야기에 주목하기 바란다.]

반대 의견을 예상해서 쓴다

항의 글의 경우에, 많은 사람이 이미 반대 의견을 가지고 있지 않다면 읽히지 않을 게 틀림없다. 그리고 다른 의견 및 반대자가 없는 의견은 논할 가치가 없다. 반대 의견을 아예 거론하지 않는 작가가 있는가 하면, 끝에 가서야 이야기하는 작가도 있다. 그러나 나는 다른 의견이나 반대 의견을 처음부터 알리고 나서 되도록 빨리 그런 의견을 무너뜨리는 기법이 가장 효과적이고 중요하다고 생각한다.

때로 작가는 처음부터 반대 의견으로 문장을 서술해 그 관점이 틀렸음을 입증하려 한다. 나는 '결혼 생활을 정직하게 한다고 장담할 수 있나?'라는 글에서 제목에 나온 질문을 서두로 내세웠고 이어서 답변을 썼다.

솔직하게 시작해 보자. 결혼 생활은 진실을 바탕으로 해야 한다. 애초에 연애 시절부터 중요한 사안을 서로에게 정직하게 이야기하지 않았다면, 결혼과 동시에 골칫거리에 부딪치게 된다. [골칫거리를 구체적으로 인용한다.]

그러나 변치 않는 이 원칙에도 불구하고, 진실을 두루뭉술하게 숨기고 넘어가는 것이 편리하고 유익한 영역이 있다.

반대 의견의 요점을 몇 가지 인정한 후에 그 반대 의견을 반박하는 논증을 진행한다.

첫 번째 틀에서 설명했듯이, 반대 의견을 예상해서 쓰고 나면 주장을 분명히 보여 주기 위해 첫 번째 일화를 자세히 설명하거나 다른 일화를 소개한다. 물론 두 가지를 다 해도 좋다. 그러는 동안 계속해서 주장 혹은 주제를 논하고 증명한다. 다시 말하면 이런 실례들이 서로 관련이 있음을 논평을 통해서 보여 준다. 그리고 나서 명확한 제안과 더불어 결론을 짓는다.

신문과 잡지에 실린 글을 연구하다 보면, 이 틀이 얼마나 자주 쓰는지 확인하게 될 것이다.

두 번째 틀은 첫 번째 틀의 변형이다. 좋은 일화 하나 혹은 주제에 대한 논의로 시작한다. 구체적인 제안을 끝에 넣는 게 아니라, 본문 전체가 제안을 기반으로 전개된다. 체계적인 정리에 어려움을 느끼는 사람이라면 이 방법이 큰 도움이 된다. 나는 내용이 매끄럽게 진행되지 않으면 다시 앞으로 돌아가서 주장이나 제안에 1, 2, 3……으로 쭉 번호를 매긴다. 그러고 나면 글이 다시 술술 풀린다. 또한 이렇게 번호를 매겨 열거하면 독자들이 보기에도 쉽다.

〈패밀리 서클〉에서 의뢰한 글 '가족이여 안녕, 세상아 반가워!'를 예로 든다. 이 글은 경력과 직장 대신에 전업 주부로서 아이들을 키우는 삶을 선택한 여성이 아이들이 다 큰 후에 나아갈 길을 다루었다.

잭슨 부인은 신랑 신부 퇴장 때 뿌린 쌀알을 깔개에서 말끔하게 쓸어내고, 마지막 장식 상자까지 모두 다락에 올려놓았다. 그러고 나서 계단에 앉아 오랫동안 미뤄 둔 현실을 직시했다. 딸인 진은 이제 결혼했다. 아들인 데이비드는 대학 졸업반이다. 얼마 전에 고등학교를 졸업한 막내 빌은 해안 경비대에 들어갔다.

'이런, 다 끝났네!' 잭슨 부인은 생각했다. '남편은 20년 경력에 여전히 회사에 다니고 있어. 나는 경력이 전혀 없어. 그런데 벌써 퇴직하게 생겼네!'

이어서 오랫동안 일을 하지 않다가 치열한 구직 경쟁에 합류하는 여성들의 어려움을 대조하며 보여 주는 다섯 단락이 나온다. 이 글은 묻는다. 잭슨 부인은 남은 생애를 어떻게 살아야 할까? 그리고 제2의 잭슨 부인은 필연적으로 맞게 될 그 시기를 위해 어떤 준비를 해야 할까?

이어서 여섯 가지 조언을 하고 각 조언과 관련있는 두세 개 단락과 일화가 나온다.

1. 자식들이 독립하기 전에 '퇴직' 후의 생활을 진지하게 고민한다.

2. 특별한 재능을 찾고 키워서 여러 방법으로 연습한다.

3. 가족에게만 너무 치중하지 않도록 조심한다.

이어서 방대한 공공 서비스 분야를 살펴본 후, 여성이 사회에 진출해서 많은 보상뿐만 아니라 경력을 쌓을 수 있는 구체적인 장소를 제시한다.

결론은 서론과 연결된 말로 전체적인 주장을 정리하면서 마무리한다. 이는 글을 끝맺는 가장 효과적인 방법이다.

잭슨 부인은 퇴직 생활을 두려워할 이유가 전혀 없다. 자아 발견을 하고 사회생활을 할 수 있는 소중한 시기를 허비하며 자기 연민에 빠져 있을 이유도 없다. 지금이라도 준비를 시작하면 된다.

그렇게 되면 계단에 앉아서 지나간 세월을 한탄하며 살아가지 않아도 될 것이다.

모험심을 가지고 세상에 한발 내딛게 될 것이다. '가족이여 안녕, 세상아 반가워!'

앞에서 말했듯이, 내가 제시한 틀에 묶일 필요는 없다. 독창적인 사람이라면 종종 자신의 틀을 만들게 될 것이다. 그러나 창의적인 글을 많이 쓰다 보면 의도하지 않아도 이런 틀 중 하나를 따르게 된다. 아주 자연스럽고 설득력 있는 구성 방법이기 때문이다. 만일 내용을 구성하는 방법을 모르겠다면 첫 번째 틀이나 두 번째 틀을 사용해 보기 바란다.

글을 향상시키는 여섯 가지 방법

마음에서 우러나온 글의 성공에 기여하는 몇 가지 도구가 있다. 이런 도구는 글을 향상시키며 보다 많은 사람에게 공감을 얻게 한다. 구체적으로 말하자면 대조와 비교, 색감, 성격 묘사, 적시성, 세부적인 서술, 기억장치이다.

대조와 비교

대조와 비교를 사용하면 글이 단조로운 분위기가 되는 것을 막는다. 좋은 창의적인 글에서는 전반에 걸쳐서 대조와 비교가 효과적으로 흐른다. 이 둘은 논란 글이나 조언 글에서 필수적인 요소이다. 대조와 비교를 사용하려면 일단 자신의 주장과 반대인 의견 혹은 상황을 파악해야 한다.

그런 다음에 바람직한 점과 바람직하지 않은 점, 과거와 현재의 사람이나 태도, 관습 등을 대조하고 비교한다. 간단히 말하면, 반대되는 두 가지를 나란히 늘어놓거나 동일한 한 가지의 다양한 변형을 보여 준다.

사람들은 항상 대조와 비교를 사용한다. 이를테면 자신을 다른 사람과 비교한다. 비교가 자신을 비참하게 할 때도 있고, 박차를 가하게 할 때도 있다. 어쨌든 비교를 피할 수 없다. 마음에서 우러나온 글은 사실상 삶을 반영하므로 자연스레 '비교'를 사용하게 된다. 그런데 의외로 작가 지망생들은 비교를 제대로 사용하지 못하는 경우가 많다.

잡지와 신문에 실린 기사를 읽을 때 비교와 대조를 찾아보기 바란다. 효과가 경미하게 느껴질지 모르지만 하나하나가 목적을 가지고 들어간 표현임을 알 수 있을 것이다. 비교와 대조는 주장을 강화하고 주제에 생동감을 부여한다.

앞에서 말했듯이 비교는 논란 글의 활력소이다. 사안의 양 측면을 비교하지 않고는 찬성이나 반대를 할 수 없다. 예를 들어서 7장에서 설명한 두 글을 다시 한번 살펴보자.

"크리스마스 가족 소식지 찬양'이라는 글은 '크리스마스 가족 소식지가 언론에서 혹평을 받고 있는 최근의 현실에······ 냉소적인 사람들은 계속 비웃으라고 하고, 구두쇠들은 계속 빈정거리라고 하자."라면서 상황을 즐겁게 인정하고 시작한다. 이어서 가족 소식지를 만들어서 간직할 때 생기는 장점을 제시하고, 간단히 서명해서 보내는 크리스마스카드와 비교한다.

'검열에 찬성하는 한 어머니'라는 글은 사람들에게 충격을 줄 첫 번째 문장부터 주장이 분명하다. "작가인 나는 검열을 요구할 날이 오리라고는 꿈에도 생각하지 않았다……. 살인이나 상해보다 더 나쁘게 여겨지는 검열을 말이다." 이어서 도덕적이고 비도덕적인 책과 영화, 과거와 현재 국민들의 생각, 과도한 자유 대 책임감과 상식을 대조하면서 반대 의견을 언급한다.

비교와 대조는 향수를 다루는 글에 반드시 들어간다. 현재의 삶과 아주 다른 과거의 삶을 견주기 때문이다. 또한 비교와 대조는 결혼 생활과 자녀와 개인적인 경험을 다룬 글에서도 효과적이다. 개성과 배경과 성격의 차이를 드러내기 때문이다. 비교와 대조는 글의 다양한 논쟁과 측면을 엮어 준다. 작가의 주장을 강화하고 분위기에 활기를 더한다. 잡지와 신문 기사에서 비교와 대조를 찾아서 표시해 본 다음에 당신이 쓴 원고에서 비교와 대조를 넣을 곳을 찾아보자.

색감

흑백텔레비전이 처음 나왔을 때 사람들은 마냥 신기했다. 그러나 이제는 흑백 사진이나 흑백텔레비전에 만족하는 사람은 없다. 우리는 다채로운 색감이 넘쳐나는 세상에 살고 있으며, 우리 눈은 이를 당연하게 즐긴다. 마음의 눈도 마찬가지이다. 많은 잡지나 신문에서 글이 흑백 지면에 실리지만, 글에 색감을 조금만 가미하면 생동감이 확 살아난다.

나는 유명한 소설가 존 P. 마퀀드John P. Marquand가 죽은 직후에 〈새터데이 리뷰Saturday Review〉에서 그를 묘사하는 기사를 읽었다. 대단히 생생하고 다채로워서, 그 후로 이 기사를 완벽한 색감의 예로 사용한다.

그의 눈은 내가 본 중에 가장 파랬고 즐거워할 때면 더 파래졌다. 흥분하면 새빨개지는 분홍빛 피부에 대비돼 파란 눈은 더 새파랗고 세심하게 빗은 백발은 더 새하얗고 까만 눈썹은 더 새까맣게 보였다.

아름답게 표현된 갖가지 특징들을 보고 있노라면 갑자기 그가 '생생한 색감'으로 그려진 듯 느껴진다.

수필이나 향수 글을 비롯한 거의 모든 글에서 색감을 사용할 기회가 아주 많다. 갓난아기를 그냥 담요로 감싸지 말고 그 담요를 노란색으로 물들이자. 서리 맞은 호박을 이야기할 때는 주황색 호박으로 만들자. 그 호박을 들고 언덕을 내려오는 아이에게는 파란색 청바지나 빨간색 모직 코트를 입히자. 물론 과도하게 사용하지 않도록 주의해야 한다. 색감을 지나치게 흩뿌리면 안 된다. 하지만 좋은 글에 생동감을 더하고 싶으면 조심스럽게 붓질을 하면 된다. 유머를 가미할 때와 마찬가지로, 색감을 가미하면 깜짝 놀랄 정도로 빛나는 부분이 아주 많다.

성격 묘사

마음에서 우러나온 글에는 사람들과 관련된 일화가 많이 등장한다. 소설을 쓸 때처럼 인물의 성격을 묘사할 필요는 없다. 인물의 행동이 비롯된 동기를 깊이 파헤치거나 자세한 묘사를 덧붙일 공간이 없다. 하지만 인물에 사실성을 더하려면 흥미로운 측면을 조금 넣어야 한다. 소설에서와 마찬가지로 말이나 행동이나 모습을 통해서 인물의 특성이 드러난다. 창의적인 작가의 비결은 이런 점을 몇 마디 말로 압축하는 것이다. '로맨스 대 상사'라는 글의 한 부분을 예로 들어보겠다.

내 첫 번째 상사는 냉정하고 무서운 사람이었다. 끔찍할 정도의 복잡한 용어가 들어간 말을 고등학교 때 배운 속기와 타이핑 실력으로 받아 적으며 벌벌 떠는 내 눈엔 그는 힘센 거인처럼 보였다. 그는 격렬하게 화를 내며 내게 호통을 쳤다. 그에게나 나에게나 힘든 시간이었다. 그러나 이런 순간이 지나면 그는 새빨개진 얼굴을 문지르며 어색하게 웃었다. "미안하네. 둘 다 밀크셰이크를 한 잔씩 마셔야겠군. 자네는 어떤가?" 이 경험이 그나마 내가 사무실에서 접한 가장 낭만적인 대화였다.

'늦둥이'라는 글은 보다 진지하다.

제임스 박사는 안경을 벗고 조금 망설이다가 입을 열었다. 나는 다정한 회색빛 눈동자에서 그가 하려는 말을 직감했다. 그는 내가 이 아이를 낳고 싶어 하지 않는다는 것을 알았다. "다 잘될 겁니다." 선지자 같은 다정한 장신의 백발노인이 일어나 책상을 돌아와서 나를 위로했다. "누구에게나 그렇게 말하시잖아요." 내가 흐느끼며 말했다. "맞아요." 그는 내 어깨를 토닥거리면서 큰 소리로 웃었다. "그리고 내 말이 항상 맞더라고요."

유머가 가미된 글에서는 성격 묘사를 할 기회가 아주 많다. 또한 인물을 생생하게 그려 내는 능력은 추억담과 개인적 경험을 다룬 글에서 중요하다. 마음에서 우러나온 글은 소설과 비슷하기 때문에 성격 묘사를 간단하게라도 하면 글이 훨씬 재미있어진다. 평범한 글과 차별화가 된다.

적시성

마음에서 우러나온 글을 쓰는 작가는 영원한 진리를 다룬다. 기자처럼 한발 앞서 뉴스를 찾아내거나, 실화 작가처럼 최근의 사안과 사건을 다룰 필요는 없다. 어차피 인간의 감정(사랑, 증오, 두려움 걱정, 즐거움, 슬픔)과 경험은 시대에 뒤떨어지는 법이 없다. 인간이 겪는 문제도 마찬가지이다. 돈에 대한 걱정(및 싸움)처럼 흔한 문제라도 말이다. 그러나 작가가 마음에서 우러나온 글에 접근하는 방식은 철저히 현대적이어야 한다.

이를테면 영원한 골칫거리인 돈 문제를 대공황이라는 측면에서 다루는 방식은 그리 현명하지 않다. 그 시기의 경험과 오늘날 많은 사람이 겪는 경험을 세심하게 비교하지 않는 한 시대착오적이다. 파산을 감수하더라도 아이를 대학에 보내야 할까? 막대한 병원 입원비를 어떻게 감당해야 할까? 돈에 대해 옛날과 똑같은 걱정과 희망과 꿈과 오해가 여전히 존재할지라도, 오늘날의 생활 방식(가사와 직장 생활을 병행하는 주부, 동거, 편모 혹은 편부 가정)은 돈 문제를 불러일으키는 새로운 배경을 만들어 냈다.

현대적인 속어가 주장을 강조하거나 글에 활기를 준다면 얼마든지 사용해도 된다. (물론 그런 문구도 곧 구식이 될 것이다.) 그러나 빅토리아 시대의 언어나 예스러운 속어나 미숙한 표현으로 글을 구식으로 만들면 안 된다.

얼마든지 좋은 글이 될 수 있는데 한물간 비교와 설명 때문에 망쳐지기도 한다. 앞에서 예로 든, 식당 여종업원과 싸우는 아내에 대한 글은 이런 방식 때문에 구식이 됐다. 이 글에는 여종업원이 '타잔 같은 목소리로' 고함쳤고 '조 루이스Joe Louis(1981년에 사망한 권투 선수―옮긴이)라도 겁을 먹었을 것이다.'라는 표현이 나온다. 작가는 에이미 벤더빌트Amy Vanderbilt, 조니 와이즈뮬러Johnny Weismuller, 소냐 헤니Sonja Henie를 언급한다. 과거에 유명했지만 이제는 곧바로 떠오르지 않는 사람들의 이름이다. 현재 독자들의 이목을 끌고 싶다면 현재 화제가 되고 있는 사람들의 이름을 사용해야 한다.

글은 모든 면에서 시기적절해야 한다. 그런데 이상하게도 젊은 작가를 비롯한 많은 작가가 비교 대상과 사례를 과거에서 찾는다. 향수 글을 쓸 때라면 아주 좋은 방법이다. 할머니의 다락을 예로 들어도 상관없다. 의도적으로 구식 풍경을 보여 주기 때문이다. 그러나 다른 경우라면 작가는 되도록 현대적이어야 한다. 시간이 지나면 유명인, 춤, 유행가가 변한다. 컴퓨터 용어조차 컴퓨터가 신문물이던 몇 년 전과 완전히 달라졌다.

좋은 글에 현대적인 인물과 스타일, 유행과 논란, 사건을 거론하면 글이 더 좋아진다. 독자는 그런 글에서 익숙함을 느낀다. 동질감을 느끼고 그만큼 더 공감하면서 재미있게 읽게 된다.

세부적인 서술

마음에서 우러나온 글은 무형의 아이디어를 바탕으로 한다. 우리는 무형의 아이디어를 생생하게 만들기 위해서 세부 사항을 넣어 분명하게 보여 준다. 구체적인 실례를 들고, 실례 속에서 인물의 특성과 이름을 제시한다. 그러고 나서 기본 전제를 입증하는 동안 더 많은 세부 사항을 통해서 색감과 흥밋거리를 추가한다.

자녀의 모든 활동에 참여하지 않으면 좋지 않은 부모라는 통념에 도전한 내 글 중 일부를 예로 들어 '세부적인 서술'을 좀 더 살펴보겠다.

일반적인 서술

마침내 나는 이 생각에서 벗어났다. 사람들이 무슨 일이든 당신에게 믿고 맡긴다고 치자. 이럴 때 몇몇은 당신에게 감동을 받겠지만 대부분은 결국 당신을 탓한다.

세부적인 서술

주변 사람들이 학교 바자회 *주최자*, *댄스파티 보호자*, *현장 탐방 인솔자*를 비롯한 각종 역할을 늘 당신에게 믿고 맡긴다고 치자. 이런 팔방미인이 될 때 생기는 이익보다 불이익이 훨씬 많다. 사람들이 보이는 좋은 반응은 기껏해야 땅콩을 집거나 카드 패를 보면서 소곤거리는 소리 정도이다. "맙소사, 저 여자는 어떻게 그 일을 다 하는지 모르겠어."

반면에 모든 잘못의 책임을 당신에게 돌리기 일쑤이다. *"이것 좀 봐요. 내 아이가 블루버드에 갔다가 20분 늦게 집에 도착했잖아요. 우리는 항상 6시에 저녁밥을 먹는단 말이에요."* 혹은 *"지미가 교회 소풍에 갔다가 식중독에 걸렸어요. 인솔자가 감자 샐러드가 신선한지 확인했어야죠."*

강조하기 위해 세부적인 서술을 이탤릭체로 표시했다. 잡지에 실린 버전에는 감정이 더 많이 들어가 있고 일반적인 서술이 줄어들어 보다 효과적이었다.

다음은 향수를 담은 글인 '숨바꼭질 놀이는 어디로 사라졌을까'에서 사용한 두 가지 방법이다.

일반적인 서술

나는 가끔 궁금하다. 우리가 어릴 때 저녁밥을 먹고 나서 하던 놀이들은 다 어디로 갔을까? 그리고 그런 놀이들을 아주 좋아하던 아이들은 다 어디에 있을까? 이제 그들은 나처럼 성인이 됐고 그들의 자녀들은 예전의 우리처럼 밖에 나가서 놀기를 좋아할 것이다.

세부적인 서술

나는 가끔 궁금하다. 숨바꼭질, 펌프 놀이, 도망가기 놀이, 늑대 놀이는 어디로 갔을까? 그리고 정원을 짓밟고 다니고 울타리를 기어오르고 어둠의 고요를 "꼭꼭 숨어라!"라는 외침으로 깨어 놓던 아이들은 어디로 갔을까? 이제 그들은 나처럼 교외에 사는 주부이거나 바쁘게 출퇴근하는 남편이 됐고, 그들의 자녀들은 예전의 우리처럼 저녁밥을 먹고 나면 밖에 나가서 열심히 놀 것이다. 길에서 아이들이 공을 차고 노는 소리가 종종 들린다. 그나저나 숨바꼭질, 펌프 놀이, 도망가기 놀이, 늑대 놀이는 어디로 사라졌을까?

일반적인 서술은 어디서든 흔히 볼 수 있다. 당신이 사색적인 문학잡지에 기고할 수필을 쓴다면(그리고 당신의 문체가 인상적이라면) 이런 서술이 적당하다. 그러나 대중 잡지를 목표로 한다면 명확하게 써야 한다. 선택을 하기 바란다. 그저 꽃을 심는 게 아니라, 창가 화단에 제라늄(혹은 피튜니아)을 심기로 결정해야 한다. 단순히 남편이 좋아하는 요리를 하는 아내가 아니라, 구체적으로 요리 이름을 정해서 넣어야 한다. 고기찜으로 할까? 아니면 새우튀김이나 치즈 퐁뒤로 할까? 요리의 종류는 중요하지 않다. 중요한 점은 독자에게 명확한 이미지를 전달하는 것이다.

사소하지만 다채롭고 상세한 세부적인 서술은 마음에서 우러나온 글에 플러스 요인, 즉 글이 잘 팔리게 하는 요소가 된다.

기억장치

어느 날 아들이 해안 경비대 신병 훈련소에 갔다가 집에 돌아왔다. 아들은 그곳에서 들은 강의에 열광적인 반응을 보였다. "정말 대단한 사람이었어요." 아들이 말했다. "덕분에 한 번도 생각해 보지 않은 많은 점을 깨달았어요. 그 강사가 한 말을 평생 잊지 못할 거예요. 그는 4M이라고 부르는 성년Manhood, 돈Money, 결혼Matrimony에 대해 이야기하고 '너희의 삶은 메시지가 될까 아니면 엉망진창이 될까?'라는 메시지Message로 결론을 맺었어요. 우리 팀 모두의 마음에 와 닿는 강의였어요."

나는 정말로 놀랐다. 평소에 강의 시간만 되면 정신을 놓고 책이라면 쳐다보지도 않는 아이였다. 그런 아이가 강의를 열심히 들었을 뿐만 아니라 자신의 삶에 영향을 줄 것이라고 느낀 말을 인용하기까지 했다. 그 강사는 분명 관중의 머릿속에 각인되는 생생한 실례를 통해서 생동감 있게 만들지 않는 한 추상적인 아이디어는 그저 모호한 관념일 뿐이라는 사실을 아는 사람이었을 것이다. 그는 간단하고 오래된 기억장치를 활용해서 성공했다. 바로 두운법과 반복법이었다. 나는 이미 수백 편의 글을 썼지만, 기억장치가 훌륭한 작가와 강사가 지속적으로 사용하는 방법임을 그 순간에야 깨달았다. 우연이든 의도적이든, 우리는 생각을 이해하기 쉽고 오래 기억하게 할 방법을 찾는다. 그리고 종종 사소하지만 효과적인 기억장치로 이런 목표를 달성한다.

방법

나는 잡지와 신문에 실린 내 글과 다른 사람들의 글을 훑어보다가 기억장치 방법들이 많이 구사되며 대체로 그리 다르지 않다는 점을 발견했다. 어쨌든 자주 쓰인다는 것은 그만큼 효과가 좋다는 뜻이다.

그중 여섯 가지 기억장치 방법을 살펴보겠다.

1. 나열하기

규칙이나 제안의 목록을 1, 2, 3……으로 번호를 붙여서 열거한다. 글을 체계적으로 쓰기에 좋은 방법이다. 요약하기에도 좋은 방법이다. 또한 기억장치로도 적격이다.

2. 알파벳순으로 배열하기 혹은 두운법

3. 아크로스틱(주요 문단에서 각 행의 첫 글자를 아래로 연결하면 자신의 주장과 같은 철자가 되도록 한 글)

나는 초기에 쓴 여러 글에 이 장치를 사용했다. '남편Husband의 철자를 쓰는 일곱 가지 방법'에서는 도움이 됨Helpfulness, 이해심 Understanding 등을 나열했다. 나중에 이와 유사한 '아내의 철자를 쓰는 네 가지 방법'이라는 글을 쓰기도 했다. 사실 이 장치는 교묘하게 눈길을 끄는 방법이다. 자기 능력을 시험해 보려는 초보자가 아니라면 권하고 싶지 않다. 하지만 이 장치는 간단한 요령으로 내용을 체계적으로 정리해서 명확하고 간결하며 기억하기 쉽게 하는 과정을 보여주는 장점이 있다.

4. 상징

상징은 소설과 희곡과 이야기에서 지속적으로 쓰인다. 하지만 그 자체로 대수롭지 않은 대상이 의미를 가질 수도 있다. 찻주전자, 장미가 담긴 병, 노란 신발 한 켤레가 등장인물에게 아주 중요한 가치를 대변하고 진실을 나타내기도 한다. 마음에서 우러나온 글은 소설과 유사하기 때문에 논리에 상관없이 상징이 자주 사용된다. 특히 영감을 주는 수필이나 개인적인 경험 글이나 조언 글에서 상징이 많이 사용된다.

나는 워싱턴 D.C. 〈이브닝 스타〉에 고정 칼럼 '사랑과 웃음'을 기고하던 시기에 상징을 계속 사용했다. 딸이 처음 신은 얇은 스타킹(성인이 된 첫 단계, 데이트, 부모의 기쁨과 상실감), 아이들을 데리고 번화한 거리 건너기(위험한 삶에서 아이들을 안전하게 이끌어 가는 과정), '환영해요'라고 적힌 현관 깔개의 진짜 의미가 그런 상징의 예이다. 그리고 수많은 잡지 기사에서도 상징을 사용했다. '식탁'은 한데 모인 사람들의 화합과 유대감을 상징했다. 옛 시절 가족의 삶에서 중심을 차지하던 골동품이기 때문이다.

이런 사례에서 상징은 단순한 기억장치만이 아니라 독창적인 생각까지 불러일으킨다. 상징을 생각하다 보면 아이디어가 샘솟는 새롭고 풍부한 출처를 찾게 된다.

상징은 글의 시작이나 끝에 우연히 나타나기도 한다. 이런 현상은 내 아들이 거대한 청새치를 잡아 박제한 개인적인 경험을 쓴 글에서 나타났다. 청새치가 아들의 첫 번째 트로피가 됐다. 트로피가 의미를 가지려면 어떤 식으로든 직접 획득해야 한다. 이 글은 2.4미터짜리 물고기를 박제하려는 아마추어들의 서툴고 복잡한 과정을 재미있게 다뤘는데, 트로피라는 상징을 통해서 메시지가 드러났고 설득력을 지니게 됐다. '진정한 트로피는 돈으로 살 수 없다.'

5. 대화. 질의응답

인터뷰를 할 때 녹음기를 사용하는 실화 작가들이 늘어나고 있다. 이들은 녹음한 내용을 받아 적고 솜씨 좋게 수정해서 기사를 쓴다. 이런 글은 흥미로운 사안에 대한 두 사람의 질의응답 혹은 토론으로 구성돼 있다.

이런 인터뷰는 신문과 잡지에 실리는 조언 칼럼과 다르다. 종류와 상관없이 인터뷰는 작가가 아이디어를 얻을 수 있는 훌륭한 출처이다. 인터뷰에는 인정받는 권위자가 독자들이 보낸 질문에 답변한 내용이 나온다. 인터뷰의 질의응답 틀은 마음에서 우러나온 글에서도 효과가 좋다. 차이점은 작가인 당신에게 전문가의 역할을 기대하지 않는다는 것이다. 대신에 당신은 실제든 상상이든 인터뷰를 마련해서 토론할 질문이나 사안을 제안한다. 답변은 토론과 아이디어의 상호 작용에서 나오며, 글에서 강조하려는 주장을 명확하게 드러낸다. 이런 형식은 직접적인 설명 대신 활발하고 자연스러운 대화체를 사용하므로 글이 술술 읽히는 효과를 가져다준다.

〈이브닝 스타〉에 연재한 '사랑과 웃음'이란 칼럼에서 이런 방법을 자주 썼으며 '딸과의 대화', '아들과의 대화'(때로 남편, 아버지, 친구와의 대화), '내가 좋아하는 이웃이 하는 말'이라는 제목을 붙였다. 예를 하나 들어보겠다.

딸: "잠깐만요, 엄마. 옷 좀 봐 줄게요."

엄마: "괜찮아. 그냥 세탁소랑 우체국에 들렀다가 식품점에 갈 거야. 지금 급해."

딸: "딱 봐도 그러네요. 거울 좀 보세요!"

당신은 깜짝 놀라서 거울 앞에서 한 바퀴 돌며 후줄근한 청바지와 운동화와 낡은 재킷을 슬쩍 본다.

엄마: "뭐, 내가 미스 유니버스도 아니고. 누가 나한테 신경이나 쓰겠어. 중요한 사람도 아닌데."

딸: "엄마, 모든 사람은 중요해요. 정말이에요. 적어도 머리라도 만져 줄게요."

딸은 강경하게 당신을 앉히고 빗을 든다. 당신은 고분고분하게 딸의 빗질을 받으면서 잔소리를 듣는다.

딸: "젊은 애들이야 아무렇게나 하고 다녀도 멋이라고 하죠. 하지만

부모는 그렇지 않아요."

엄마: "나 때문에 창피하단 말이야?"

딸: "음, 조금요. 많이는 아니고요. 엄마에게 조금만 정성을 들이면 오히려 시간이 절약돼요. 꾸미고 나가면 종업원들의 서비스가 좋아지고 일을 빨리 처리해 준다니까요."

엄마: "맞는 말이네. 한 번도 그런 생각을 안 해봤어."

딸: "엄마가 딸에게 배워야 하는 것도 있다고요!"

우리는 큰 소리로 웃었다. 잠시 후, 차분하고 평안한 마음으로 자동차로 향했다. 세상의 시간을 다 가진 기분이었다.

6. 편지나 TV 광고를 비롯해서 기본 아이디어를 구체적으로 보여 주는 모든 매체

나는 앞에서 말한 '당신이 결혼한 여자에게 무슨 일이 생긴 걸까?' (〈베터 홈스 앤 가든스〉, 〈리더스 다이제스트〉에 게재)라는 글을 이렇게 시작했다. "실종—명랑하고 상냥한 신부. 나를 멋진 남자라고 생각하며 주중에는 하루에 한 번씩, 일요일에는 두 번씩 그 말을 해 주는 여자. 주요 특성: 감사하는 마음! 이 여성을 찾아 주는 사람에게 두둑하게 사례함. 사례자—실망한 남자."

이어서 "수많은 남자가 그런 광고를 썼을지 모른다."는 문장이 나

온다.

그런 다음에 여성이 자신도 모르게 남편을 실망시키는 많은 분야의 예를 들고 감사하는 마음을 표현하는 게 아주 중요하다고 강조하고, 아래와 같이 결론을 내린다.

> 그런 자세로 돌아갈 수 있는 여성은 로맨스가 사라졌다고 걱정할 필요가 없다. 로맨스를 되찾게 될 것이고 남편과 사이도 좋아질 것이다. 남편은 마음속으로 '찾았다! 내가 결혼한 여자.'라고 말할 것이다.

덧붙이자면 이 글 전에 쓴 '내가 결혼한 남자에게 무슨 일이 생긴 걸까?'(이 역시 앞에서 소개했다)라는 글이 워낙 큰 반응을 불러일으켜서 다른 측면을 보여 주고 싶었다. 남자도 애정과 관심을 갈망하는데, 때로 여자는 애정과 관심을 줄 의지나 능력이 없다는 내용이었다.

기억장치는 그저 부가적인 요소일 뿐이다. 기억장치는 마음에서 우러나온 글의 필수 요소는 아니다. 그러나 기억장치의 가능성을 알아차리고 나면 자주 사용하게 될 것이다. 기억장치는 독자뿐만 아니라 작가에게도 아주 유용하다. 글에 흩어진 여러 요소를 연결해서 결합해 주는 역할을 하고, 때로 서론을 활기차고 논리적으로 만들어 준다. 그리고 이는 논리적이고 인상적인 결론으로 이어진다.

여기에서 설명한 모든 기억장치들이 당신이 읽는 잡지 혹은 신문 기사에 다 들어가지는 않는다. 그러나 내가 경험에서 배운 바에 따르면 가장 흥미롭게 읽히고 가장 쉽게 팔리는 글에는 독창적이고 명백한 기억장치가 들어 있다.

두 가지 추가 요소: 좋은 제목과 인용문

#15

당신이 사람들의 마음에 공감하는 능력이 있다고 치자. 또한 아이디어가 신선하고 풍부하다. 글도 잘 쓴다. 본능이나 관찰이나 연습을 통해서 글을 구성하는 방법도 잘 안다. 말하자면 당신은 영양분이 많고 균형 잡힌 음식을 요리할 줄 아는 요리사나 마찬가지이다. 하지만 장식을 하고 고급스러움을 더해서 요리를 더 매력적으로 만들고 싶어 한다.

이럴 때 제목과 인용문이라는 두 가지 추가 요소가 좋은 글을 더 좋게 하고 잘 팔리게 만든다. 제목과 인용문을 자세히 살펴보고 두 요소가 글의 맛을 높이고 글 전체에 활기를 북돋는 과정을 알아보자.

제목

몇몇 작가들은 어차피 편집자가 제목을 바꿀 테니 제목에 신경 쓰지 말라고 말한다. 실제로 편집자가 제목을 바꾸는 경우가 많다. 그런데 바뀐 제목이 오히려 안 좋은 경우도 있다. 어쨌든 마음을 끄는 제목이 중요하다. 편집자가 처음 보는 글은 제목이다. 제목이 눈에 띄면 계속 읽지만, 제목이 따분하면 당신은 처음부터 불리한 입장에 처한다.

흥미로운 제목을 뽑으려면 어떻게 해야 할까? 적당한 제목을 찾기 위해 열심히 머리를 짜야 하지만, 때로는 아이디어와 더불어 제목이 저절로 떠오르기도 한다. 제목은 글의 초점에 활기를 불어넣는다. 만일 당신이 창의적인 작가라면 생각을 많이 할 것이다. 당신이 가지고 있는 삶의 개념은 간단하지만 효과적인 문구로 압축될 것이다. 이런 문구에 귀를 기울이면 제목을 뽑는 어려움이 최소한으로 줄어들고 아이디어를 얻을 수 있으며, 한 측면에 초점을 맞추는 어려움도 줄어든다.

내 남편이 대학원생일 때 우리 부부와 자주 만나는 사람들이 몇 명 있었다. 멋진 파티를 하고 제스처 놀이나 카드를 하고 최대한 적은 돈으로 즐겁게 음식을 만들어 먹었다. 다들 베이비시터를 쓸 여유가 없어서 아이들을 데리고 와서 재워 놓고 놀았다. 나는 가난하지만 행복한 삶에 대해서 글을 쓰겠다고 의식적으로 작정하지는 않았지만, 어느 날 '돈 없이 즐겁게 살기'라는 문구가 갑자기 떠올랐다. 나는 이 제목으로 돈을 많이 들이지 않고 즐길 수 있는 창의적인 활동에 대한 글을 재빨리 쓰기 시작했다. 아버지가 실직자 신세일 때조차 어머니가 기발한 창의력을 발휘해서 소박한 크리스마스 축하 행사를 풍성해 보이게 준비하던 시절을 회상했다. 나는 그런 경험이 삶을 풍요롭게 한다는 주장으로 결론을 내렸다.

흥미롭게도 '돈 없이 즐겁게 살기'라는 주제는 오늘날까지도 지속된다. 젊은 부부들은 대개 베이비시터를 고용할 여유가 없다. 아이를 안은 젊은 엄마, 아이의 손을 잡은 젊은 아빠가 디너파티나 소풍이나 심지어 대학 강의실로 향하는 모습을 다들 봤을 것이다. 그런 곳에서 엄마는 갓난아이에게 젖을 먹이는데 아무도 이런 광경에 놀라지 않는다. 혹은 예전에 우리가 그랬던 것처럼 이웃을 집에 초대해 적은 돈으로 나름대로 즐거운 시간을 보낸다.

'연애를 끝내는 다섯 가지 방법'이라는 제목 역시 의식적으로 생각하지 않았는데 갑자기 떠올랐다. 당시에 '서니브룩 농장의 레베카'처럼 순진했던 나는 연애가 무엇인지 잘 몰랐다. 그래도 진심을 담아 생기 넘치는 글을 쓰면서, 남자의 관심을 거절하고 싶은 여성들에게 도움이 되는 조언을 했다. 그 글은 대형 잡지사에 팔렸고 놀랍게도 나보다 훨씬 다채롭게 사는 여성들의 편지가 쇄도했다.

물론 제목이 늘 갑자기 떠오르는 것은 아니다. 또한 기본적인 아이디어가 있다고 해서 완벽한 제목이 나오는 것도 아니다. 나는 작업을 시작할 때 임시 제목(주제와 비교적 유사한 제목)을 정할 때도 있고 제목을 정하지 않을 때도 있다. 그리고 글을 쓰는 동안 적당한 제목을 찾는다. 적당한 제목이 떠오르지 않으면 잠시 동안 글을 접어 놓고 무의식과 씨름한다. 아니면 새 종이에 생각나는 대로 최대한 빨리 여러 제목을 휘갈겨 쓴다. 자유 연상과 두운법을 활용하다 보면 좋은 제목이 나오는 때가 꽤 많다.

모든 방법이 효과가 없고 어떤 제목도 만족스럽지 않을 경우에는 하나씩 걸러 내고 그나마 가장 나은 제목을 고른다.

사용하기에 적당한 다양한 종류의 제목을 예로 들어보겠다. 잘 익혀 뒀다가 제목이 떠오르지 않을 때 되새겨 보면 어렵지 않게 제목을 정할 수 있을 것이다. 이런 제목은 아이디어를 불러일으키는 역할도 한다.

두운법을 활용한 제목

두운법은 이어지는 단어들의 첫머리에 같은 운의 글자를 반복해서 쓰는 것이다. 지나치게 쓰지만 않으면 제목이 노래처럼 들리는 효과가 있다. 내가 사용한 제목 몇 개를 예로 들자면 '인기를 얻는 방법 Passport to Popularity', '직장을 가진 아내의 사연The Whys of Working Wives', '실연에 연연하지 말자Don't Hang Onto Heartbreak', '남자, 돈, 결혼Men, Money, and Marriage' 등이 있다. 최근에 잡지 〈MD〉에 '병이라는 악마Demons of Disease', 한 대중 잡지에 '형세 역전Turn the Tables on Troubles'을 기고했다. 자유롭게 상상의 나래를 펴기만 하면 나올 수 있는 제목은 무한하다.

방법을 넣은 제목

모든 사람이 최대한 값지게 사는 방법을 알고 싶어 한다. '방법'이라는 간단한 단어는 마법 열쇠이다. 이 단어를 제목에 적절하게 넣을 수 있다면 유리한 고지를 확보할 수 있다. 그러나 속임수를 쓰면 안 된다. 글이 구체적인 답이나 조언이나 비결을 제시하지 않는다면 제목에 '방법'이라는 단어를 쓰면 안 된다.

내 글의 제목 중에 몇 가지 예를 들자면 '십 대 자녀에게 말하는 방법', '우울증에서 벗어나는 방법', '좋은 친구가 되는 방법', '가정생활을 행복하게 유지하는 방법' 등이 있다. 이런 제목은 항상 많은 잡지사에서 환영받는다.

논란이 있는 제목

논란이 있는 제목이란 많은 사람이 이미 진저리를 치는 내용이거나 대중적인 입장과 반대 입장이어서 충격을 일으킬 가능성이 있는 제목이다. '어머니의 날을 거부한다', '섹스가 지겹다', '남편에게 절대로 말대답을 하지 말자', '나는 전업 주부로 월급을 받고 싶다', '단란함이 결혼을 망친다', '어린이 야구 리그가 버릇없는 아이를 만든다'와 같은 제목이 여기에 해당한다.

오래된 격언을 비틀어 제목을 만들 수도 있다. 이런 제목으로 '내가 꼭 바다로 내려가야 하나?', '목적이 청바지를 정당화할까?', '내 밸런타인이 돼 줄래요?', '처음에 성공하지 못하면 그만둬라! 그리고 다른 일을 하라'가 있다.

의견 혹은 조언을 담은 제목

논란이 있는 제목과 아주 비슷한 형태는, 전제를 단도직입적으로 말하는 제목이다. 이런 제목에는 '하자', '하지 말자', '이유'와 같은 단어가 유용하다. 내가 쓴 제목을 몇 가지 들자면 '결혼은 개조 학교가 아니다', '여자가 남편에게 말을 할 수 없는 이유', '남편이 아내에게 말을 할 수 없는 이유', '사람들이 당신을 독점하게 하지 말자' 등이 있다.

가판대나 도서관에 있는 최신 잡지를 대충 훑어만 봐도 셀 수 없이 많은 예가 보인다. '내 단짝 친구는 남자들이다'(〈매콜즈〉), '건강이 희망이다', '다이어트 중이라면 입 닥치자!'(〈레드북〉), '유익하게 걱정

하기'(〈우먼스 월드Woman's World〉), '까다로운 아이 키우기—성공적인 해결
책'(〈우먼스 데이〉), '감각을 채우자, 삶을 밝히자'(〈스포츠 어필드Sports Afield〉).
의견을 담은 제목은 대체로 숫자가 들어간다. '건강해지는 10단계',
'몸매를 유지하는 아홉 가지 방법', '빠르고 늘씬한 패션 비결 25개'.
요리부터 개집 짓기나 깔개 세탁법에 이르는 각종 조언 글을 비롯한
모든 종류의 글에서 숫자가 들어가는 제목을 볼 수 있다.

질문식 제목

재미없고 평범한 제목이라도 질문으로 바꾸면 마음을 사로잡는
제목이 된다. '누구나 수영을 배울 수 있을까?'(수영 대신 스키나 요리나 행
글라이더를 넣어도 된다.) '연인과 친구가 될 수 있을까?', '항상 화를 참아
야 하나?', '아들이 야구를 싫어한다면(그런데 남편은 야구 중독자라면)?'

질문식 제목을 쓰면 글과 연결 장치가 생긴다. 질문 형태로 서두
를 시작하고 그 질문을 본문에서 계속 다룬다. 그런 다음에 그 질문
을 반복하고 요약하면서 결론을 맺으면 된다. 이런 결론의 예를 하나
들어보겠다. '교회는 얼마나 중요할까? 우리 가족은 교회 덕분에 힘
든 시기를 잘 헤쳐 나갈 수 있었다. 당신에게도 교회는 희망과 도움
을 주는 중요한 피난처가 될 것이다.'

주의를 끄는 문구나 문장

캐치프레이즈는 활기찬 제목이 된다. 글에서 직접 따온 대화나 문장이 쓰일 수도 있다. 이런 제목은 향수 글이나 수필에서 특히 효과적이다. 예를 들자면 '모든 문은 부엌으로 이어진다', '슈퍼마켓에서의 내 모습도 사랑하나요?', '가족이여 안녕, 세상아 반가워!'(다시 일을 시작한 중년 여성의 이야기)가 있다.

일인칭 제목

개인적인 경험 글을 쓸 때는 제목을 뽑기가 어렵지 않다. '나는 엄마가 기억나지 않는다', '우리 아기의 생일 파티를 촬영했다', '내 마음은 엄마가 나를 사랑했음을 안다', '아내에게 다이어트를 시켰다', '남편은 자기가 실패자라고 느낀다', '나는 종교 없이 자랐다'와 같은 제목은 즉각적으로 영향력을 발휘한다. 진심이 느껴지기 때문이다.

악어를 타고 갠지스 강 건너기처럼 특이한 경험이든 워드프로세서를 익히려는 노력처럼 흔한 경험이든, 경험이 들어간 제목은 관심을 끌기 마련이다. '이런 일이 나에게 생겼고 나는 이렇게 반응했다. 당신도 여기에서 의미를 찾을 것이다.'라는 뜻을 함축적으로 담고 있기 때문이다.

마음에서 우러나온 글의 다른 모든 측면이 그렇듯이 제목의 분류도 겹치는 면이 있다. 일반적으로 좋은 제목에는 몇 가지 요소가 공통적으로 들어 있다. 좋은 제목은 활기와 리듬이 있고 대체로 생생한 명사나 형용사나 동사가 쓰인다. 반면에 나쁜 제목은 모호하거나 지루하거나 둔감하거나 따분하다. '두려움은 불가피하다', '나머지 시간', '그날을 결코 못 잊으리라', '무능한 아이를 다루는 방법'이 그런 예이다. 혹은 '결혼의 위기 대 형제간의 경쟁'처럼 학위 논문에서 나온 듯 건조한 교육학적 제목도 적당하지 않다. 이런 제목은 미숙하고 진부하고 이해할 수 없는 내용이라는 인상을 준다. 잘못 선택한 제목이라는 단점을 극복하려면 이어지는 글이 대단히 좋아야 한다.

제목이 현수막이라고 생각해 보자. 시들시들 축 처져 누구의 눈길도 끌지 못하는 빛바랜 낡은 현수막이 아니라, 바람에 힘차게 휘날리는 찬란한 새 현수막을 만들자.

인용문

인용문은 마음에서 우러나온 많은 글에서 중요한 추가 요소이다. 미리 말하지만 모든 종류의 글에 인용문이 들어가는 것은 아니다. 유머, 향수, 스케치는 인용문이 필요 없다. 반면에 조언이나 논란 글을 비롯해서 진지한 논의가 필요한 글에는 인정받는 권위자의 의견을 넣으면 좋다. 권위자의 의견은 당신의 주장을 입증해 주고, 관심을 끌어들이는 동시에 알맹이를 제공해 준다. 주로 글에 제공된 정보의 출처가 확실하고 믿을 만하다는 느낌을 준다.

창의적인 작가는 자아와 끊임없이 싸워야 한다. 글을 쓰다 보면 종종 자신의 아이디어가 너무 넘쳐나서 다른 사람의 의견을 받아들일 여유가 없을 때가 있다. 한때 나는 일화를 내 경험 혹은 내가 아는 사람들의 경험에서만 찾거나 아예 처음부터 지어냈다. 참고 자료를 찾지 않고도 활기가 넘치거나 열정적인 글을 수십 편이나 썼다.

〈베터 홈스 앤 가든스〉는 결혼 생활과 양육에 대한 내 시리즈 글을 전부 실었는데, 당시 편집자들은 내가 다른 사람들의 말을 전혀 인용하지 않는다는 점을 발견했다. 그들은 지금부터라도 자료를 찾고 권위자의 말을 인용하라고 말했다.

그 말을 듣고 내가 처음 보인 반응은 분노였다. '왜 다른 사람의 생각을 그대로 되풀이하라는 거지? 독자는 작가의 생각을 알고 싶어 한다고!' 너무 짜증났다. 내 판단과 완전히 상반되는 의견이었다. 터덜터덜 도서관으로 걸어가서 결혼 생활에 대한 책을 있는 대로 대출해서 읽었다. 처음에는 상당히 지루했다. 그러나 얼마 지나지 않아서 전문가들의 이야기에 자극을 받아 새로운 글의 아이디어가 샘솟았다.

또한 내 지론 중 많은 부분을 의사, 심리학자, 정신과 의사, 사회 복지사, 결혼 상담사가 입증했음을 알게 되어 기운이 났다. 내 의견에 반대하는 사람들이 폭넓게 존재함을 깨닫고 상당히 놀라기도 했다. (이는 '반대 의견을 예상해서 쓴다.'는 원칙이 조언이나 논란 글에 꼭 필요한 이유이다.) 많은 책을 읽고 조사를 한 덕분에 내 아이디어들을 보다 깊이 생각하게 됐다.

솔직히 나는 조사를 시작한 이후에 쓴 글이 그전에 쓴 글보다 낫다고 생각하지는 않는다. 그러나 조사를 하고 쓴 글은 '입증이 됐으며 조사와 사실이라는 단단한 기반을 바탕으로 하는' 글의 수요 증가 추세에 잘 맞기는 했다. 나는 새로운 접근법으로 전환하고 나서 내 의견을 입증하는 책이나 전문 보고서에서 적당한 구절을 찾을 때까지 하고 싶은 말을 참았다. 적당한 구절을 찾지 못하면 초점과 방향을 다른 쪽으로 바꾸었다.

신문

그러다가 나는 인용문의 훌륭한 출처를 발견했다. 신문 인터뷰였다. 유명인이 지역에 오면, 그 사람의 삶과 사랑, 성공에 대한 생각이 지역 신문에 인용된다. 일반적으로 유명인은 활동을 시작한 계기를 분명히 보여 주는 일화나 자신의 철학에 영향을 준 자그마한 사건들을 들려준다. 인용하는 방법은 두 가지이다. 당신의 주장을 강조하는 말을 인용한다. 이를 테면 이렇게 한다. "베티 데이비스Bette Davis는 '삶이 궁지로 몰릴 때 할 수 있는 것은 단 하나이다. 극복하는 것이다. 빌어먹을."이라고 말했다. "혹은 적절한 일화를 넣는다. "베티 데이비스가 여섯 살 때 어머니가 동네 식품점에 가서 버터 450그램을 사오라고 심부름을 보냈다. 무더운 밤이었다. 버터가 녹더니 집에 도착할 즈음에 베티는 버터범벅이 됐다. 동네 아이들이 웃어댔다."

일간지와 일요판 신문, 특히 일요판 부록이나 생활면과 가정면에는 인용할 만한 글이 잔뜩 실린다. 〈이브닝 스타〉나 〈글로브Globe〉나 〈내셔널 인콰이어러National Enquirer〉를 읽다 보면 다 사용하기 벅찰 정도로 많은 자료가 있다. 일부 칼럼은 전체가 '인용할 수 있는 인용문'이다. 사망 기사도 그냥 넘어가면 안 된다. 유명인이 세상을 떠나면 약력이 업데이트돼 주요 신문에 실린다. 대체로 여기에는 특유의 재담, 중요한 사건에 대한 의견, 일화, 매우 좋은 인용문이 들어간다. 오스카 해머스타인Oscar Hammerstein이 사망했을 때 AP 디스패치에서 배포한 글 중 일부를 살펴보겠다.

해머스타인 씨는 대단히 감상적인 사람이었고 그 점을 거침없이 드러냈다. "세상이 많은 문제와 불평등으로 가득 차 있음을 안다." 언젠가 그가 말했다. "하지만 현실은 추한 동시에 아름답다. 빈민가에 대해 이 야기하는 것 못지않게 아름다운 아침을 노래하는 것도 중요하다. 나는 희망을 이야기하지 않고는 글을 쓸 수 없다."

이어서 매 웨스트^{Mae West}가 오스카 해머스타인에게 조언한 일화가 나온다. "얘야. 극장을 그만두고 나가서 변호사가 돼. 극장은 너한테 맞지 않아. 너는 가방끈이 길잖니." 이런 자료를 기다리다가 눈에 띄면 잘라서. 아이디어 폴더에 철해 놓거나 유명인 파일에 보관해 둔다. 특별한 주제에 맞는 인용문이나 실례가 필요할 때 유용하게 쓰일 것이다.

유명 인사의 이름을 들먹이자

유명 인사의 이름을 들먹이는 것은 대화에서는 좋은 태도가 아니지만 글에서는 바람직하다. 거론하는 사람이 세계적으로 유명할 필요는 없다. (사실 세계적인 유명 인사가 아닐 때 오히려 신선하다. 빈번히 사용되는 에피소드와 너무 익숙해져 상투적인 문구가 된 말을 피할 수 있기 때문이다.) 그저 자신의 분야에서 출중하며, 그 사람의 의견이 당신의 주장을 입증하는 데 유용한 사람이면 된다. 독자들이 그 사람을 알아보든 못 알아보든 상관없다. 편집자들이라도 세상에서 중요한 인물을 모두 알지는 못한다. 단, 거론하는 권위자가 그 분야에 정통해야 한다. 꼼꼼한 편집자들은 직접 확인하기도 한다.

나는 친한 친구이자 국제적으로 유명한 신경외과 의사인 조너선 윌리엄스Jonathon Williams 박사의 말을 인용한 적이 있다. 놀랍게도 그는 〈리더스 다이제스트〉의 편집자에게 전화를 받았다. 편집자는 내 글을 검토하다가 내가 거론한 인물이 진짜로 조너선인지, 내가 그의 말을 정확하게 인용했는지 확인한 것이다. (일부 잡지사는 작가가 언급한 모든 내용을 확인하는 조사 담당자를 따로 두기도 한다. 나는 스코틀랜드에서 들은 짧은 노래를 글에 쓴 적이 있다. 잡지사는 내게 그 내용이 정확한지 확인해 달라고 요청했다.) 정확한 작가라는 평판을 얻고 나면 이런 일이 자주 일어나지는 않지만, 확실히 해 두는 게 최선이다. 일화에 등장하는 인물은 지어내도 되지만, 인용하는 권위자는 실제로 탁월한 전문가여야 한다.

도시에 사는 작가를 비롯해 거의 모든 작가가 명사를 알고 있거나 접한다. 명사에 해당하는 사람은 대학 총장, 결혼 상담사나 심리학자, 연예인, 작가, 가수, 무용수, 화가, 운동선수, 정치인 등 한도 끝도 없다. 당신이 이런 인물을 안다면 "나는 복잡한 세상사에서 떨어져 호젓하게 지내는 생활에 대한 글을 쓰고 있습니다. 그런 생활을 어떻게 생각하시나요? 귀하의 말을 인용해도 될까요?"라는 식으로 물어보면 된다. 혹은 편지를 보내(항상 우표가 붙은 반신용 봉투를 동봉한다.)

글의 일부를 보여 주면서 의견을 물어본다. 일반적으로 성공한 사람들은 아주 친절하며 남들의 부탁에 협조하기를 좋아한다. 종종 우쭐해하기도 한다.

그렇지만 답변이 오지 않으면 끈질기게 요구하지 않는 게 좋다. 너무 바빠서 답변할 시간이 없나 보다 하고 넘어가기 바란다. 작가 역시 너무 바빠서 그런 일에 오래 신경 쓸 겨를이 없어야 정상이다.

고전적인 참고 문헌에도 풍부한 자료가 있다. 모든 작가는 책장을 가까이해야 한다. 타자기, 셰익스피어 전집, 성경, 최대한 많은 인용문집도 늘 옆에 둬야 한다. 《바틀릿의 가족용 인용문집Bartlett's Familiar Quotations》이 가장 유명하지만, 체계적이며 현대 권위자들의 인용문을 주제별로 정리한 인용문집이 많이 있다. 인용문은 글이 전달하려는 주장을 강화하는 데에 유용하다. 유명하지 않지만 유용한 인용문집을 중고 서점에서 발견하거나 원래의 양장본보다 훨씬 저렴한 문고판을 일반 서점에서 구할 수 있다.

놀랍게도 에머슨이나 체스터필드 경과 같은 지난 1세기 혹은 그 이전 작가들의 글에서 현대 인용문처럼 보이는 글이 많이 발견된다.

이들의 명언은 이런 식으로 활용된다. "빅토르 위고Victor Hugo는 '사람을 바르게 변화시키려면 그 사람의 할머니부터 변화시켜야 한다.'라고 말했다. 옳은 말이다. 사람의 기본 특성을 바꿀 수는 없다. 본성은 워낙 강하게 박혀 있는지라 상대방을 그저 있는 그대로 받아들여야 한다."('결혼은 개조 학교가 아니다') 혹은 "톨스토이는 '나와 결혼하는 여자는 내 비밀스러운 생각을 알아야 한다.'라고 말하며 신부에게 일기장을 건넸다. 톨스토이처럼 영리한 남자라면 보다 현명했어야 한다."('결혼 생활을 정직하게 한다고 장담할 수 있나?')

인용 허락받기
이제 인용을 허락받는 방법을 간략하게 소개하겠다.

책
책에서 인용한다면 출판사와 작가에게 허락을 구하는 편지를 보낸다. 예를 들 목적으로 짧은 산문을 인용하는 것은 '공정 사용'에 해당해 허락을 받을 필요가 없다. 그래도 본문이나 각주에서 제목과 작가와 출판사를 알리는 게 현명하고 예의 바른 행동이다. 물론 (아직 저작권의 보호를 받지 않는) 공유 서적은 허락을 받지 않고도 인용할 수 있지만, 이 경우에도 제목과 작가와 출판사를 거론하는 게 좋다. 일반적으로 나는 인용문 사용을 허락해 달라고 부탁하는 편지를 글이 팔린 다음에 보낸다(이렇게 하면 글이 수준에 못 미쳐서 거절당할 경우의 당황스러움을 면하게 된다).

인용을 거절당하면 어떻게 할까? 거절당할 일은 거의 없다. 출판사는 자신들의 책이 최대한 거론되기를 바라기 때문이다. 그러나 인용을 거절하거나 너무 많은 사용료를 요구하면 그 인용문을 사용하지 않으면 된다.

시와 노래

시나 노래의 경우 단 몇 구절이라도 전체 작품에서 높은 비율을 차지하므로 반드시 허락을 받아야 한다. 노래 가사는 대체로 한 줄이 계속 반복되고 그런 한 줄의 사용이 불공정 사용 및 저작권 침해에 해당될 수 있다. 이런 점 때문에 음악 저작권자들은 사전 허락을 강하게 요구한다. 보통 저작권자의 이름이 악보나 음반에 적혀 있다. 이 두 곳에서 찾을 수 없을 때는 ASCAP(미국의 음악 권리 보호를 목적으로 한 비영리 단체-옮긴이)나 BMI(미국의 음악 저작권을 보호하기 위해 수백 개의 라디오 방송사가 설립한 조직-옮긴이)를 통해서 저작권자를 찾으면 된다. 편지를 보낼 주소는 음반 가게에 전화해서 알아보면 된다. 혹은 음반 가게에 가서 알아본다. 몇 번 가봤는데 다들 많은 도움을 줬고 기꺼이 정보를 제공해 줬다.

잡지와 신문

잡지 기사나 신문의 특집 기사도 저작권이 있다. 몇 줄 이상 인용하려면 반드시 해당 매체에 알려야 하며 예를 드는 목적으로만 사용해야 한다.

보도 기사나 인터뷰 기사를 인용할 때, 인용문이 짧고 당신의 주장을 강조하는 목적으로 쓰인 경우에는 허락을 받지 않고 인용해도 된다. 인터뷰 기사를 쓴 기자나 인터뷰 진행자와 연락하기가 불가능한 경우에도 허락을 받지 않아도 된다(인터뷰 기사에 기자 이름이 실리지 않는 때가 있다). 유명인이 "삶이 힘들지만 받아들여야 한다."라고 한 말이 다른 곳에 인용돼 있다면, 이 말은 공유 영역이므로 허락을 받지 않고 사용해도 된다. 반면에 기자가 힘들 게 취재해서 쓴 기사에 포함된 일화를 인용하려면 신문사에 연락해서 허락을 구해야 하고 인용문의 출처에 기자와 신문사의 이름을 게재해야 한다.

아니면 인터뷰 진행자에게 직접 편지를 서서 '훌륭한 인터뷰였습니다. 내 글에 그 내용을 넣어도 될까요? 물론 출처에 선생님의 이름을 밝힐 겁니다.'라고 알린다. 작가(혹은 신문사)가 반대하면 인터뷰 대상자에게 편지를 써서 인터뷰에서 인용하려고 했던 내용과 같은 답변이 나올 질문을 한두 가지 하는 방법도 있다.

기자들이 자신들의 글을 마음대로 가져다가 멋대로 짜깁기하는 작가들에게 화를 내는 것은 당연하다. 다른 기자나 작가가 쓴 일화를 다른 말로 바꾸어 쓰면 안 된다.

잡지나 신문에 실린 연설문을 인용하고 싶다면 잡지사나 신문사가 아니라 연설자에게 편지를 쓰는 게 낫다. 그러면 연설문 전문과 다른 자료까지 얻을 가능성이 있다.

친구와 지인

실명을 게재하지 않는 한 허락을 받을 필요가 없다. 그러나 의사의 말을 인용할 때는 꼭 허락을 받아야 한다.

마음에서 우러나온 글은 글의 특성상 중요한 인물의 확증이 필요하지 않다. 하지만 적절한 인용이 당신의 메시지를 강화해 준다 싶으면 인용을 하는 게 좋다. 대부분 별 노력을 들이지 않고도 인용문을 구할 수 있다. 이런 경우에 인용문을 간결하게 줄이면(50자 이내) 사용 허락을 받을 필요가 없다.

문체를 개발하는 열두 가지 비결
#16

문체는 글에서 규정하기 힘든 요소이다. 문체를 가르칠 수 없다고 말하는 사람도 있다. 나는 기본적으로 이 의견에 동의한다. 리듬이나 고상함이나 열정과 마찬가지로, 누군가에게 문체를 가르쳐야 한다면 애초에 그 사람은 문체를 가지고 있지 않다는 말이다.

그렇지만 진정으로 창의적인 작가는 문체를 개발하는 분명한 방법을 알 자격이 있다. 그렇다면 문체란 무엇일까? 당신에게 필요할지 모르지만 내 나름대로의 정의를 내려 보겠다.

명확하고 효과적이고 읽기 쉬운 글을 쓰는 기술. 마음의 귀에 올바르게 들리는 문장을 만드는 리듬. 이 특별한 음악을 방해하고 어수선하게 하는 문구를 과감하게 삭제. 이 마음의 음악을 창작해서 하고 싶은 말을 가장 감동적으로 표현하도록 단어와 구를 완벽하게 조합하려는 끈기 있는 노력.

문체는 중요하다. 아리스토텔레스는 "할 말을 아는 것으로는 부족하다. 반드시 올바르게 말해야 한다."라고 말했다. 글의 첫인상은 작가의 문체를 통해 결정된다. 주제가 좋아도 문체가 허술하거나 지루하거나 부적절하면, 편집자는 원고를 모두 뜯어고치라고 돌려보낸다.

문체를 개발하는 방법

문체의 모든 정의는 다양한 해석의 여지가 있다. 문체는 취향의 문제이므로 절대적인 원칙이 없다. 누구도 이것이 혹은 저것이 제대로 된 표현 방법이라고 말할 자격이 없다. 문체가 직설적이고 간결하며 날카로운 작가가 있는 반면, 활기차고 쾌활하고 변화무쌍한 작가도 있다. 혹은 문체가 유려한 작가도 있다. 대개 한 가지 효과를 지속적으로 사용하기 때문에 작가 이름을 보지 않고도 그 작가의 작품임을 알아볼 수 있는 때도 있다.

대부분의 작가가 일반적으로 한 가지 문체를 쓰지만, 소재에 따라 여러 효과를 사용하면서 문체에 변화를 주기도 한다.

다시 말하면 당신의 문체는 당신이 글을 쓰는 방법이다. 문체는 수년에 걸쳐서 천천히 형성된다. 점차 성숙해지면서, 말과 글의 단어와 구와 운율과 표현을 무의식적으로 흡수하면서 각자의 특징이 생긴다. 특히 가장 자주 읽는 글의 리듬과 기법을 의식적으로 혹은 무의식적으로 흉내 내는 과정이 많은 영향을 끼친다.

여기에서 말하는 성숙은 단순히 나이를 먹는다는 뜻이 아니라 인식과 깊이와 비판력이 성장한다는 뜻이다. 어린 시절에 푹 빠졌던 책을 나이 먹어서 다시 보면 말도 안 되게 형편없다는 생각이 들 때가 있다. 마찬가지로 자신의 초보 작가 시절 글을 나중에 보면 욕지기가 날 정도이다. 어떻게 저리도 서투르고 거만하고 장황할 수가 있지? (그래서 나는 모든 글을 보관해 놓으라고 조언한다. 쌓인 글은 그동안 얼마나 향상했는지 보여 준다.) 진정으로 창의적인 작가는 초반의 글 또한 놀라울 정도로 훌륭하다. 이렇게 되면 자부심이 커진다. 원래 재능이 있었으며 지속적인 노력과 결심, 희생이 가치가 있었음이 확실해진다.

작가가 후반에 쓴 작품이 초반에 쓴 성공작에 필적하지 못하는 경우가 흔하다. 특히 소설가, 그중에서도 최근에 아주 유명했던 작가와 고전이라 불리는 책을 쓴 작가조차 그렇다. 그러나 마음에서 우러나온 글과 같이 짧은 글을 쓰는 작가는 문체의 쇠퇴를 걱정할 필요가 없다. 피아노 연주처럼 연습할수록 수월하고 세련되게 기량을 펼칠 수 있다.

따라서 가장 중요한 규칙은 글을 써야 한다는 것이다. 문체를 향상하려면 가끔이 아니라 규칙적으로 꾸준히 글을 써야 한다.

또한 다른 사람의 문체를 파악하는 과정을 통해서 문체가 향상된다.

대부분의 작가가 열성적인 독자인 것은 당연하다. 창의성이 있는 사람이 글을 읽으면 더 많은 창의성이 마구 솟아난다. 아이디어가 날개를 달고 글귀가 노래를 부른다. 당장 읽는 것을 중단하고 타자기 앞으로 뛰어가야 할 지경에 이른다. (이 때문에, 역설적이지만 아주 다작을 하는 작가들은 이런 방해를 받지 않는 일반인들에 비해서 글을 덜 읽는다.) 이런 일이 생기면 자연스레 작가는 자신을 흥분시킨 작품의 분위기나 문체로 글을 쓰게 된다.

사실 쓰고 싶은 종류의 글을 의도적으로 많이 읽으면 문체의 특정한 면을 빠르고 효율적으로 향상할 수 있다. 유머 글을 쓸 작정이라면 유머 글에 푹 빠져서 지내 본다. 특히 글을 쓰기 직전에 유머 글을 읽는다. 사색적인 글도 마찬가지이다. 앞에서 말했듯이 무의식적으로 글의 분위기와 페이스와 어조를 흡수하게 내버려 둔다. 그리고 나서 타자기로 향하면 마음과 머리가 충분히 달궈져서 바로 글을 쓸 준비가 된다. 처음부터 글이 술술 써지고 유창하게 진행될 것이다.

이 방법은 다른 사람의 문체를 의식적으로 흉내 내는 방법과는 전혀 다르다. 한 작가의 글을 지나치게 많이 읽는 게 아니라 좋아하는 분야의 글을 폭넓게 읽어야 한다. 그렇지 않으면 당신의 글은 공허한 메아리가 될 뿐이다. 단순히 흉내를 내는 작가는 자신이 모방하려는 작가들의 형편없는 복사본에 불과하다. 진정으로 창의적인 작가는 독특한 문체를 개발하려고 노력해야 한다. 물론 아주 유명한 작가를 비롯한 모든 작가가 앞선 작가의 문체에 영향을 받는 게 사실이다.

그리고 문체는 혼합물이다. 존경하는 많은 작가의 패턴을 자신의 무의식 속에 있는 깊은 우물에 부어놓은 것이다. 세상에 똑같은 문체는 없다. 다른 사람에게 받은 영향이 자신만의 독창성인 불꽃으로 타오르고 단련돼 자신이 말하고자 하는 내용을 가장 적절하게 표현하는 문체가 탄생한다.

그렇지만 문체를 개발할 때 다른 훌륭한 작가가 글을 쓰는 방법에 의식적으로 주목할 필요가 있다. 그 방법을 인식하는 연습을 해야 한다. 마음에 드는 부분을 표시해 놓고 다시 읽으면서 그 이유를 찾아본다. 다채로운 비유적 표현에 밑줄을 치고, 특정한 맛을 느끼고, 리듬에 특별한 관심을 기울인다.

나는 수년 동안 일부러 리듬을 의식하면서 읽는 연습을 했다. 내가 동경하는 글을 쓰는 작가를 발견하면, 그가 사용한 단어 사이의 안정되고 섬세한 균형을 의식적, 무의식적, 감정적으로 느끼면서 그의 작품을 읽었다. 어떤 경우에는 표현에서 보이는 규칙적인 박자를 메트로놈으로 측정할 수 있을 정도였다. 특별히 강한 인상을 받은 페이지의 가장자리에 '리듬! 리듬에 주의하자.'라고 써 놨다. 문체에 진짜로 신경을 쓰는 작가는 이런 과정을 통해서 발전한다. 이런 작가는 다른 사람의 문체에 눈과 귀를 기울이면서 주목한다. 가능한 한 최고의 작가로부터 의식적으로 그리고 무의식적으로 배우고 향상하기 위해 노력한다.

대체로 아주 창의적인 글을 쓸 줄 아는 작가는 소설을 쓰는 재능도 있다. 그러나 쓰고 싶은 게 픽션이든 논픽션이든, 문체를 향상시키는 가장 좋은 방법은 윌라 캐더Willa Cather, 토머스 울프Thomas Wolfe, 찰스 디킨스Charles Dickens처럼 위대한 소설가의 작품을 읽는 것이다. 좋아하는 작품을 반복해서 읽으면서 감동스러운 부분에 표시를 하고 문체를 연구하자.

이 접근법이야말로 문체를 개발하는 확실한 길이다. 글쓰기 연습과 병행하면 더 좋다.

문체의 비결

다음은 문체를 향상시키는 구체적인 비결이다.

1. 간결해야 한다

서머싯 몸Somerset Maugham은 글의 중요한 요소는 '명료성, 단순성, 활음조, 활기'라고 말했다. 명료성과 단순성에 주목하자. 글은 의사소통이다. 당연히 마음에서 우러나온 글에서는 작가가 전달하려는 의미를 가장 직접적이고 단순하게 말해야 한다. 이 교훈은 모든 종류의 글에 적용된다.

나는 모호함이 심오함의 표시라고 생각하지 않는다. 좋은 아이디어를 가진 훌륭한 작가는 사람들이 그 아이디어를 잘 이해할 수 있도록 전달하려고 노력해야 한다. 장황하고 복잡한 문장, 박식한 사람조차 헤매는 현학적인 말 속에 아이디어를 묻어 버리는 작가는 의사소통을 하고 있는 게 아니다. 그저 과시를 하고 있거나 별 가치 없는 아이디어를 가치 있는 척 꾸미고 있을 뿐이다.

루돌프 플레시Rudolf Flesch는 '비만에 걸린 말 다이어트'라는 부제를 붙인 《문체의 기초–쉬운 영어 쓰기 안내서The ABC of Style-A Guide to Plain English》에서 이런 점을 재미있게 다루었다. 이 책은 나온 지 꽤 됐지만 글과 연설 스타일을 향상시키고 싶어 하는 사람들에게 여전히 인기가 많다. 자기 분야의 전문 용어를 남발하는 사람에게 꼭 추천하고 싶은 책이다. 전문 용어는 마음에서 우러나온 글에 발붙일 수 없다. 그런데도 성직자, 교육자, 공무원, 심리학자 등은 일반 대중을 대상으로 하는 매체에 실릴 글에 비전문가가 사용하는 말을 쓰지 않으려 하거나 쓰지 못한다. 대학교에서 아동심리학을 가르치는 여성이 부모를 대상으로 쓴 글 중 일부분을 예로 들어보겠다.

청소년은 또래 집단의 문화에 순응하려 한다. 또래 집단이 가정에서 용납되는 행동 패턴에 맞지 않은 행동을 제의할 때, 청소년은 정신적 긴장을 경험한다. 이 경향은 성인 또래 그룹의 영향을 받아 주요 목표가 자녀의 신체적 및 물질적 욕구를 충족시키는 것인 부모의 눈에는 보이지 않는다. 부모는 정신적 긴장으로 생긴 자녀의 동기 충돌을 이해하지 못하며 그 틀에서 전개된 기준에 나타나는……

이렇게 현학적인 글은 지독히 따분할 뿐만 아니라 이해가 안 간다. 문체를 향상시키기 좋은 방법이 있다. 글을 쓴 다음에 며칠 동안 내버려 둔다. 그런 다음에 다시 읽으면서 구식이거나 거만하거나 따분하거나 복잡한 문장을 모두 찾는다. 당신이 전달하려는 의미를 정확하게 말하지 않은 부분을 찾으면 된다. 이는 미세하게 표현하거나 기교를 부리면 안 된다는 뜻이 아니다. 말하는 그대로 받아 적으라는 뜻도 아니다. 그저 이해하기 쉬워야 한다는 말이다. 문체가 간결하고 명료할수록 아름다워진다.

2. 상투적인 표현을 피해야 한다

상투적인 표현이나 비유는 모든 글에서 '죽음의 키스'이다. 여기에서 죽음의 키스라는 말이 바로 상투적인 표현이다. 과도한 사용으로 진부해진 모든 말이 상투적인 표현에 해당된다.

모든 글에서와 마찬가지로 마음에서 우러나온 글의 문체는 자연스러워야 한다. 우리는 서머싯 몸이 말한 '활기'를 불어넣으려고 사투리를 사용하고 흔한 관용구를 넣고 가끔 속어를 쓰기도 한다. 그러나 이렇게 하는 작가는 자신이 뭘 하고 있는지 알고 있다. 나은 표현을 생각해 내기에는 정신적으로 너무 게으르거나 쇠퇴해서 상투적인 표현이라는 낡은 지팡이에 기대고 있는 것이다.

기분 좋은 문체에는 지속적인 독창성이 있다. 항상 자신의 생각을 신선하고 흥미로우며 놀라운 방식으로 제시하려고 노력하는 작가의 창의성이 계속 흐르는 것이다. 독자는 이 점을 전혀 인식하지 못할지 모른다. 독자는 마음을 사로잡는 작가가 있는가 하면 그렇지 못한 작가가 있는 이유를 감도 잡지 못한다. 독자는 그 차이를 모르는 이유는 기량이 뛰어난 작가가 (재능과 더불어) 연습과 관찰을 통해서 완전히 문체를 통달하고 자신도 모르게 자연스레 사용하기 때문이다.

이런 창의성을 발휘할 수 있는 첫 단계는 원고를 처음부터 끝까지 읽으면서 상투적인 표현을 과감히 잘라내는 것이다.

이를테면 '잔디 같은 양탄자, 크로이스 왕처럼 부자인, 깃털처럼 가벼운, 버터처럼 부드러운, 목석처럼 냉정한' 같은 비유법이 여기에 해당한다. '사람은 빵만으로는 살 수 없다.', '삶이 있는 한 희망은 있다.'와 같은 케케묵은 격언이나 경구나 인용문도 피한다. '심판의 날, 충실한 벗, 초췌한 얼굴, 옥상에서 외치다'와 같은 진부한 단어들의 조합도 좋지 않다.

흔한 비유와 구절을 가끔만 넣으면 편안하고 솔직한 느낌이 들기는 한다. 그런 표현을 완전히 사용하지 않기란 불가능하다. 그러나 그런 표현을 피하는 것이 좋다.

상투적인 표현을 해결하는 방법이 있다. 변경을 하면 된다. 구절 중에서 한 단어라도 바꾸면 익숙함은 그대로 남되 놀라움이 더해진다.

일단 직유법과 은유법을 변경하는 방법을 살펴보자. 글에 '로프처럼 마른'이라는 표현이 나오면 정신이 바짝 난다. 로프는 게으른 작가가 쓸 만한 표현인 '뼈다귀처럼 마른'의 뼈다귀보다 마르고 활기찬 이미지이다.

혹은 익숙한 말에서 한 단어를 바꾼다. '사람은 마티니만으로 살 수 없다.' '아이를 물가에 데려갈 수 있지만 생각하게 만들 수는 없다.' '처음에 성공하지 못하면 그만둬라!'

상투적인 표현을 자신도 모르게 사용하는 것은 아마추어라는 표시이다. 상투적인 표현을 의도적으로 사용해야 프로 작가이다.

3. 비유가 적절해야 한다

비유법은 말을 할 때 들어갈 수밖에 없는 자연스러운 화법이다. 공공장소에서 혹은 사적인 공간에서 사람들의 대화에 귀를 기울이다 보면 비유가 계속 튀어나온다. "그 여자는 소처럼 덩치가 커." "결혼은 고속도로 같아. 한 번 들어가면 빠져나오기 불가능하거든." "이 시계나 마찬가지야. 시계를 분해했다가 다시 조립하려면 지금 우리에게 닥친 문제처럼 복잡해지지." "척추뼈 사이의 연골은 소시지나 쿠션처럼 탄력이 있으면서도 연하죠." 평범한 사람조차 늘 이렇게 이야기한다. 비유는 자신이 하는 말을 이해시키는 방식이다. 그리고 흥미로운 사람일수록 사용하는 비유가 흥미진진하고 적절하다.

비유법을 사용하지 않고도 훌륭한 문체를 발휘하는 작가가 일부 있다. 그러나 형상화(새로운 직유법과 은유법)는 창의적인 작가에게 기쁨의 원천이며, 원고에 색감과 명료성을 더해 준다. 비유법이 배경 소재에 적절할 경우 소재를 강화하고 전체적인 내용을 깔끔하게 연결해 준다.

내가 기사와 소설에서 쓴 표현을 예로 설명해 보겠다.

건축가는 하늘을 거대한 청사진으로, 나무를 건물의 목재로 본다. 실내 장식가에게 산은 '울긋불긋 단풍을 씌운 소파'이다. 재봉사에게 봄의 땅은 '초록색 바늘땀을 곱게 수놓은 자수'이다. 속기사는 지붕에 떨어지는 빗소리가 타이핑 소리로 들린다. 등장인물이 춤을 추는 사람이거나 배경이 댄스 연습장이라면 빗소리는 탭댄스를 추는 소리로 들린다. 나는 가든 클럽에 대한 글에서 여성들을 '꽃잎의 색이 바래고 있지만 여전히 줄기가 튼튼하고 뿌리가 녹색인 꽃다발'로 표현했다. 나는 동사를 연달아 써서 '뽑고 자르고 파고 수확해서 바구니에 담는다.'라고 썼다. 또한 '열정이 말라 버려서 물을 줘야 한다.'고 썼다.

자유 연상을 조금 활용하면 기분 좋은 비유가 떠오를 것이다. 비유를 배경 소재에서 직접 얻으면 세 가지 성과가 있다. 글에 통일성이 생기고, 작가의 주장이 강조되며, 문체에 생기가 넘친다.

4. 비유법을 뒤섞으면 안 된다

뒤섞인 이미지보다 이미지가 전혀 없는 게 낫다. 글이나 이야기 전체에 비유법을 하나만 사용해야 한다는 말이 아니다. 그렇게 되면 너무 단조롭다. 내 말은 비유법이 주제, 배경, 다른 비유법과 적당한 조화를 이루어야 한다는 뜻이다. 두 개 이상의 비유법이 한 문장이나 문단에서 싸우면 안 된다.

비유법이 형편없이 사용된 문장을 예로 들어보겠다.

'처음에 자유로 향해 열린 문으로 보였던 이런 규칙들과 규정들은 곧 심술궂은 괴물이라는 부메랑이 돼 돌아온다.' 애초에 규칙은 속성상 행동을 제한하게 돼 있다. 일반적으로 규칙은 열린 문을 연상시키지 않는다. 설사 규칙이 문을 표현한다고 하더라도 문이 부메랑이 될 수는 없고 부메랑이 괴물이 될 수도 없다. 이 문장에서는 완전히 다른 세 개의 이미지가 들어 있고, 그 결과 나쁜 문장이 됐을 뿐만 아니라 터무니없다. 명확하게 말하기는커녕 혼란에 빠뜨린다.

5. 드물고 어려운 말을 피한다

다시 말하지만, 모호함은 심오함의 표시가 아니다. 그리고 독자에게 깊은 인상을 주려고 의도적으로 쓴 길고 과장된 말이 오히려 독자를 짜증나게 한다. 나는 첫 소설을 쓸 때 박식한 느낌을 주려고 열심이었다. 고전 문헌에 나온 단어들을 집어넣었고 쉬운 단어를 쓰지 않았다. 편집자가 상당 부분을 삭제했지만 몇 개는 남아 있었다. 피츠버그에서 알아주는 박식한 여성이 전화해서 사전을 다 찾아봤는데도 한 단어의 뜻을 끝내 찾지 못했다고 말할 때는 우쭐하기까지 했다. 우쭐할 게 아니라 창피해야 할 일이었다.

한편 빈약한 어휘력에는 핑계가 없다. 사전과 유의어 사전은 수많은 단어들을 공짜로 제공한다. 진정으로 창의적인 작가라면 단어 수집가가 돼야 하고 늘 더 많은 단어를 갈망해야 한다. 이런 작가는 종종 "좋은 단어야. 이 단어를 자주 써야겠어."라고 외친다. 드물거나 특이한 단어를 찾으려 할 필요는 없다. 자신의 어휘 목록에 빠져 있는 좋은 단어를 찾으려고 노력해야 한다.

6. 항상 완벽한 단어를 찾는다

진정으로 창의적인 작가는 단어에 깊은 관심을 가진다. 문체를 최대한 완벽하게 하려고 무한한 고통을 감수한다. 자신의 생각을 가장 정확하게 표현하는 한 단어를 찾으려고 끊임없이 탐구한다. 이때 유의어 사전이 매우 유용하다. 작가는 그 단어가 사전 어딘가에 숨어 있음을 안다. 가끔 실패로 돌아가 그 단어를 찾지 못한다. 글을 계속 진행하려면 다른 단어로 대체해야 한다. 그런 때라도 의식적으로나 무의식적으로 계속 탐구하면 갑자기 한밤중에 적당한 단어가 떠오른다. 좋은 글은 이런 깊은 관심과 완벽함을 향한 노력에서 나온다. 때로 재능 부족이 아니라 무관심 때문에 나쁜 글이 나온다.

단어를 올바로 사용하려면 의미를 제대로 알아야 한다. 그렇지만 많은 작가 지망생이 의미도 제대로 모른 채 적당하다 싶은 단어를 덥석 잡는다. 결국 음정을 맞추지 못하는 가수처럼 된다. 혹은 대화를 할 때마다 한끝 차이로 잘못된 단어를 쓰는 우스운 사람처럼 된다. 일주일에 한 번씩 우리 집에 오는 세탁소 직원이 있었는데 나는 그 사람이 하는 말 때문에 늘 그가 오는 날을 목이 빠지게 기다렸다. "그 집은 빈대가 *득시대요*." "우리 부부는 항상 아이를 갖고 싶었는데 아내가 *유선*을 해 버렸어요."

7. 핵심어를 반복하지 않는다(강조나 효과의 목적이 아닐 경우)

아마추어임을 확연히 드러내는 표시는 상투적인 표현의 남발과 단어 반복이다. 나는 반복되는 단어를 원고에서 삭제한다. 출간될 글을 검토하는 편집자 역시 같은 작업을 한다. 물론 원하는 효과를 얻기 위해서 의도적으로 반복하는 경우는 괜찮다. 이를테면 반복(일반적으로 세 번 이하)될 때마다 설득력이 점점 증가하는 '점증 반복'이 있다.

아직 성장 중인 일부 작가는 자신이 단어를 계속 반복해서 사용하고 있음을 전혀 자각하지 못하는 듯하다. 나는 재능 있는 여성이 쓴 인생 이야기를 고쳐 준 적이 있다. 그 이야기는 지나치게 장황했다. 일부는 괜찮았지만 대부분이 상투적이고 반복적이었다.

이를테면 그녀는 '벽'이라는 단어를 끊임없이 사용했다. 사람들 사이에 있는 벽, 저항의 벽, 세워야 할 벽, 무너뜨려야 할 벽. 또한 '세상'이라는 말도 쭉 반복했다. 정신병에 걸린 세상, 개인적인 세상, 배워야 할 세상, 정복해야 할 세상. 나는 여러 주 동안 '벽'을 허물고 '세상'을 대체할 단어를 찾으려고 노력했으며 "반복하지 마세요!"라고 충고했다. 그런데 마지막 장에도 벽과 세상과 그 외의 핵심어들이 잔뜩 들어 있었고, 종종 한 문장에서 같은 단어들이 여러 번 반복되면서 서로 부딪치고 있었다. 이런 사람들은 문체에 발목이 잡혀서 그 문체를 향상할 수 없다고 생각하거나 아예 자신의 결점을 보지 못하거나 둘 중 하나일 것이다.

반복에 관한 한 누구나 사각지대를 가지고 있다. 나는 항상 글을 끝내면 어느 정도 시간이 지난 후에 다시 읽고 반복되는 단어를 세심하게 찾는다. 그러나 반복은 오자와 마찬가지이다. 아무리 열심히 교정을 봐도 이상하게 계속 나온다. 〈리더스 다이제스트〉의 편집자는 이런 현상이 일어나는 이유는 머리 때문이라고 말했다. 만족스러운 단어를 제시한 머리는 그 단어를 다시 제공하고 당신이 그 단어를 덥석 붙잡아 자기도 모르게 사용한다는 것이다. 전체적인 효과가 마음에 들면, 다시 읽어도 머리가 반복된 단어를 알아채지 못한다.

그러나 성실한 작가는 문체에 신경 쓰면서 반복을 최대한 없앤다. 나는 한밤중에 잠에서 깨어 두 페이지에 걸쳐 연속으로 '보호하다'라는 단어를 쓴 게 퍼뜩 생각났다. 나는 다음 날 편집자에게 전화를 걸어 두 번째 단어를 같은 의미인 '돌보다'로 바꿔 달라고 부탁했다.

강조하거나 운율을 맞추려고 의도적으로 사용하는 반복은 괜찮다. 링컨은 이 사실을 알았다. 그러나 부주의하고 불필요한 반복은 문체를 어수선하게 하고 편집자들의 원성을 산다.

8. 중복에 주의한다

이 역시 아주 나쁜 버릇이다. 중복된 논의는 빤한 말을 장황하게 논하고 요점을 쓸데없이 거듭 말하는 것이다. 중복된 문체는 한 문장 혹은 한 단락에서 같은 의미의 두 단어나 구절을 사용하는 것이다. 다음은 중복된 문체의 예다.

'어린이는 길을 안전하게 다치지 않고 건너야 한다.'

'명백하게 표면적인 목적은……'

'그는 작고 뚱뚱한 사람이었으며 상당히 육중하고 비만이었다.'

9. 두운법을 찾는다

두운법은 문체에 운율과 아름다움을 더해 준다. 글을 생기가 넘치고 매끄럽게 만들며 문장이 노래처럼 들리게 한다. 두운법을 자연스럽게 구사하는 작가도 있지만 전혀 모르는 작가도 있다. 글을 조화롭고 우아하게 해 주는 아주 간단한 장치인데, 더 많은 사람들이 이용하지 않는 게 나는 신기할 따름이다.

다른 장치와 마찬가지로 두운법도 능숙하고 조심스럽게 사용해야 한다. 지나치게 사용하면 독이 된다. 두운법은 발음하기 어려운 어구나 미사여구가 아니다. 두운법은 동일한 음을 가지는 단어를 적당한 간격으로 사용하는 것이다. 이때 글자가 같을 수도 있고 다를 수도 있다. 잘 쓰면 리듬감이 더해져 기분 좋은 문장이 된다.

예전에 나는 내 귀에 가장 기분 좋은 음악처럼 들릴 때까지 단어를 고르고 또 고르며 글을 대여섯 번이나 고쳐 쓴 적이 있다. 쓴 사람의 귀에 즐겁게 들리지 않는 글은 다른 사람을 즐겁게 할 수 없다. 혹시 다른 사람의 귀에는 즐겁게 들릴지 모른다는 희망을 품고 글을 넘기면 안 된다.

두운법의 효과를 잘 활용하자. 두운법을 사용하면 제목이 살아나고 기억에 남는다. 또한 거친 문장이 매끄럽고 세련되게 바뀐다.

10. 문장을 최대한 짧게 쓴다

때에 따라서 길게 써야 하는 문장이 있다. 그러나 너무 긴 문장은 복잡하고 난해해지는 경향이 있다. 모든 문장을 주의 깊게 살펴보고 최대한 짧게 고친다. 불필요한 구절을 삭제하거나 문장을 나눈다. 모든 글은 간결해야 읽기 쉽다. 특히 창의적인 글에서는 읽기 쉬운 문체가 무엇보다 중요하다.

11. 리듬을 파악하는 내면의 귀를 키운다

눈과 내면의 귀를 둘 다 사용해서 읽어야 한다. 문체를 의식하는 작가는 끊임없이 이런 방식으로 읽으면서 다른 작가들의 운율을 파악하고 변화를 준 형태를 알아챈다.

문체의 매력적인 리듬 때문에 내가 몇 년 동안 보관해 온 두 글의 서두를 소개하겠다. 먼저 엘리자베스 보엔Elizabeth Bowen이 쓴 수필 '마음의 연금'이다. "청년은 미래를 위해 살고 노인은 과거 속에서 산다고 한다. 그렇다면 중년은 어떨까?" 이번에는 콘스턴스 포스터 Constance Foster가 쓴 '딸이 있다면 들려주고 싶은 이야기'(《레이디스 홈 저널》)이다. "내가 어릴 때 어른들은 출산이 슬프고 고통스러운 일이라고 말했다."

이런 문장은 내 정서를 건드리며 왈츠를 듣는 기분이 들게 한다. 나는 이런 문장의 리듬을 좋아한다.

당신이 좋아하는 운율은 완전히 다를 수도 있다. 그런 운율이 있는 글을 표시하고 오려 내 철을 해두고 여러 번 큰 소리로 읽어 보기 바란다. 그러다 보면 당신의 문체에 작지만 깊은 변화가 생길 것이다.

12. 독창적이기를 두려워하면 안 된다. 글에 날개를 달아 주자

진정으로 창의적인 작가는 다른 사람과 똑같아지는 것을 못 견딘다. 이런 작가는 다이달로스Daedalus(그리스 신화에 나오는 명장. 미노스를 위해 미궁을 만들었다. 아들 이카로스와 투옥되었다가 날개를 만들어 탈출했다─옮긴이) 처럼 날개를 만들어 날고 싶은 긍정적인 충동을 느낀다. 이런 독창성이 작가를 비범하게 만든다. 이런 작가는 자신뿐만 아니라 편집자와 독자까지 높이 날아오르게 한다.

이는 멋지거나 충격적이거나 별스러워지려고 무리해야 한다는 말이 아니다. 그저 진부하고 흔한 문체에 안주하지 말라는 뜻이다. 원고 전체를 살펴보면서 자문해 보자. 어떻게 하면 이 부분을 더 잘 전달할 수 있을까? 조금 더 손을 봐서 빛나게 만들 수 있는 부분이 어디일까? 물론 내용 자체의 특성 때문에 문체를 바꿀 수 없는 때도 있다. 그러나 전하려는 메시지가 아무리 진지하더라도, 따분하고 둔하고 지겨운 분위기를 풍길 필요는 없다. 그런 식으로 글을 쓰는 사람이라면 애초에 길을 잘못 들어섰다. 마음에서 우러나온 글을 쓸 능력이 없다는 말이다.

독창성을 가지려면 어떻게 해야 할까? 문체와 마찬가지로, 독창성은 재능과 본능의 문제이다. 내면에 독창성이 전혀 없다면 배워서 키울 수 있는 게 아니다. 하지만 타고난 재능을 강화하고 사고방식을

향상할 방법들이 있다. 앞에서 말했듯이, 상투적으로 쓰는 표현을 변형하면 된다(때로 진지한 내용의 글에서도 이 방법을 쓸 수 있다). 두운법을 많이 쓰면 좋다. 신선한 비유법을 만들 수도 있다. 새로운 단어를 지어 내도 좋다.

글을 많이 쓸수록 글에 개성을 가미하는 여러 방법을 발견할 것이다.

문체는 향상할 수 있다. 그리고 문체에 진짜로 신경 쓰는 단계에 도달하면 글쓰기를 즐기게 될 것이다. 단어로 각종 효과를 만들어 내는 감각적인 쾌락을 느끼게 될 것이다.

재능을 최대한 발휘하기
#17

　　재능은 타고난다. 자신이 원해서 생긴 게 아니다. 하지만 재능이 생긴 데에는 다 이유가 있다고 생각한다. 글재주를 비롯해서 모든 재능에는 두 가지 의무가 따른다. 재능을 발휘해야 한다. 그리고 좋은 목적을 위해 재능을 발휘해야 한다. 오래전 현명한 스승이 "이건 네 의무야!"라고 내게 말했다.

　　첫 번째 의무는 재능을 발휘하되, *헛되게 쓰지 말아야* 한다는 것이다.

　　재능을 헛되게 쓰는 진짜 원인이 무엇일까? 책임감이나 의무감이 부족하기 때문이다. 재능을 그저 장신구, 즉 자신을 즐겁게 하고 친구들을 현혹하는 도구쯤으로 여기는 경우가 허다하다. 아주 어릴 때는 재능이 그렇게 보일 수 있다. 나는 어릴 적에 긴 연재소설을 즐겨 썼다. 매일 학교에서 친구들이 내가 쓴 소설을 돌려봤다. 눈에 띄는 모든 사람들에게 즉석에서 시를 지어 바쳤고 기회가 될 때마다 큰 소리로 읊었다. 연설문까지 썼다. 순전히 자기과시였다.

그렇지만 이런 태도 아래에는 격렬한 충동이 내재되어 있었다. 나는 글을 써야만 했다. 관객이 없는 한밤중에조차 커다란 공책에 글을 써야 했다. 이 충동을 꼭 붙들어 프로 작가가 될 수 있었던 계기는 스승의 말이었다. "이건 네 의무야."

밝은 장래성을 실현하지 못한 사람들은 이런 충동이 부족하다. 물론 자신의 재능을 중요한 천직에 필수적인 도구가 아니라 서랍에 넣어 두는 장신구로 여기기가 쉽다. 이런 사람은 자신에게 좋은 재능이 있다는 것을 안다. 원할 때 혹은 영감을 받을 때 그 재능을 꺼내서 먼지를 털어 내 쓰면 된다고 생각한다. 혹은 단체의 소식지를 만들거나 공연용 대본을 써서 친구들을 기쁘게 하리라고 생각한다.

그렇지만 마음속으로는 자기가 더 많은 일을 할 능력과 의무가 있음을 안다.

재능을 헛되이 쓰는 것에 대한 핑계는 끝이 없다. 그러나 재능을 진지한 의무로 받아들인 사람들은 이런 장애물들을 잘 살펴보고 우선순위를 정한다. "모임에 참석하는 것과 글을 쓰는 것 중에 뭐가 더 중요할까?" "3시에 병원 예약이 돼 있어. 하지만 9시에 시작하면 다섯 시간 동안은 글을 쓸 수 있겠네. 아니야. 방해받는 시간을 한 시간

빼자. 그래도 글을 쓸 시간이 네 시간이나 되네."

사람들은 어떻게 아이 넷을 키우면서 수백 편이나 되는 잡지 기사를 쓰고 책을 서른 권이나 냈냐고 묻는다. 나는 이렇게 대답한다. "나는 절제력이 있고 체계적이거든요." 나는 유혹에 빠지지 않고 시간을 알뜰하게 쓰는 법을 일찌감치 배웠다. 모든 주부가 가족을 챙기고 살림을 하느라 바쁘다. 나는 집안일을 하는 짬짬이 글을 쓸 수 있게 일정표를 짰다. 가족에게 급한 일이 생겨서 글을 쓸 시간이 날아가 버리면 대신 주말에 썼다.

작가의 두 번째 의무는 *좋은 목적을 위해 재능을 발휘해야 한다는* 것이다. 굳이 설교나 훈계나 교화를 할 필요는 없다. 그러나 영감을 주고 돕고 격려해서 삶의 가치를 올려야 한다. 오래전 스승은 나에게 말했다. "아름다운 글을 보고 싶어 하는 사람들을 위한 아름다운 글을 쓸 수 있을 거야……." 오늘날 냉소주의와 물질만능주의, 폭력과 섹스가 많은 잡지 기사를 비롯해서 거의 모든 의사소통 수단에 팽배하다. 비뚤어지고 추하고 퇴폐적인 사람들의 욕망에 영합하는 상품이 널려 있다. 그렇지만 아름답고 정신적인 면을 보고 싶어 하는 사람들의 갈망이 여전히 강하다. 이런 갈망을 창의적이고 정직하게 채울 수 있는 작가는 놀랍도록 풍요로운 수확을 거둘 수 있다.

신앙을 전파하고 설교를 하라는 말이 아니다. 눈과 귀를 닫고 세상에 악이나 슬픔이 없는 척하는 글을 쓰라는 말도 아니다. 시련 속에서도 인간이 가진 근본적인 선량함과 긍지를 보여 주는 글을 써야 한다. 연민과 사랑과 기적을 비롯해서 삶을 가치 있게 하는 모든 것을 찬양해야 한다.

프로 작가가 되는 방법

재능을 최대한 발휘하려면 글쓰기가 취미이면 안 된다. 글쓰기가 직업이 돼야 한다. 그래야 당신이 하는 말을 필요로 하고 즐기는 사람들에게 닿을 수 있다. 그렇다면 프로 작가가 되려면 어떻게 해야 할까?

자신을 아마추어가 아니라 경쟁이 치열한 분야에 진지하게 몰두하는 일꾼으로 생각하는 순간, 아마추어가 프로가 된다. 이런 생각을 갖지 않으면, 성공하기 위해 반드시 가져야 하는 전문적인 작업 습관을 영원히 들이지 못한다.

프로 작가가 되려면 극심하고 돌발적인 감정을 수없이 겪어야 한다. 다른 일에 묶여 있는 시간에 글을 쓰고 싶은 갈망, 글을 쓰려고 할 때 방해를 받으면 치솟는 짜증, 미루는 버릇과의 괴로운 싸움, 좋은 글이 안 팔릴 때의 실망감, 자기 회의와 절망의 시간을 감수해야 한다. 반면에 성공을 거둘 때 느끼는 황홀감도 있다. 이럴 때는 잠시

나마 모든 기회의 문이 자신을 향해 열린 기분이 든다. 또한 환영과 칭찬을 받고 진짜 유명인이 된 느낌이 들 때가 있다(물론 진정한 당신을 지독하게 잘 아는 내면의 작은 목소리는 비웃는다). 전혀 모르는 사람들이 지나친 관심과 애정을 보이는 반면에, 단짝이라고 생각했던 친구들은 당신이 주목 받을 가치가 있는 일을 했다는 사실을 냉담하게 무시하는 때도 있다.

이런 것들은 프로 작가가 되는 과정에서 경험해야 하는 고통과 노력, 냉대의 일부다. 또한 프로 작가가 되고 나서도 경험해야 하는 것들이다. 시간이 지나면 누그러지지만 이미 이골이 났기 때문에, 모든 난관이 없어지더라도 평온한 상태에 이르는 작가는 극히 드물다.

아마추어로 머물기를 거부하는 작가는 마음이 강해진다. 투지 혹은 배짱이 생긴다. 이들은 계속된 실패에도 불구하고 계속 나아간다. 무엇보다도 글을 쓰지 말라고 꾀어 내는 수많은 유혹을 거부하는 절제력을 키운다. 전문적인 작업 습관을 들여서 진정한 의미의 프로 작가가 되려면 절제력을 지속적으로 훈련해서 몸에 익혀야 한다.

미루는 버릇

미루는 버릇은 아마추어 작가의 적이다. 반면에 꾸준히 쓰는 습관은 작가의 동지이다. 프로 작가가 되면 이 습관이 미루는 버릇을 막아 준다. 토머스 울프는 말했다. "우리는 절실하게 글을 쓰고 싶기 때문에 쓴다." 이 수준이 되면 글을 쓰고 싶은 열망이 아주 강해지고 때로는 의지와 상관없이 지속적으로 글을 쓰게 된다.

미루는 버릇은 여러 형태이다. 미루는 핑계도 수없이 많다. 주요 이유는 다른 사람들에 대한 책임감이다. 일을 끝내고 저녁에 집에 돌아오면(특히 직업이 창의적인 에너지를 고갈시키는 일이라면), 창의적으로 글을 쓰기가 힘든 것은 물론이고, 가족과 떨어져서 혼자 작업하는 것에 죄책감을 느낀다. 나는 이 마음에 전적으로 동감한다. 글쓰기 외에 하루 종일 전념해야 하는 일이 있는 사람은 두 배나 불리한 조건에 처해 있다. 그렇지만 굳은 결심으로 두 가지 일을 병행하는 사람도 많다.

예비 작가가 진심으로 글쓰기에 열중하기로 결심했다는 사실을 가족이 깨달으면 대부분 놀랄 만큼 협조적이다.

어린 자녀가 있는 여성은 글쓰기를 미루기 좋은 변명거리가 생긴다. 할 일과 해결할 문제가 너무 많아서 글을 쓸 수 없다고 불평하는 낙심한 주부들이 넘쳐난다. 막내가 초등학교에 들어갈 때까지만, 중학교를 졸업할 때까지만, 고등학교를 졸업할 때까지만, 대학교를 졸업할 때까지만, 결혼할 때까지만 기다리자고 말한다. 그러나 그때가 돼 본격적으로 글쓰기를 시작할 준비가 되는 즉시 돌봐 줘야 할 손주가 생긴다. 어차피 그 즈음에는 오래 방치해 둔 재능이 시들해져서 다시 살아나지 않는다. 더 큰 문제는 적당한 때가 오기까지 미루는 버릇이 너무 깊이 몸에 배어 자리를 잡고 앉아 본격적으로 글을 쓰기가 불가능해진다는 것이다.

작가든 예비 작가든 세상은 늘 바쁘게 돌아간다는 사실을 결국 인정해야 한다. 시간이 날 때 글을 쓰겠다고 미뤄 봤자 그런 날은 영원히 오지 않는다.

자녀가 없는 사람이 자녀가 있는 사람보다 훨씬 심한 미루기 기술을 구사하기도 한다. 이들은 글쓰기 강좌를 듣고, 글쓰기 동호회에서 임원을 맡으며, 도서관에서 몇 시간씩 자료 조사를 한다. 자료 정리 체계를 아주 잘 갖춰 놓고, 다른 작가들을 만나 아이디어를 의논하며, 자료 수집을 하려고 여행을 떠난다. 한마디로 글쓰기를 제외한 모든 활동을 한다. 반면에 끊임없이 관심을 받으려는 자녀가 여러 명 있는 사람에게는 겨우 짜낸 자유 시간이 허비하기에는 너무 소중하다. 자녀를 돌보며 정해진 시간에 (혹은 갑작스럽게) 여기저기를 뛰어다녀야 한다. 그러는 가운데에도 글을 쓰는 사람이 있다.

미루지 않고 글을 쓰기 위한 조언을 몇 가지 모아 봤다.

1. 단체 활동을 멀리한다. 학부모회, 정치 단체, 여성 클럽, 친목회 활동에 본격적으로 참여하지 않는다. 한 곳에라도 가입하면 어느

새 자기도 모르게 임원으로 활동하게 되거나 기금 모금 행사를 주관하게 된다. 명심하자. 작가가 할 일은 글을 쓰는 것이다.

이 규칙은 상황에 따라서 약간씩 변경돼야 한다. 초등학교에 다니는 자녀가 있다면 보이스카우트 모임이나 학교 공연이나 연극이나 축구 경기 등의 활동을 무시하기가 불가능하다. 아무리 바쁜 작가라도 부모로서 이런 활동에 참여할 시간을 꼭 마련해야 한다. 그렇지만 자신의 양심 및 자녀의 행복과 조화를 이루는 선에서 최소한으로 참여해야 한다. (양심의 가책을 핑계 삼아 글쓰기를 미루지 않도록 조심한다.)

프로 작가가 되고 미루는 버릇도 없어질 즈음이면, 확실한 도움을 받을 만한 전문 단체를 찾아보자. 그때 즈음에는 자녀도 어느 정도 자라서 학교 활동에 참여하지 않는다고 해서 죄책감을 느낄 필요가 없다. 가끔 하루 정도는 자신에게 휴가를 줘 즐겁게 지낼 수도 있을 것이다. 그러나 초기에는 유혹에 흔들리지 말자. 집에 꼭 붙어서 글을 쓰자!

2. 작업 장소를 정해 놓는다. 사무실, 서재, 침실 한쪽에 칸막이를 친 곳 등 아무 데나 상관없지만 자신만의 전용 공간이 있어야 한다. 가급적이면 문이 달린 곳이 좋다.

널찍한 책상을 마련 한다. 좋은 타자기와 최대한 편한 의자를 준

비한다. 글쓰기는 힘든 육체노동이니 몸이 편안한 환경을 조성해야
한다. 나는 허리와 어깨의 통증으로 병치레를 하던 중에 기능성 의
자와 최초의 전동 타자기를 샀다. 통증이 기적처럼 줄었다. 나중에
IBM 셀렉트릭 타자기를 샀다. 구식 리본 대신에 일회용 테이프를
사용하고 지우기 키가 달려 있었는데, 둘 다 없어서는 안 될 소중한
기능이었다. 이후 마침내 워드프로세서(오늘날 사용하는 문서 작성 프로그램
이 아니라 내용을 수정·편집할 수 있는 반자동 타자기를 말한다.—옮긴이)를 사서
1년 동안 괴로워하며 그 기계와 애증의 관계를 이어갔다. 결국 사랑
이 승리했다. 그러나 창작 습관은 깨기 힘들다. 나는 여전히 타자기
로 초안을 작성하고 워드프로세서로는 주로 수정과 최종 원고를 작
성한다.

　자료를 찾느라고 시간을 낭비하지 않도록 서류철 보관함을 갖춰
두자. 장기 여행을 갈 때는 녹음기와 타자기나 노트북 컴퓨터를 가지
고 가자. 손으로 쓴 메모는 잊어버리거나 옮겨 적기가 힘들다. 만일
장비를 가지고 가지 않아서 손으로 써야 한다면 깔끔하고 자세히 적
어야 한다. 집에 도착하자마자 옮겨 적고 나중에 찾기 쉽게 서류철에
분류해 놓는다.

　장비가 신제품일 필요는 없다. 차고 세일이나 중고품 가게에서 중
고 서류철 보관함, 책상, 타자기를 구해도 좋다. 어쨌든 전문적으로

글을 쓰고 싶으면 전문적인 장비를 갖추기 바란다.

3. 일정표를 작성한다. 매일 규칙적으로 작업할 시간을 정한다. 직장에 다닐 경우에는 아침 일찍 혹은 저녁식사 후로 잡으면 된다. 전업 주부면 정해진 집안일을 하는 짬짬이 시간을 내면 된다. 상황에 따라서 일정을 이리저리 변경해야 하더라도 일정표가 있고 꾸준히 지키려고 노력한다는 사실만으로도 규칙적으로 글을 쓰는 습관이 강해진다.

4. 어린 자녀가 있는 전업 주부이고 금전적으로 여유가 있다면, 하루에 몇 시간씩 가사 도우미를 고용한다. 일주일에 몇 시간이라도 글쓰기에만 집중하면 좋은 글쓰기 습관이 생겨서 생각보다 훨씬 많은 결과물이 나올 것이다. 단, 꾸준히 해야 한다.

5. 방해를 받더라도 잘 이겨낼 수 있도록 참을성을 키운다. 방해를 최소한으로 줄일 방법을 최대한 동원하되, 방해를 받더라도 화를 내지 않도록 노력하자. 그래 봤자 소중한 감정과 시간 낭비일 뿐이다. 자기에게나 다른 사람에게나 화를 누르고 기분 좋게 받아들이는 태도를 유지하는 게 좋다. 그리고 나서 다시 일을 시작해 최선을 다

한다.

6. 아이디어가 있든 없든 날마다 글을 쓴다. 종이에 글을 쓰는 행위 자체가 아이디어를 불러일으킨다. 창작 과정에서 무엇인가에 흥분할 때 진정한 영감이 생기는 경우가 많다.

명심하자. 꾸준한 습관, 되도록 같은 시간에 같은 장소에 가는 행동, 그곳에서 반복하는 활동은 글쓰기를 미루는 버릇에서 벗어나게 한다. 어느 정도 시간이 지나면 글을 쓰지 않을 핑계를 찾지 못한다. 사소하지만 강한 습관이 생겨 저절로 책상 앞에 앉게 된다.

미루는 버릇은 작가의 적이다. 꾸준히 쓰는 습관은 작가의 동지이다.

작가 클럽, 컨퍼런스, 비평가

흔히 글쓰기는 외로운 작업이라고 말한다. 그러나 거의 모든 예술이 그렇다. 화가인 친구와 이런 이야기를 나누던 중에 그가 말했다. "외로움은 삶의 진정한 시작이야. 성장의 시작이지. 홀로 작업하는 과정에서 자신의 본모습을 찾아낸 후에야 무언가를 이룰 수 있어." 글쓰기에 딱 들어맞는 말이다. 작가는 홀로 자신의 생각과 씨름하는 과정에서 진정한 능력을 발견해야 한다.

나에게 이 외로움은 자기희생이나 우울함을 동반하는 감정이 아니다. 타자기 앞에 앉아 있는 동안 수많은 흥미로운 아이디어와 인물이 나와 함께한다. 반면에 작가의 감정 고조를 공유하지 않는 사람들 혹은 따분한 사람들 사이에서는 외로움을 느낀다. 그렇지만 대부분의 사람들과 마찬가지로 작가도 특히 뜻이 맞는 다른 작가들과 이야기하기를 좋아한다. 그래서 작가 클럽에 간다. 단, 주의할 점이 있다.

많은 작가 클럽이 작가처럼 보이고 행동하고 말하고 싶어 하는 사람들의 집합소이다. 이들은 작가가 아니다. 글을 너무 적게 써서 작가 자격이 없는 사람이거나, 글솜씨가 없어 글을 팔지 못하는 사람이다. 이들과 많은 시간을 보내면 심리적으로 당신 자신을 아마추어로 분류하게 되며, 아마추어 작가에서 프로 작가로 발전하는 길을 방해받는다. 이런 작가 클럽이 정신적인 지지가 될지 모르지만, 임원으로 선출되고 공로상을 받고 기관지에 글이 실려 봤자 프로 업계에서 받아 마땅한 인정과 돈의 대용품일 뿐이다.

작가 클럽의 또 다른 위험은 그곳에서 받는 비판이다. 자격이 없는 사람들의 잘못된 조언은 당신의 의욕을 꺾고 혼란을 가중시키며, 때로 파괴적인 영향을 미친다. 혹은 당신이 쓴 글의 실제 가치보다 지나치게 과장된 호평을 받아 자기도취에 빠지기도 한다. 일반적으로 진짜 프로가 아닌 사람에게 원고를 보여 주는 것은 잘못된 행동이다. 여기에는 유망한 새내기 작가는 물론이고 부인, 남편, 단짝 친구, 다정한 이모까지 포함된다. 물론 문학 시장의 최근 동향을 잘 파악하고 있는 예리한 스승, 아주 똑똑한 배우자, 노련하고 박식한 사람들로 구성된 작가 단체는 예외이다.

그렇다면 초보자가 배우려면 어떻게 해야 할까? 초보자는 가장 어려운 방법이자 최고의 스승인 시행착오를 통해서 배운다. 또한 경험을 바탕으로 가르치는 훌륭한 작가들의 강좌를 통해서 시행착오를 어느 정도 줄일 수 있다. 이런 작가는 당신의 글에서 긍정적인 점을 알아보고 고칠 점을 지적하며 조언을 해 줄 수 있다. 그러나 어떤 강좌도 글 쓰는 방법을 가르치지 않는다는 점을 확실히 짚고 넘어가야겠다. *강좌는 재능이 있고 이미 글 쓰는 방법을 아는 사람들에게 더 잘 쓰는 방법을 가르칠 뿐이다.*

글쓰기 강좌가 꼭 비싸지만은 않다. 고등학교와 대학교의 성인 교육 프로그램, YMCA와 YWCA, 평생 학습관, 주요 대학교와 대학의 평생 학습 프로그램, 노인 단체에서 훌륭한 강좌가 진행되고 있다. 통신 강좌도 있는데, 내가 보기에는 문제점이 내재돼 있다. 수강생이 통신 강좌를 끝까지 마치지 못하거나 수준이 떨어진다. 그나마 대학에서 주관하는 통신 강좌는 수준이 괜찮다. 일부는 확실한 과제와 서면 비평 때문에 통신 강좌를 선호한다. 그러나 과제나 채찍질에 의존해서 글을 쓸 정도라면 프로 작가에게 필수적인 기본 자질이 부족하다고 봐야 한다. 재능과 의욕이 없다는 뜻이다.

강좌 한 개 혹은 최대한 두 개를 들었는데 도움이 되지 않았다면 그 선에서 끝내야 한다.

평판이 좋은 작가 컨퍼런스는 엄청난 자극이 된다. 지식과 열정을 전달할 줄 아는 경험 많은 프로 작가가 주관하는 워크숍과 강의와 토론은 돈값을 하고도 남는다. 그러나 지속적으로 참여할 필요는 없다. 한두 번 참여해서 최대한 지식을 흡수한다. 그러고 나서 집에 돌아와 글을 쓴다. 당신의 글솜씨가 아주 능숙해져서 컨퍼런스 강연자로 초빙될 때까지 열심히 쓴다.

그렇지만 전 학습 과정에서 중요한 요소는 당신 자신, 재능, 읽고 연구하고 관찰하고 쓰면서 배우려는 결심, 반드시 글쓰기를 진짜 직업으로 삼겠다는 강한 의지이다. 작가는 날마다 예술적이고 정서적이되 전문적인 환경에서 작업하는, 명예롭고 흥미로우며 자유롭고 삶의 질을 높여 주는 직업이다.

마음에서 우러나온 글은 일종의 문학이며 작가와 독자 모두에게 유익하다.

마음에서 우러나는 글을 잘 쓸 줄 아는 사람이라면 단편소설과 책과 같은 다른 종류의 글도 쓸 수 있다. 작가로서의 진정한 업적을 얻을 작품을 쓸 수 있게 된다.

　마음에서 우러나는 글을 쓸 때 생기는 뜻밖의 즐거움은 출판계로 진출할 발판이 자연스레 마련된다는 것이다. 내가 아는 많은 작가들의 책이 짧은 글에서 시작됐다. 글을 모아서 책을 내거나 글의 아이디어를 확장시켜서 책을 쓴 것이다. 내 경우도 마찬가지였다. 앞에서 말했듯이 나는 오랫동안 여러 잡지에 기고하면서 실무를 익힌 끝에, 워싱턴 D.C. 〈이브닝 스타〉에 고정 칼럼 '사랑과 웃음'을 기고하게 됐다. 이 칼럼 덕분에 아주 많은 책을 낼 수 있었다.

　이 글을 쓰고 있는 현재, 내 책 중 양장본의 판매량은 적어도 600만 권이다. 여기에 북 클럽, 외국어판, 문고판의 판매량을 합하면 천문학적인 숫자가 나온다. 내가 간절히 표현하고 싶었던 이야기는 외부 자료가 아니라 내 자신의 관찰과 경험, 반성, 느낌에서 나온 덕이었다. 다시 말해서 마음에서 우러나왔다. 핵심은 그런 아이디어와 감정을 다른 사람이 공감할 수 있는 방식으로 표현하는 것이다.

　마음에서 우러나온 따뜻하고 진실한 글을 쓰는 작가에게 최고의 자극제가 있다. 평판이 좋은 잡지에 글이 실리는 것이다. 처음에는 원고료가 적고 몇 달에 한 번씩 들어오는 정도이다. 그러나 금액이나 횟수는 상관없다. 원고료를 받는다는 사실 자체가 작가로서의 길을 밝혀 주고 당신에게 가능성이 있다는 믿음을 재확인시켜 주는 중요한 신호탄이다.

이에 못지않게 의미 있는 보람도 많다. 당신의 이야기와 경험과 깨달음을 다른 사람과 공유할 기회가 생긴다. 혼자서만 간직하기에 아까운 아름답고 사랑스럽고 영감을 주는 순간을 나눌 수 있다. 또한 혼란스럽고 고통스러운 세상에서 당신 덕분에 누군가 웃고 있다는 사실을 알게 되는 것이야말로 큰 보람이다. 당신이 쓴 글로 인해 누군가가 더 친절해지고 이해심이 커지고 동정심이 늘어나고 꿈을 좇아가게 된다.

당신이 마음에서 우러나온 글을 쓰면, 작가로서의 자신의 길을 밝힐 뿐만 아니라 다른 사람의 길도 밝힐 수 있다.

살며 사랑하며
글을 쓴다는 것

초판1쇄 인쇄 | 2015년 5월 21일
초판1쇄 발행 | 2015년 5월 26일

지 은 이 | 마저리 홈스
옮 긴 이 | 신승미

펴 낸 이 | 하인숙
펴 낸 곳 | (주)더블북코리아
출판신고 | 2009년 4월 13일 제2009-000020호
주   소 | 157-735 서울시 양천구 목동서로 77 현대월드타워 1319호
전   화 | 02-2061-0765
팩   스 | 02-2061-0766
이 메 일 | doublebook@naver.com

ISBN | 979-11-85853-03-1 (03800)

＊잘못된 책은 구입하신 서점에서 바꾸어 드립니다.
＊책값은 뒤표지에 있습니다.

＊인생의 선물같은 책을 만들겠습니다. 원고투고를 환영합니다!